KB089622

영화의 매혹, 잔혹한 비평

영화의 매혹, 잔혹한 비평

전찬일

작가

| 추천의 글 |

솔직함과 균형을 향하여

임진모_대중음악평론가www.izm.co.kr

평론은 힘들고 평론가는 괴롭다. 평하기의 대상, 이유, 그 이론 토대를 비롯한 평론 본연의 작업도 어렵고 그것의 실천 주체인 평론가의 삶 역시 생존이든 생활이든 벅차다. 이 땅의 모든 평론가들은 이 점에서 모든 것이 취향과 또 정체 모를 주관에 떳떳이 봉사하는, 이 왜곡 시대에서 위로받아야 한다. 몇몇 잘 나가는 업계의 사정은 모르겠으나 아마 모든 예술 분야의 평론가들은 부질없는 글쓰기와 자기 검열식 말하기에 피로를 호소하고 고통을 토했을 것이다.

나의 경우도 해마다 수차례 씩 평론 활동에 대한 단념을 고려해 본다. 특히 미디어의 거대한 변화에 시달리는 음악계에서 평론을 한다는 것의 역경은 중량감을 더해 간다. 그래도 음악은 매혹이고 음악 평론은 유혹 아닌가. 고통에 절절매다가도 만취해 방에 들어와 진열된 앨범을 보면 나도 모르게 연신 계수배稽首拜하며 음악에 대한 잠깐의 배반에 속죄를 행한다. 어떨 때는 우연히 들은 단 한 곡에 무너져 자연적 평론 충동을 절감하면서 그 노래에 대해 쓰고 말한다는 것의 행복에 전율을 느낀다. 이것 때문에 산다.

늘 되뇌고 말하는 것이 있다. 평론은 순수와 잔혹이라고. 모두 평론가의 마음가짐을 두고 하는 언어들인데 평자는 사감私感, 상황, 대중적 파장 일체를 배격하고 그것이 리얼리즘이든 모더니즘이든 솔직한 자기 의견을 개진한다는 의미에서 순수고, 잔혹은 바로 그 순수를 실천하는 방식을 거칠게 잔혹하게 표현한 것뿐이다.

이 순수와 잔혹을 얘기할 때마다 자동적으로 떠오르는 인물이 영화평론가 전찬일이다. 그는 다림질된 의견을 싫어한다. 아니 그 이전의 세탁마저 꺼린다. 자신이 입지하고 배우고 여물어 터진 진솔한 견해만을 조심스럽게 따른다. 이 솔직함으로 그는 평론하고 관계한다. 영화로 말할 때 스타 영화평론가는 영화 외적인 것에서 결정될지 모르지만 진정한 영화평론가는 영화 평론 체계 내에서 존재한다고 한다면 그는 아마도 후자일 것이다. 그가 견지하고자 하는 평론 체계는 말할 것도 없이 순수와 잔혹이다.

그런데도 그가 결코 덜 사회화되어 막혀 있거나 딱딱한 분위기로 일관하지 않고 유쾌하게 대화할 수 있는 자리를 만드는 것을 보면 그는 분명 좋은 사람이다. 이러한 휴먼 터치로 인해 나는 20년 가까운 긴 세월 그와 친교를 유지하고 있다. 한편으로 이것은 생래적으로 찰지고 열띤 이야기를 전개하는 그 스타일을 전제하면 그의 입장이 설득력을 갖고 있다는 뜻도 된다. 알고 있지만 현실과 이익 때문에 감히 꺼내지 못하는 진실과 공정한 시각이 대신 그의 입에서 풀려나오고 우리는 반사이익으로 즐거운 반성과 쾌감을 획득하는 것이다.

설득력은 내면적 순수와 잔혹이 가져다주지 않는다. 은폐되지 않는, 드러난 객관성과 균형감의 산물이다. (개인적으로 전찬일의 정체성과 특성이 이러한 '비은폐성' 에 있다고 생각한다.) 왜 영화에 경천동지할 스펙터클이 펼쳐지는데도 내러티브적 함의에 치중해 그 스펙터클의 매력에 아랑곳하지 않는가, 왜 사운드 연출에는 등한시하는가, 반대로 왜 오로지 스타일만 중시하며 내러티브 요인을 무시하는가에 대한 그의 아쉬움 배인 의문들이 말해 준다.

전체적으로 다양하게 접근하기를 주문하는 이러한 통합적 사유와 기본에 대한 거듭 강조를 통해 그는 무엇이든 무게 추가 한쪽으로 기운, 또 그것이 수요자와 업계에 마치 정론과 대세인 양 강제되는 뒤틀린 평론 현실에 일침을 가한다. 이것은 영화계만이 아니라 음악계도, 아니 거의 모든 분야가 마찬가지 현실일 것이다. 이번 전찬일의 평론집에서 우리가 꼭 흡수해야 할 가치가 바로 이것이라고 본다. 통합적 사고는 감독 중심, 즉 작가주의 풍토에서 한번 배우를 진지하게 배려하라고 제안하고, 영화를 봄에 있어서 의미화 작용이나 지적 층위만이 아닌 감각과 재미를 곁들이라고 충고하는 등 책을 관통하며 도처에 산재하는 그의 해석과 권유의 기반이 된다.

영화 인물 탐구 대목에서 그처럼 평론가로서 배우 송강호와 장국영을 논하는 것을 보기란 쉽지 않다. 대부분 감독 이야기로 쏠려 있다. 이 때문에도 영화 평론은 다른 분야 사람들과 일반인이 접하기에 어렵다. 차세대 인문학으로서의 위상을 인정하지 않는 바 아니지만 여기에는 아무나 진입을 허락하지 않는 조금은 거만한 영화계의 울타리 치기가 목격된다.

전찬일은 이처럼 지적 풍토 아니면 정반대의 감각 트렌드로 휩쓸려 가는 우리 영화계와 평단의 양극화와 양분을 경계하면서 그에 따른 소수 의견 배제와 균형의 상실을 개탄한다. 균형은 평론에 있어서나 인간 관계에 있어서나 그의 미덕이기도 하다. 그는 영화를 사랑하되, 지나치게 영화만을 편애하지 않는다. 그는 사회의 큰 덩어리로서 영화를 해석하고, 또한 동시에 순수하게 영화적으로 해부해 영화적이지 않은 전체주의적 흐름을 거부한다.

1989년 처음 만나 그 뒤 음반 기획사를 차려 그를 파트너로 초대해 일하면서 그에게 『존 레논』 번역본을 출간하기를 권유했다. 그의 올인하는 태도는 지금 생각해도 경이로울 정도였다. 불평 없는 근심, 예상된 고난 속에서도 말없는 매진, 완성도 제고를 향한 가공할 만한 집중력은 탁하고 정도껏 대강 임하는 나에게는 부재한 자세였다.

1993년 공역으로 책에 내 이름이 함께 오른 것은(실은 철저히 전찬일의 것이지만) 적지 않은 영광이다. 그와 함께 아카펠라 그룹 인공위성을 매니지먼트했다는 것 또한 지금도 자랑스러운 추억이다. 하지만 그때부터도 그가 음악 사람이 아닌 영화 사람임을 알았다. 솔직히 그때는 괜찮은 음악 사람을 하나 잃었다는 점에서 가슴이 아렸다.

영화계는 대신 축복일 것이라고 여겼고, 여전히 그가 영화 분야에서 누구보다도 강직하고 정돈되고 과잉 영화적이지 않은 훈훈한 의견을 피력할 사람일 것이라고 믿는다. 늘 그의 평론집을 학수고대해 왔다. 솔직히 너무 늦은 감이 있다는 생각이 든다. 읽어보니 역시 그는 조금도 변하지 않았으며, 변함없이 그 특유의 솔직함과 균형감으로 린치하고 미소 짓게 하면서 우리를 압도한다. 누구나 평론가가 될 수 있지만 아무나 평론가가 될 수는 없는 것 같다.

희미한 두려움이 동반된 부끄러움. 지독히도 때늦은 첫 번째 평론집 출간을 눈앞에 둔 시점에서, 나를 두텁게 에워싸고 있는 솔직한 감정 상태다. 누군가의 말대로, 평론가에게 평론집은 그 존재의 증거요 흔적이건만 대체 왜 이렇게 두려워하고 부끄러워하는 걸까. 대개는 어디에서건 이미 발표된 터기에, 일종의 검증을 거친 글들을 묶어 내는 것이거늘.

새로 쓴 글들이 아니고 허접하기 짝이 없는 발표된 글들을 단지 모아 낸다는 바로 사실이 그간 나를 가장 주저케 한 결정적 요인이었다. 뭐 얼마나 대단한 글이라고 그것들을 새삼 모아 세상에 내놓는단 말인가 따위의 결벽증이랄까. 그외에도 지나치다 싶으리만치 '마구잡이로' 책들이 쏟아지고 있는 현실에 대한 일말의 거부감과 내 특유의 게으름 등도 그 주저에 한몫했을 터이다. 결국 위 두려움 · 부끄러움을 떨쳐내지 못한다면 끝내 단 한 권의 평론집조차 내지 못할지 모른다는 우려 내지 깨달음이 아니었다면, 아마 난 지금 이 자리에서 이런 감상을 피력하고 있지 않을지도 모를 일이다.

일찍이 영화 평론가가 되겠다고 꿈꿨던 적은 없었다. 초등학교 적엔 천문학자를, 중학교 적엔 지휘자를 꿈꿨었다. 고등학교 시절엔 엄하기 짝이 없었던 아버지의 '분부' 대로 막연히 검사나 외교관을 상상한 적이 있긴 했다. 당시 내가 소망했던 미래는, 그러나 인문학 분야의 교수였다. 영화를 본격 공부하기 시작한 이후로 비평을 병행해야지 마음먹긴 했지만 말이다.

재수 끝에 인문 계열에 진학한 것도 그래서였다. 결혼 몇 개월 후 어떤 자각에 의해 그 꿈을 접기 전까지 줄곧 그 길을 고집했었다. 하지만 그 흔하디 흔한 소망조차 현실화시키지 못했다, 나는…….

그럼에도 일찍이 초등학교 적부터 영화에 꽤 깊이 빠져 지냈었다. 특히 '18금 영화들'에 탐닉했었다. 당시 난 아무런 거리낌이나 제약 없이 그 금지된 영화들을 '즐겼다'. 그때 접했던 숱한 영화들 중 가장 기억에 남는 것은, 남궁원, 윤여정, 전계현 주연의 무척 '센' 성인 영화였다. 어느덧 60대에 접어든 윤 씨의 클로즈업을 지금도 난 뚜렷이 기억하고 있다. 그 클로즈 업들은 평생 잊을 수 없을, 지독히도 자극적이면서도 매혹적인 이미지였다.

훗날 대학 2학년 때 '영화 스터디'의 세계에 전격 투신한 뒤, 난 그 영화가 대한민국 영화사의 최대 문제적 감독인 고 김기영의 〈화녀〉(1971)—내 한국 영화 베스트 1위작인 〈하녀〉(1960)의 리메이크 작이다—라는 것을 알았다. 오늘날의 눈으로 보더라도 제법 충격적 문제작을 그렇게 어릴 적 섭렵했던 것을 보면, 나는 시쳇말로 까질 대로 까진 조숙한 아이였던 셈이다.

중학교 적, 내 영화 탐닉은 한층 더 심해졌다. 아버지에게 '1류 극장' 초대권을 받아와 내게 전해 주곤 했던 친구 덕에 1학년 여름 방학 때는 무려 서른 편 가까운 영화들을 보기도 했었다. 돌이켜 보건대 소심할 대로 소심한 '모범생'(?)이었던 내가 어떻게 그렇게 대범할 수 있었는지 의아하다. 자칫 잘못해 단속반에 걸리기라도 하면 정학을 당하곤 했던 그 시절, 난 여전히 아무런 거리낌 없이 '18금 영화'를 포함해 각종 영화들을 두루 즐겼다.

그 18금 영화 중 한 편이 내 인생의 영화가 될, 이장호 감독 신성일, 안인숙 주연의 〈별들의 고향〉(1974)이었다. 중학교 2학년이었던 1975년, 동네 3류 극장에서 조우한 그 한국 영화사의 기념비적 러브 스토리는 까까머리 중학생이었던 나를 완전히 포획·매료시켰다. 특히 두 주인공이 나누는 정사 신은 그야말로 숨이 멎을 만큼 짜릿했고 황홀했다. 다름 아닌 그 '매혹(들)attraction/s'과 짜릿함, 그 황홀함 등이 먼 훗날, 한 교수 지망생을 그 험난한 영화 평론의 길로 이끌 터였던 것이다.

지난 1993년 11월, 월간 《말》에 로만 폴란스키 감독의 본격 성애 영화 〈비터 문〉을 리뷰하며 '얼떨결'에 그 타이틀을 내건 이래 지금껏 15년 가까운 세월을 '영화평론가'로서 살아왔다. 이러 저런 글들을 쓰고 방송에 출연하면서. 그 '덕분'에 때론 특강 강사로서, 때론 대학의 시간 강사나 겸임교수로서 적잖은 강의도 해왔다. 비록 생계 유지에도 턱없이 부족한 '벌이'였으나, 참으로 감사하지 않을 수 없는 세월이었다.

그 동안 꽤 많은 '잡글'을 써왔다. 적어도 평론집 분량 10권 이상 분량은 되지 않을까 싶다. 그 숱한 잡글들 가운데 이번에 실린 글들은 멀리는 1999년부터 가까이는 올해까지, 지난 10년 간 쓴 20여 건이다. 다는 아니더라도 상대적으로 애정이 많이 담긴 글들이다. 대개는 이런 저런 매체에 발표된 원고들이다. 하지만 2000년대 한국 영화를 점검한 것처럼, 비록 기존의 발표된 글들을 최대한 이용했으나 이 평론집을 위해 새로 쓴 원고도 있고, 강우석 영화의 여성 부재를 짚어본 글처럼 다른 용도로 쓴 미발표 원고도 있다. 양적으로도 10매 전후의 극히 짧은 단문부터 130매에 달하는 비교적 긴 장평도 뒤섞여 있다.

그렇기에 송일곤 감독에 대한 짧은 단상이나 난립 일로에 있는 국내 영화제 문제를 집어 본 원고처럼, 시의성 면에서 적절치 못한 원고들도 있는 것이 사실이다. 때문에 전격적 수정과 업데이트를 해야 하지 않을까, 생각하기도 했다. 평론집의 속성상 그 한계는 불가피하리라는 판단에서 이내 그 시도는 단념했다. 그래, 가능 한 오자와 오류 교정 등 최소한의 손만 대고 원문 그대로 내기로 한 것이다. 비평은 어차피 일종의 '기록으로서 준-역사'요 당대 현안에 대한 크고 작은 '문제 제기' 아닌가.

원고 발표 지면과 일자를 일일이 밝히는 것도 심각히 고려했으나, 출판사와의 상의 끝에 그 역시 생략하기로 했다. 발표 지면이야 굳이 알릴 필요가 없을 테고, 집필 시기는 원고 안에서 충분히 파악될 수 있는 탓이다. 그 점과 연관해서는 양해를 구한다.

이제 몇 분에게 감사를 전하고 이 머리글을 마쳐야겠다. 처를 비롯해 가족에 대한 감사는 새삼 전하지 않으련다. 이 책을 준비하며 가장 먼저 떠오른 분은 이 나라의 문제적 작가 중 한 사람인 장정일 씨다. 이 책에도 실린 장정일과 영화에 대한 원고를 계기로 지난 2001년 11월, 『장정일 화두, 혹은 코드』(행복한 책읽기) 출판 기념 식사 자리에서 만난 그로부터 "전찬일 씨 첫 책은 언제 나와요?"라는 물음을 받고는 "곧 나올 겁니다"라고 겸연쩍이 답했는데, 어느덧 7년 가까운 세월이 흘렀다.

우선, 그에게 진심 어린 고마움을 전한다. 빈말이 아니라 그 이후로 단 한시도 그의 그 한마디를 잊은 적이 없다(해도 과언이 아니다). 일말의 죄책감까지 느끼게 한 그 한마디는 내게 일종의 채찍으로 작용해 왔는데, 이제야 비로소 그 약속을 지킬 수 있게 된 것이다. 고백컨대 미약하나마 그 약속에 대한 부담감이 아니었다면, 아마 이 첫 번째 평론집 발간은 한참 더 늦어졌을는지도 모른다. 그렇기에 이 평론집이 장정일 그에게 바쳐진다 한들 그건 결코 제스처에 불과한 것은 아니라고 감히 말하고 싶다. 너무나도 보잘 것 없는 책이기에 결국 그러지 않기로 결심했지만…….

정말 바쁜 일정에도 과분한 추천의 글을 써준 임진모 선배에게도 어찌 형용키 힘들 감사를 보낸다. 지적 수준 등 여러모로 너무 큰 간극이 존재하나, 지난 1989년 기자 신분으로 만난 이래 그는 내 진정한 역할 모델이었다. 일체의 현학적 수사를 배제한 강건체가 혹 내 글의 문체상의 특징이라고 말할 수 있다면, 그건 거의 전적으로 그에게 배운 바를 실천한 결과에 지나지 않는다. 그런 의미에서 그는 성인이 되어 만난 내 첫 번째 '스승' 이었다.

40줄 전후에 만난, 내 삶의 두 번째 스승에게도 그 누구 못잖은 큰 감사를 전하련다. 내가 몸담고 있는 서울 상계동 소재 선천교회 당회장이신 김영우 목사가 바로 그 주인공이다. 그분은 내게 삶의 새로운 목표를 제시해 주었다. 내게 주어진 평생의 비전을 결코 포기하지 않고, 그 공동체적 비전을 실현하기 위해 한 발짝 한 발짝 정진하는 것. 평론가로서의 삶, 선생으로서의 삶, 크리스천으로서의 삶……. 그 모든 것이 결국 그 비전 실현의 기회였으며, 지금도 그렇고, 앞으로도 그럴 것이다.

목하 평론가로서 내게 가장 큰 지적 자극을 구체적으로 주고 있다는 점에서, 내 삶의 세 번째 스승이라 하기에 전혀 부족함 없을 무용평론가김태원 한국예술발전협의회 회장에게도 깊은 감사를 전한다.

머리말 첫 단락의 '누군가'의 바로 그 '누구'이신 분이다. 비록 자주는 아닐지언정 그분을 만날 때마다 나는 평론가로서 한없는 부끄러움을 절감하곤 한다. 나의 부족, 나의 초라함을 너무나도 확연히 실감시켜 주는 탓이다. 내가 만약 이 첫 번째 평론집을 내는데 그치지 않고, 이어 두 번째, 세 번째 책을 내게 된다면 그것은 다름 아닌 이 분이 내 뒤에서, 내 곁에서 계속 자극하고 채찍질하기 때문일 터이다.

이 분들 외에도 감사해야 할 분들은 일일이 다 열거할 수 없을 정도로 많다. 감동 어린 추천사를 써준 장석용 한국영화평론가협회 회장을 비롯해, 내 대학 시절 영화 선생이었던 전양준 부산국제영화제 부위원장 겸 월드 섹션 프로그래머, 평론가로서의 삶을 넘어 '더불어' 또 다른 그 무엇인가를 하자면서 이 부족한 친구를 이끌어주고 있는 벗 현석준과 안덕환, 선배 신미경 감독, 후배 서효승 프로듀서, 그리고 평생 벗이자 동료 평론가인 김시무 선생, 남완석 교수, 심영섭 교수, 강유정 평론가 등등…….

미처 다 하지 못한 마지막 감사는 당연히 손정순 대표를 위시한 출판사 도서출판 작가 식구들의 몫이다. 의례적 인사가 아니라, 사람을 하도 좋아해 별 다른 재미를 보지 못할 게 뻔한 데도, 재미없는 평론집을 기꺼이 출간해 주는 손 대표에게 다시 한 번 가슴 속 저 깊은 데서 우러나는 큰 감사를 전한다.

모쪼록 숱한 주저와 사연을 뚫고 세상 빛을 보게 된 이 문제 제기적 평론집이 그 누군가에게, 특히 나와 과거에 조우했던, 앞으로 조우할지 모르는 적잖은 학생들에게 그 어떤 자극이나마 주길 바랄 뿐이다.

2008년 7월 14일 전찬일

목차

3부 영화를 바라보다
— '문제 제기'로서 영화 비평

1부

영화를 따라 걷다

내가 영화를 사랑하는 방법

〈400번의 구타〉 〈쥴 앤 짐〉 등으로 유명한, 프랑스 누벨 바그 출신 명장 프랑수아 트뤼포는 "영화를 사랑하는 첫 번째 방법은 같은 영화를 두 번 보는 것이며, 두 번째 방법은 영화평을 쓰는 것이고, 결국 세 번째 방법은 영화를 만드는 것"이라고 말했다. 그 말을 실천에 옮긴 트뤼포처럼 할 수만 있다면, 영화를 사랑하는 더 이상의 방법은 존재하지 않을지도 모른다. 세상이 하도 편리해지고 간편해져, 결단하고 그 결단을 실행에 옮기려고 노력한다면 뭐, 그처럼 못할 것도 없겠지만 말이다.

트뤼포와는 달리 "영화는 결코 삶보다 더 중요할 수 없다"는 신념을 지니고 있는 나 같은 보통 사람에겐 그러나, 그의 영화 사랑이 도저히 도달 불가능한 어떤 경지로 다가서는 게 사실이다. 지금껏 내세울 만한 영화평은 단 한 편도 쓰지 못했다고 판단되기에 하는 말이다. 앞으로도 그럴 테고. 그런 마당에 간혹 영화 만들기에 대한 욕망을 불태워 봤자 과욕이기 십상이다. 심지어 비교적 손쉬울 수 있을, 같은 영화 두 번 보기도 그다지 만만한 작업은 아니다. 한번조차 볼 수 없는 경우가 수두룩하다.

관건은 따라서 나만의 영화 사랑 방법이다. 그 최우선적 방법은 수준 여부를 떠나 영화에 대해 일말의 존경심 · 경외감을 갖는 것이다. 사람이든 아니든 어떤 대상을 사랑한다는 건 그 대상을 그 자체로서 인정 · 존중한다는 걸 함축할진대 영화 또한 예외가 아닌 탓이다. 그래서일까, 영화에 대해 함부로 말하거나 쓰는 행위에 대해 나는 적지 않은 거부감을 지니고 있다.

우리는 어떤 인물, 어떤 현상, 어떤 사물 등에 대해 너무 많이는 고사하고 충분히 알기도 불가능하다. 평론 13년에 영화를 본격적으로 공부한 세월이 25년여, 영화를 보기 시작한 지 삼십 수년에 달하지만, "대체 당신이 영화에 대해 뭘 아느냐?" 고 묻는다면 도저히 자신 있게 답하질 못하겠다. 하지만 현실은 어떤가. 일체의 책임감이 수반되지 않는 일반 관객들이야 그러려니 치고 넘어가자. 이렇다 할 식견도 전문성도 갖추지 못한 이들이 이런저런 타이틀을 내걸고 마구 말하고 마구 써 대지 않는가. 마치 어떤 영화에 대해 다 알고, 자신이 최종심급이라도 되는 것처럼. 그래선 안 되는 거 아닐까.

그렇다고 영화 앞에서 한없이 고개를 숙여야 한다거나 기가 죽어야 한다는 의미는 결코 아니다. 자기 자신만의 방식으로 영화를 즐기되, 영화에 대해 말하고 쓸 때는 좀 더 겸손하고 신중하며 조심스러워 하자는 것이다. 그런 자세를 지니고, 영화를 더욱 온전하고 풍성히 사랑하기 위해 내디뎌야 할 다음 발걸음은 영화를 일종의 '매혹(들) attraction/s' 으로써 수용 · 감상 · 음미 · 분석 · 평가하는 것이다.

주지하다시피 영화는 시각 매체요, 청각 매체며 이야기 매체다. 우리는 영화를 동시에 보고 들으며 읽는다. 그 과정을 통해 우리네 관객은 감각적 재미나 정서적 감흥, 지적 자극 등을 찾고 얻는다. 이렇듯 영화를 구성하는 수많은 매혹들은 영화 도처에 자리하고 있다. 드러나 있든 숨겨져 있든. 시 · 청각적이건 내러티브적이건 간에 그 어떤 요소로서든.

현실에서는 그러나 이 간단한 이치가 왕왕 잊히곤 한다. 지나치게 정서적 · 감각적 층위에 집착하느라 지적 층위를 무시하기 일쑤다. 물론 그 반대의 경우도 다반사로 일어난다. 텍스트로서 영화 읽기, 다시 말해 내러티브 분석에 급급해 보고 듣는 매체로서의 영화 고유의 특성을 간과하곤 한다.

당장 김지운 감독의 〈달콤한 인생〉이나 이명세의 〈형사〉 등의 사례를 떠올려 보라. 이안 감독의 〈와호장룡〉 등에서 목격할 수 있는 바 같은, 경천동지할 기념비적 스펙터클이 펼쳐지는데도 내러티브적 함의에 치중해 그 스펙터클의 무한 매혹 따윈 아랑곳하지 않기도 한다. 이미지를 압도하는 음악이 존재(대부분의 왕자웨이 영화들)하거나 부재(대부분인 차이밍량 영화들)하고, 숨이 가쁠 정도의 기막힌 음향 효과가 구사(박찬욱의 〈복수는 나의 것〉 등)되며, 영화 내내 단연 주목할 만한 사운드 연출이 이뤄지는데도(대다수의 압바스 키아로스타미 영화들) 그 멋진 사운드의 매혹들엔 좀처럼 귀 기울이지 않기도 한다.

이 역시 그 역도 성립된다. 오로지 스타일만 중시하며 내러티브 요인을 완전히 무시한다고 할까.

내 요점은 다름 아닌 이것이다. 가능한 한 겸손한 자세를 지닌 채, 영화의 각 층위에 산재되어 있는 다양한 매혹들을 두루 찾아 맛보고 즐기자는 것! 그것이 내가 제안하고픈 으뜸 영화 사랑 방법인 것이다.

내가 영화를 사랑하는 이유

2006년 여름 어느 영화 예매 사이트 기자로부터 '내가 영화를 사랑하는 방법' 이라는 제목의 원고를 청탁받았다. 난 다음과 같은 요지의 주장을 펼쳤다. 우선은 그 수준 여부를 떠나 "영화에 대해 일말의 존경심 · 경외감을 가지고, 시각 · 청각, 이야기 등 영화의 각 층위에 산재되어 있는 다양한 '매혹들attractions' 을 두루 찾아 맛보고 즐기자" 고.

그때 난 새삼 "대체 난 '왜' 영화를 사랑하는 걸까" 라는 또 다른 근본적 질문을 스스로에게 던졌다. 그에 대한 내 첫 번째 답변은, 영화라는 매체에 담겨 있는 그 다양한 매혹들이 너무나도 유혹적이기 때문이라는 것이다. 그 매혹들에서 나는 감각적 재미나 정서적 감흥, 지적 자극들을 발견, 만끽하곤 한다. 그럴 때마다 가히 황홀경이라 할, 일종의 흥분 · 도취 상태에 빠지곤 한다. 〈와호장룡(이안)의 그 환상적 스펙터클, 〈복수는 나의 것(박찬욱)의 그 섬세한 사운드 연출, 〈LA 컨피덴셜(커티스 핸슨)의 그 치밀한 플롯, 〈내 어머니의 모든 것(페드로 알모도바르)의 그 파격적이면서도 성숙한 시선 등에서 뿜어 나오는 매혹들에 난 포획 당하지 않을 도리가 없다.

대학에서건 그 어떤 자리에서건 영화 관련 강의를 할 때면 으레 매혹으로서의 영화 보기와 듣기, 읽기를 역설해 온 까닭도 그래서다. 명색이 평론가임에도 영화 텍스트에 내포되어 있는 의미 읽기나 의미화 작용에만 집착하지 말라고 강조하고 또 강조하는 것도 그래서다.

내가 영화를 사랑하지 않을 수 없는 또 다른 주요 이유는 그 어떤 영화가 내 사고에, 내 행위에, 나아가 내 삶 전반에 어떤 크고 작은 영향 · 자극을 줄지 알 수 없어서이기도 하다. 어쩌다 조우하게 되는 그런 영화를 기다리는 설렘을 난 정말 사랑한다. 특히 그다지 큰 기대도 하지 않고 만난 영화에서 예상을 훌쩍 뛰어넘는 재미와 울림, 자극 등을 맛볼 때의 그 짜릿함이란! 그 짜릿함을 어찌 다 말로 형용할 수 있을까.

근자엔 〈브로크백 마운틴〉(이안)과 〈메종 드 히미코〉(이누도 잇신)가 그런 영화였다. 그리고 이준익 감독, 안성기 · 박중훈 주연의 〈라디오 스타〉 역시 그런 감동의 영화이다.

지독히도 통속적이고 때론 감상적이기까지 한 그 관계의 휴먼 드라마를 보는 내내 난 내가 영화를 사랑하지 않을 수 없는 이유, 적어도 경제적으로는 그토록 궁색하고 보잘것없으면서도 평론가의 삶을 단념하지 않는 이유를 보여주는 영화라는 느낌을 떨칠 수가 없었다. 그래 감격했다. 행복하기까지 했다.

그 속엔 〈반칙왕〉(김지운) 등 극소수 예외를 제외하면 한국 영화들에선 좀처럼 발견하기 힘든 빛나는 덕목들이 즐비하다. 유머 어린 짙은 페이소스 내지 페이소스 머금은 진득한 유머가 단연 빛을 발한다. "위대하다"는 표현이 과장만은 아닐, 안 · 박 투톱의 발군의 연기도 그 중 하나다.

상기 영화들은 내 가슴, 내 머리, 내 몸을 떡하니 차지하고 있는, 그 무엇과도 바꿀 수 없는 평생의 재산들이다. 난 그들과 더불어 살아가고 나이를 먹는다. 빈말이 아니라 그들이 존재하기에 난 결코 만만치 않은 이 삶이 조금은 덜 힘들다. 아니, 그들이 있어 조금은 더 신나고 행복하다. 그들은 내 삶의 활력소요 동반자인 것이다.

그래, 삶의 활력소요 동반자로서 영화와 더불어 살아간다는 것. 그것이 내가 영화를 사랑하지 않을 수 없는 또 다른 으뜸 이유다. 이러니 어찌 영화를 사랑하지 않을 수 있겠는가.

우리 영화 비평, 과연 정직할까

영화 전문 주간지 《FILM 2.0》 2007년 6월호에는 매우 흥미진진한 인터뷰가 한 건 실렸다. 일찍이 1970년대 후반부터 한국 영화를 보기 시작했다는 미 영화업계지 《버라이어티》의 수석 평론가 데릭 엘리의 인터뷰다. 작금의 한국 영화가 위기를 겪고 있다면 그것은 흔히 얘기되듯 재정이 아니라 '창의성의 문제' 라는 그의 인터뷰에서 개인적으로 가장 눈길이 가 닿은 대목은 다름 아닌 한국의 영화 저널리즘과 평론계가 연관된 것이었다.

"한국의 영화 저널리즘은 영화산업으로부터 독립적이기가 점점 어려워지고 있다"는 기자의 말에 이렇게 답하는 것이 아닌가. "안다. 《버라이어티》에 글을 쓰는 것이 좋은 이유 중 하나는 내가 정직하게 쓸 수 있기 때문이다. (중략) 물론 한국에서는 비평가들이 영화 산업과 모종의 합의 관계에 있다는 사실을 알고 있다."

그렇다면 다른 영화 매체에 기고하는 평론가들은 정직하게 쓰지 않는다는 것인가. 비평에서 '정직' 이란 필수적 자질이요, 개인적 덕목과 관련된 기본적 문제이거늘. 게다가 모종의 합의 운운은 또 무슨 뚱딴지 같은 소린가. 황당하다 못해 은근히 불쾌하기까지 하다. 여러모로 세계적 수준을 자랑하는 1급 평론가의 의견치곤 사려 깊지 못할 뿐 아니라 무례하다는 느낌을 떨칠 수가 없다.

그럼에도 문제의 대목을 거듭 읽어보니 그 함의가 이해 안 되는 것도 아니다. 그만큼 영화 비평이 목하 정직으로부터 멀어지고 있다는 35년 경력의 베테랑 비평가의 고언일 것이기 때문이다. 국내 영화평론가들이 산업 쪽과 과도하게 밀접한 관계를 맺고 있는 건 아니냐는, 비평의 본분을 치명적으로 훼손시킬 만큼 산업적인 고려를 지나치게 많이 하는 것 아니냐는 충고일 것이기 때문이다.

자문해 본다. 평론가로서 나 자신은 과연 얼마나 정직했고 정직한가를. "정직했다"고 자부하지만 하늘을 우러러 한 점 부끄럼 없다고 100% 자신할 수는 없다. 언제부턴가 과도하다 싶을 정도로 산업적 맥락을 많이 고려하고 있는 것이 사실인 탓이다. 결코 의도하지 않았더라도, 비록 담합하진 않았더라도 결과적으로 '모종의 합의 관계'를 유지해 온 것이 사실인 탓이다.

심형래 감독의 〈디 워D-War〉만 해도 그렇다. 전작 〈용가리〉에 워낙 실망을 해 그다지 보고 싶지 않았건만 일부러 시간을 내 기자 시사회를 찾아 영화를 보았다. 물론 적잖이 실망을 했다. 영화는 환상적, 압도적이라고 얘기되던 컴퓨터 그래픽CG 등 비주얼은 기대에 못 미친 반면, 목불인견이라고 하던 드라마는 소문보단 괜찮았다. 물론 어디까지나 상대적 평가다. 절대적 기준을 들이대면 상황은 달라진다. 영화는 300억 원이라는 역대 최대 예산을 투입해 대체 무엇을 성취해 낸 건지 궁금하기 짝이 없다. 그보다 3분의 1 가량의 예산을 들인 〈중천〉도 국내 기술력으로 그 못잖은 CG를 구현하지 않았는가. 그것도 스타급은 단 한 명도 없는 〈디 워〉와 달리 김태희, 정우성 '투톱' 등 빵빵한 연기진을 두루 기용해서.

그럼에도 〈디 워〉를 일방적으로 비판, 비난할 수만은 없다. CG 등의 덕목을 들어 일정 정도는 긍정적 평가를 내려야 한다고 보는 것이다. 무엇보다 영화가 흥행에서 참패할 경우 야기될 파장과 후유증이 벌써부터 적잖이 걱정돼서다.

그래, 5개 만점에 별 2개쯤은 주면서 " '의욕 과잉' 이 빚어낸 안타까운 야심작" 이라는 등의 다소 조심스러운 단평을 한다. 결국 평론가로서 어정쩡한 '타협' 을 하는 것이다. 결국 데릭 엘리의 일침은 이런 타협을 향해 날린 것이리라.

편 가르기,
한국 영화 평론계의 안타까운 전통 혹은 징후

한국 영화 평론계의 고질적 전통 중 하나는 특유의 편 가르기다. 내 편으로 네 편으로 나누어 자기편이 아니면 아예 인정하지 않고 무시하기 십상이다. 사람 사는 곳에 편 가르기가 없을 수 없겠지만 그 도가 지나쳐도 너무 지나치다.

최근 난 그 편 가르기의 적절한 사례를 영화 주간지 《FILM2.0》의 기획 24호, "한국 영화 비평은 지금"이란 11쪽에 걸친 특집에서 목격했다. 그 잡지는 총 10명의 평론가들에게 "한국 영화 비평의 오늘"과 관련된 중요한 4가지 질문을 던졌다. 흥미로운 건 10인의 면면. 잡지 커버에서 가장 크게, 그것도 붉은 글씨로 박혀 있는 특집 제목을 보고 《FILM2.0》으로부터 '인정' 받아 '선택' 된 그 열 명이 과연 누구일까, 자못 궁금했다. 마구잡이로 대충 선정했을 리 없고 엄선에 엄선을 거듭했을 테니까.

강한섭, 김선아, 김성욱, 김영진, 문재철, 박평식, 이상용, 이효인, 정성일, 주유신(이하 존칭 생략)이 그들이었다. 여성 평론가가 겨우

2명밖에 없어 아쉽긴 했지만, 연령별·경력별 분포 등에서 수긍할 만했다. 그런데 찬찬히 들여다보니 김영진을 비롯하여 이효인, 이상용, 김성욱 네 사람은 편집위원 내지 스태프 평론가로서 잡지에 고정적으로 기고하는 이들 아닌가. 나머지도 대개는 김영진 편집위원 등과 친분 있는 분들일 테고. 그러고 보니 의아스럽게도 목하 평론계에서 가장 왕성한 활동을 펼치고 있으며 실력·인기 면에서 둘째라면 서러워할 스타 여성 평론가 심영섭의 이름이 보이지 않았다.

상기 10인이 뭐, 평론계 대표 선수가 아닌 바에야 하등 문제가 될 게 없을 게다. 빠진 사람이 어디 심 씨뿐인가. 그럼에도 한때 심 씨가 그 잡지에 글을 쓴 적이 있었다는 사실 등을 떠올릴 때, 어딘지 이상했다. 심 씨가 거절했다면 몰라도—확인해 보니 그 기획조차도 모르고 있었다—기획의 신뢰성과 객관성 등을 조금이라도 높이려 했다면, 스태프 평론가 중 한 사람을 빼면서라도 심 씨를 참여시키는 것이 더 효과적이었으리라고 생각하니까.

혹시 심 씨가 경쟁지 《씨네21》에서 제일 잘 나가는 스타 평론가여서 빠진 건 아닐까. 그럼 편 가르기? 순간 그럴 거라는 의구심이 뇌리를 스쳤다. 의구심은 이내 확신으로 바뀌었다. 여러 정황으로 판단컨대 그건 편 가르기였다. 어제오늘의 일은 아니지만, 요즘 부쩍 더 불안한 건 최근 들어 그 고질적 편 가르기가 상기 영화 주간지들을 중심으로 새삼 과열화되고 있는 것 같다는 불안감이 들어서이다. 그런 조짐은 2001년의 할리우드 블록버스터 〈진주만〉의 보도 태도에서도 선명하게 드러났다.

《씨네21》은 영화 개봉 전, 303호에서 〈진주만〉의 스타 벤 애플렉을 커버에 내세웠다. 다음 호에서 김혜리 기자는 비교적 객관적인 프리뷰를 실었다. 하와이 시사회에 초대받은 《한겨레》 임범 기자는 짤막하게 시사회 스케치를 했을 뿐. 게서 그치지 않고 그 잡지는 305호에서 제리 브룩하이머와 마이클 베이를 "할리우드 최고의 제작자-감독 흥행 복식조"로 자리매김하는, 다소 과장 섞인 기획까지 마련해 영화를 '노골적으로' 홍보해 주었다. 비록 작품성에 대해서는 그다지 호의적이진 않지만.

반면 《FILM2.0》 측이 취한 입장은 그와는 완전히 대조적이었다. 지독한 미 우월주의로 치장한 영화가 비단 〈진주만〉은 아니겠건만, 또 사전 정보를 통해 영화가 어떠하리라고 충분히 짐작했겠건만 전례 없이 강력하면서도 신랄한 악평을 쏟아 부었다. "한국 영화 비평은 지금"을 다룬 24호에서, 김영진을 위시해 이효인, 이상룡, 오동진 등이 총동원되어 〈진주만〉에 집중 포격을 가한 것. 영화에 대한 국외에서의 평가를 종합해 보면 결코 지나친 것이라 할 수는 없지만, 혹시 하와이 시사회에 초청 받지 못한 데 대한 감정적 대응 아니냐는 지적이 여기저기서 터져 나오는 것도 무리는 아니었다.

《씨네21》의 브룩하이머-베이 특집에 대한 반발일까, 《FILM2.0》은 26호에서 영국 저명 대중음악 전문지 《롤링스톤》 특약을 통해 비판적인 〈진주만〉 리뷰와 마이클 베이 연대기를 실었다. 우연의 의도인지 모르지만 흥미롭게도 《씨네21》 26호에서는 평론가로서도 맹활약 중인 김봉석 기자가 고정란 '숏컷'에서 느닷없이 할리우드 블록버스터 옹호론을 개진하면서 '간접적으로' 〈진주만〉을 지지했다. 결과적으로 그건 《FILM2.0》에 대한 반박이나 다름없었다.

두 잡지의 '세 싸움', 곧 편 가르기는 〈수취인 불명〉에 때맞춰 보인 김기덕 감독 '밀어주기(?)'에서도 여실히 드러난다. 《FILM2.0》은 제작자와 손을 잡고 김기덕 감독론 공모전을 전개했으며 김기덕 영화 세계의 핵심적 특징인 야만성—많은 이들, 특히 페미니스트들에게 비난의 주된 근거가 되어 온—을 용서해야 하는 이유를 설파했다. 《씨네21》은 무려 10쪽에 달하는 특집 "김기덕 연구, 상처와 고름의 미학"으로 그에 응수했다. 김기덕을 향한 그간의 의심 내지 비판의 눈길을 고려하면 솔직히 다소 의외의 기획들이었다.

무심코 넘길 수도 있을 이러한 징후들을 이렇듯 심각하게 해석하는 까닭은 퍽 '씁쓸한' 개인적 경험이 작용했기 때문이란 걸 이쯤에서 고백해야겠다. 나는 몇 해 전, 진정성, 기동성, 실천성 등을 취지로 내걸며 '젊은 영화 비평 집단(영비집)'이란 작은 조직을 결성하는 데 앞장섰다. 당시 내 으뜸 바람은 재능 있는 후배들에게 활동의 기회를 마련해 주자는 것. 그렇기에 어떤 일치된 노선이나 입장에 상관없이 가능한한 다양한 구성원들로 집단을 꾸렸다. 신진 평론가들은 물론 기자, 잡지사 편집장, 방송국 PD, 기획실 직원, 학생 등 비 평론가들이 두루 참여했다.

되돌아보건대 그러나 우리는 또 하나의 편들을 만들고 있었던 것이다. 난 의식하진 못했고 아니라고 자신했지만, 적어도 남들에게는 그렇게 인식되고 있었던 것으로 보인다. 무엇보다 집단을 결성하면서 교수급 평론가를 비롯해 많은 이들을 '배제'시켰으며, 결국 무의식적으로나마 편 가르기를 한 것이나 진배없었으니까. 이렇게 비관적으로 생각하는 건 물론 영비집이 줄곧 견제를 받아왔다고 생각해서다.

결코 짧지 않은 4년차를 맞이한 지금까지 영비집 출신으로 시쳇말로 '뜬' 신예 평론가는 단 한 명도 없다. 예나 지금이나 영비집의 간판들은 여전히 양윤모 선배를 비롯해, 김시무, 전찬일, 이명인, 그리고 염찬희 등이다. 집단 발족 당시에서 나름대로 활동 영역을 이미 구축하고 있던 몇몇 이들. 진짜 간판들이 될 법한 심영섭과 김정룡 등은 뜻이 맞지 않았는지 일찌감치 집단을 떠나 영비집의 약화를 재촉했다.

현재 영비집 소속 평론가들은 두 영화 주간지 《씨네21》과 《FILM2.0》으로부터도 철저하게 배제되고 있다. 현재 그곳에 기고 중인 이들은 한 명도 없다. 물론 그 사이 새 사람들이 다수 배출되었으며, 더러는 경쟁지 《씨네버스》 등에 기고 중이어서이기도 하겠지만, 《씨네21》 평론상 첫 회 출신인 염찬희, 이명인 등에게도 지면은 주어지지 않고 있다.

영비집이 한갓 또 하나의 '편' 으로 간주 · 견제 당하고 있다고 간주하는 이유는 지난 5월 말, "21세기, 영화와 비평 '을 주제로 열린 공개 포럼에 대한 두 잡지의 '너무나도 냉정한' 무관심 내지 무시 때문이기도 하다. 김시무, 김소희 등이 발제자로, 심광현 영상원 위원장, 이동진 《조선일보》 문화부 기자, 김영진 《FILM2.0》 편집위원 등이 토론자로 참여한, 단연 '주목할 만' 하며 대의명분을 갖춘 포럼이었음에도 아예 단신조차 내주지 않은 것. 결국 그들에게는 영화사 직원 모집 광고 따위보다 포럼 관련 소식이 덜 중요하고 하찮았었던 셈이다.

나를 포함한 영비집 소속 평론가들에게 지면을 달라고 칭얼거리는 건 아니다. 우리를 무시하지 말아 달라고 주장하는 건 더더욱 아니다. 노선이 맞지 않아서라고, 너희들이 실력이 없어서라고 하면 할 말 없으니까. 다만 대의명분을 갖춘 포럼 소식마저도 전해 주지 않는다면, 매체를 등에 업지 않은, '빽' 없는 평론가들, 특히 새로 피어나야 할 재능 있는 신예들이 어떻게 생존—생활이 아닌—할 수 있겠냐고, 더 나아가 그런 식으로 하면서 "외화내빈"이라고 자타가 공인하는 한국 평론계의 빈곤과 무능을 어떻게 타개 · 극복할 수 있냐고 하소연하며 울부짖는 것이다.

난 목하 심각히 고민 중이다. 영비집이 또 하나의 편 정도로 간주 · 오해된다면 발전적으로 해체되어야 하지 않을까 하고. 아니면 내가 집단을 탈퇴하든지. 그래도 영비집은 계속 되어야 하지 않을까. 잘 모르겠다. 지금까지의 내 문제 제기가 차라리 나 혼자만의 과민 반응이자 피해 의식, 또는 자괴감이라면 좋겠다.

영화 평론가로 산다는 것

심형래 감독의 〈디 워〉에 대해선 더 이상 왈가왈부하고 싶지 않다. 그에 대한 논의는 과하다 싶을 정도인데다 그 대박 행진에 대한 중계성 보도 역시 당분간 지속될 것이기 때문이다. 그런데도 끝내 그에 대해 다시 말하는 까닭은 이번 '디 워 광풍'이 대한민국에서 영화평론가로서 '생존' 한다는 것—어디 영화만 그렇겠는가!—이 얼마나 험난한 여정인가를 새삼 근본적으로 고민하게끔 하고 있어서다.

자존심이 적잖이 상하면서도 '생활'이란 일상적인 어휘 대신 다분히 처절한 뉘앙스가 풍기는 '생존'이란 낱말을 동원한 것은 그것이 엄연한 현실인 탓이다. 평론 데뷔 14년차에 결혼 20년차가 되었으나 그 동안 나는 가족 부양은커녕 내 밥벌이조차 변변히 하질 못해 왔다. 시간강사건 겸임교수건, 2002년부터 전격적으로 하게 된 대학 강의에서 받은 강의료까지 전부 합쳐 봤자 4인 가족의 삶을 꾸려 나가기엔 턱없이 부족하다.

부끄러운 고백이지만 우리 집안의 가장은 일찍이 20년 전 대한민국 명문 대학의 석사 학위를 취득한 내가 아니라 여상 졸업이 학력의 전부인 동갑내기 아내다. 예나 지금이나. 시쳇말로 이 몸은 '와이프 스칼라십' 덕에 살아온 것이다.

이건 물론 내 사정이다. 일찍이 영화과 전임 교수가 되었거나, 다른 안정된 직장 생활을 병행하거나, 혹은 '빵빵한' 가정 환경 덕분에 나와는 판이한 '우아한 삶'을 살아온 이들에겐, 또 어느 분야에서 종사하든 나보다 한층 더 어려운 인생을 걸어온 이들에겐 내 고백이 다분히 감상적인 신세타령으로 비칠 수도 있으리라. 게다가 평론가의 삶은 내가 자발적으로 선택한 길이지 않은가.

그럼에도 이번 '디 워 논쟁'을 견뎌 내기란 힘든 게 사실이다. 솔직히 버겁다. 단지 〈디 워〉에 대해 비판적·부정적 평가를 내렸다는 이유만으로 영화평론가가 마치 대단한 권력이라도 지니고 있는 것처럼 무차별 공격이 가해지고, 대중 관객과 견해가 다르다는 이유로 "평론가 특유의 엘리트 의식으로 관객을 가르치려 든다"는 근거 없는 비난이 마구 쏟아지는 현실이 말이다.

이 땅에서 평론가의 위상이 몰락한 건 어제 오늘의 일이 아닌 만큼 더 이상 거론하지 말자. 주지하다시피 평론가의 역할과 기능이란 특정 영화인이나 텍스트에 대한 비판과 성원 등 명확한 입장 표명에 있다. 학구적인 본격 비평이든 리뷰 중심의 저널리즘적 평론이든, 일종의 '가이드', '기록자', '준 역사가'로서 평론가는 모름지기 자신의 관점을 뚜렷하게 드러내야 한다. 설득력 여부에 상관없이 나는 이런 신념으로 그동안 평론에 임해 왔다.

당연히 평론가의 입장·관점은 일반 관객의 그것과 일치할 수도 있고 어긋날 수도 있다. 빈도에서 설사 어긋나는 경우가 많더라도 그 자체가 문제가 될 수는 없다. 하물며 그 '다름'이 관객을 가르치려 드는 행위로 귀결된다면, 그건 지독한 억지 논리이자 비약이라고 하지 않을 수 없다.

〈디 워〉를 둘러싼 광풍 속에서 그런 유감스러운 국면이 속수무책으로 조성·지속되고 있다. 이른바 '네티즌'이란 이름으로. 한술 더 떠 일부 매체들이 앞서거니 뒤서거니 나서서 그 국면을 더욱 공고화하면서 '네티즌 VS 평론가'라는 예의 흑백논리적인 분열을 당연시·고착화시켜 버렸다. 그럼으로써 생존조차 여의치 않은 숱한 평론가들을 부당한 권력자요, 대중의 공적인 것처럼 몰아붙이고 있다.

이런 폭력적·파쇼적인 상황에서 도대체 평론 당사자들은 무엇을 해야 하며, 할 수 있을까, 그저 함구하고 있어야 하는 걸까. 삶의 가장 큰 적이 무관심이거늘, 그런 냉소적 자세로 무장한 채 그저 수수방관하고 있어야만 하는 걸까.

바람직한 영화 평론가의 자세

2001년 여름 모 대학 비평 특강에서 비평가의 자세에 대해 강의를 한 적이 있다. 두서없이 이런 저런 얘기를 했다. 이 순간 내 자신에게 이런 질문들을 던져 본다. 사람마다 개성이나 지향점 등이 다 다르거늘 과연 어떤 자세가 평론가로서 바람직하다고 주장할 수 있는 걸까? 어떤 글이 바람직한 평론적 글쓰기라고 말할 수 있을까? 의도 여부를 떠나 문제제기적 글의 속성상 일말의 공격성 내지 선동성, 선정정 등을 띨 수밖에 없거늘, '전찬일의 쓴소리' 는 바람직한 글일까…….

어떤 것이 정답이라고 단언할 수는 없지만 평론가로서 활동해 온 지난 8년 동안 단 한순간도 그런 고민으로부터 자유로운 적이 없다. 이 글은 그 고민의 결과인 셈이다. 효율성을 높이기 위해 질문을 거꾸로 해보자. 평론가로서 제일 경계해야 할 자세는 무엇일까, 라고. 첫 번째 내 대답은 지나치게 사적私的인 글쓰기는 가능한한 자제해야 한다는 것이다.

창작에서도 마찬가지지만, 난 글쓰기에서 거리 떼기가 최우선 과제라고 확신한다. 그 아무리 미문이고 달문이라 할지라도 거리감이 결여되어 있다면 그 글의 생명은 다한 것이라고 간주한다고 할까. 일반 독자라면 몰라도 모름지기 전문가인 평론가가 지나치게 사적인 글쓰기를 해서는 안 된다고 주장하는 것이다. 사적인 글이 효과적일 때도 물론 있다. 전형성 내지 대표성, 즉 공적 성격을 지닐 때. 그렇지 않을 때에는 지나치게 사적으로 흐르지 않도록 최대한 조심해야 한다.

그러나 저널은 물론 평단에서도 지극히 사적인, 하도 사적이어서 짜증스러운 글을 종종 목격하곤 한다. 그때마다 글의 목적이 무엇일까 하는 의문이 들곤 한다. 스타도 명사도 아닌 일개 평론가의 체험담에 누가 관심을 갖는다고. 가령 내가 영화 읽기를 한다고 치자. 당연히 독자의 관심은 해당 영화를 어떻게 읽어야 할까에 관심이 쏠릴 수밖에 없다. 평론가 전찬일은 그 영화에서 남들과 다른 그 무엇을 읽었고 무엇을 시사할까 등등. 따라서 영화 읽기의 중심엔 영화가, 그 영화에 대한 평론가 전찬일의 해석이 자리해야 한다. 그런데 영화 이야기는 간 데 없고 느닷없이 영화와 별 상관없는 개인적 체험이나 상념 따위를 늘어놓는다. 그 글이 과연 영화 읽기가 될 수 있을까. 아닐 게다. 칼럼이나 수필은 될 수 있을지언정.

평론가에만 해당되는 건 아니지만, 두 번째로 경계해야 할 자세는 편견이나 취향에 의해 좌우되지 말아야 한다는 것이다. 사실 이 점을 모르는 이는 거의 없을 터. 그런데 현실은 정반대인 경우가 허다하다. 나만해도 그렇다. 명색이 평론가라면서도 크고 작은 편견에 지대한 영향을 받고 장르에 따라 작품에 대한 선호도가 크게 달라지곤 하는 내 자신을 발견한다. 한때 나는 홍콩 영화니 웬만한 할리우드 오락 영화들은 으레 백해무익한 '쓰레기'려니 치부한 적이 있었다. 남들이 아무리 좋다 해도 그러려니 했다. 수준들이 낮아서들 그렇겠지 하며.

그러던 차에 관금붕의 〈지하정〉이나 커티스 핸슨의 〈LA 컨피덴셜〉 등을 보면서 내 편견은 박살나고 말았다. 그간 난 얼마나 지독한 편견에 사로잡혀 있었던지! 진정 부끄러웠다. 이후 "유럽 영화는 예술 영화, 할리우드 영화는 오락 영화" 식의 말도 안 되는 도식도 사라졌다. 얼마 전 본 〈슈렉〉은 수십 년 간 품어 왔던 또 하나의 편견을 없애 주었다. 일부 성인물을 제외하면, 애니메이션은 그저 어린애들용이라는 어리석은 편견을. 고백컨대 그런 예들은 셀 수 없을 만큼 많다. 김지운의 〈반칙왕〉은 코미디로도 깊고 짙은 감동을 선사할 수 있다는 걸 깨닫게 해주었다. 〈신라의 달밤〉이나 〈엽기적인 그녀〉의 유쾌한 웃음은 그간 내가 지녀 온 한국 코미디 영화에 대한 강한 거부감을 상당히 불식시켰다. 류승완의 〈죽거나 혹은 나쁘거나〉는 액션물은 당연히 아무 생각 없이 보는 한심한 장르라는 고정관념을 깨 주었고, 〈8월의 크리스마스(허진호)〉나 〈접속(장윤현)〉, 〈파이란(송해성)〉 같은 멜로 수작들은 그저 사랑 타령에 지나지 않는다고 오해했던 그 장르도 성찰적 · 비판적일 수 있다는 걸 가르쳐 주었다. 여전히 편협하겠지만 그 결과 지금은 전에 비해 훨씬 더 풍요롭고 자유로운 영화 보기가 가능해졌음은 물론이다.

취향을 경계해야 한다고는 했지만 평론가들 중에는 다름 아닌 취향을 최우선시하는 이들도 있다는 걸 잊어서는 안 된다. 폴린 카엘 같은 이가 대표적 케이스. 그들은 사람은 취향에서 벗어날 수 없다는 정도의 소박한 생각이 아니라 취향이 가장 중요한 판단 기준이라고 확신하는 부류다. 한국에도 그런 신념을 지니고 있는 이들이 적지 않은 것으로 알고 있다. 따라서 선택은 독자/관객의 몫이다.

그럼에도 강조하지 않을 수 없는 것은 취향 속으로의 함몰은 전문가에게 절대적으로 요구되는 주관성과 객관성 사이의 균형 잡기를 원천적으로 불가능하게 한다는 것이다. 평론가들마저 일반 관객처럼 그저 취향에만 의존해 영화를 재단한다면 어찌 전문가라 할 수 있겠는가. 게다가 취향에 집착하여 좀더 발전적이고 성숙한 영화 보기가 방해 · 차단당한다면 그 어찌 우매하다고 하지 않겠는가.

이곳에서 흔히 볼 수 있는 또 하나의 큰 편견은 페미니즘적 성향을 지닌 일부 평론가들에게서 드러난다. 그들은 세상을, 따라서 영화를 남성 대 여성의 대립 구도로 파악하고 여성 우호적 혹은 긍정적이면 좋은 작품이고 아니면 나쁜 작품이라는 지극히 이분법적 판단을 내리곤 한다. 도저히 수긍할 수 없는 속 좁은 자세다. 그들이 비난의 화살을 가장 빈번히 날리는 대표적 타깃이 김기덕 감독. 그는 〈악어〉에서 〈수취인 불명〉에 이르는 모든 작품에서 늘 남성에게 착취 · 구타 · 강간당하는 여성들을 줄기차게 등장시켜 왔는데 그로 인해 맹공을 당해온 것이다. 여성을 지나치게 수동적 · 희생적 인물로 묘사해 왔다는 것.

과연 그럴까. 이 자리에서 김기덕을 옹호할 생각을 추호도 없다. 하지만 겉으로 드러난 여성 묘사만을 근거로 어떤 영화의 좋고 나쁨을 재단하는 자세는 결코 올바른 것이라 할 수는 없지 않을까. 자고로 행간의 숨은 뜻을 읽으라 했지 않는가. 그럼 이렇게 질문을 해보자. 세상의 여성 중심적 · 우호적인 영화들은 다 좋은 작품일까. 남자이고 페미니스트도 아니면서도 평소 여성 우선적 사고와 행동을 하려고 최선을 다하곤 있지만, "그렇다"고 대답할 수는 없을 듯하다. 그렇다면 히치콕이나 김기영처럼 여성을 물건 취급하거나 비하하기를 서슴지 않았던 거장들도 그 때문에 '나쁜 감독' 이 되어야 하지 않을까.

화려하지만 맹목적인, 그래서 허망하기 짝이 없는 수사로 가득한 글쓰기 방식도 지양해야 한다고도 말하고 싶다. 글쓰기의 목적이 독자와의 의사 소통—영합이 아닌—이건 환기이건 도발이건 심지어는 모독이건, 글은 나르시즘적이거나 마스터베이션적이어서는 안 된다고 보기 때문이다.

그러나 주변에 그런 글들이 얼마나 많은가. 그리고 수사에 대한 욕망은 얼마나 우리를 강렬하게, 매혹적으로 유혹하고 있는가. 누군가의 지적처럼 '필자 난難' 덕분에 그간 평론가로서 글을 써올 수 있었고 지금도 쓰고 있는지는 모르겠으나, 그간 나를 가장 괴롭힌 것이 바로 그 수사에 대한 욕구였다. 한때 평소 내가 좋아하는 모 선배처럼 쓰고 싶다는 욕망에 사로잡혀 내 자신을 자책한 적도 없지 않았다. 난 왜 그 선배처럼 멋지게, 수려하게 글을 쓰지 못하는 걸까. 어찌 이처럼 투박하고 건조하게 밖에 쓰지 못하는 걸까. 난 이내 단념했다. 글 쓰는 이의 그릇이, 지향이 죄다 다른 거니까.

그러나 평론가로서 가장 경계해야 한다고 강조하고 싶은 마지막 주장은 진정 '겸손하게, 낮은 자세로' 글을 써야 한다는 것이다. 이 속에는 영화 읽기의 눈높이를 다소 낮추어야 한다는 주장이 내포되어 있다. 난 종종 자문해 보곤 한다. 한국 영화의 점수는 몇 점쯤 될까, 하고. 90점? 80점? 70점? 글쎄, 잘 모르겠다. 그럼에도 낙제점인 60점은 넘지 않을까. 난 그렇게 생각해 왔고 그렇게 생각하고 있다. 물론 상대적인 점수다. 그렇다면 한국 평론계의 점수는? 단언컨대 낙제점 이하 아닐까. 물론 나 자신을 포함해.

그런데도 이 땅의 평론가들은 마치 자신들은 대단한 글을 쓰는 것처럼 착각을 하며 마구 재단을 하곤 한다. 자신들이 뭐, 최종심급이라도 되는 것처럼. 현실 세상에 존재하는 그 심급이 오락이요, 산업이면서 예술이요, 문화인 영화에는 부재한다고 나는 생각한다. 고로 평론가들은 관객들과 마찬가지로 최종심급이 아니다. 단지 창작자와 텍스트, 관객, 평론가들 사이의 상호작용interaction만이 존재할 뿐이다.

그렇다고 소신을 굽히라는 의미는 결코 아니다. 인기를 의식한 대중 영합적이고 기회주의적인 평론은 당장 폐기처분되어야 한다. 다만 우월한 위치를 점하고 마치 내려다보는 듯이 하는, 마치 모든 걸 전부 꿰차고 있다는 투의 '오만한', '건방진' 태도를 지양해야 한다는 것이다.

그런데 그때쯤이면 과연 평론가를 향한 감독들의, 관객들의 고질적 적개심은 사라질까, 아니, 줄어들기라도 할까.

2부

영화 인물 탐구

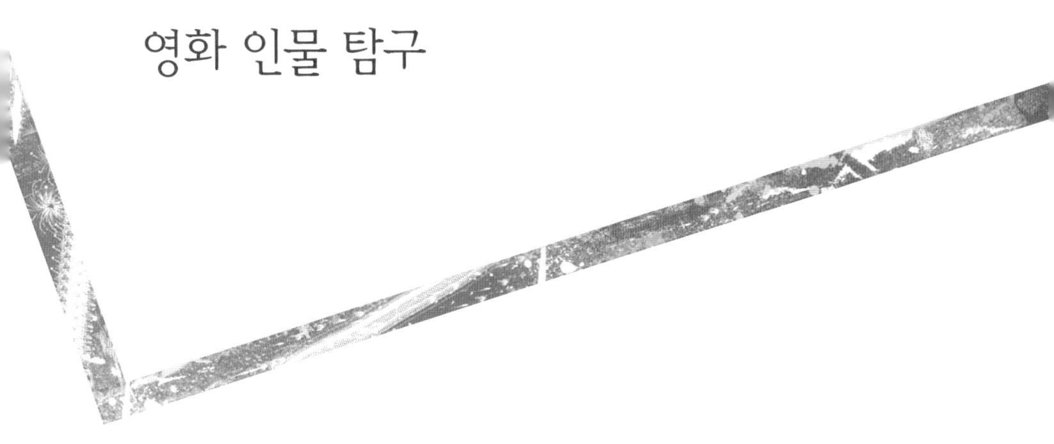

전혀 다른 세 가지 모습의 남자

배우 송강호

지난 해 말 국내 모 중앙 일간지에, 아주 홍미진진한 기사 한 건[1]이 실렸다. "미국의 한 신문에서 영화 제목이 아닌 배우를 순위에 올린 '올해의 영화' 목록을 발표해 눈길을 끌고 있다"는 취지의 외신 기사였다. 기사에 따르면 대중문화를 주로 다루는 《샌프란시스코 베이 가디언》이란 진보 성향의 한 지역 신문이 "지난 27일 '올해의 영화' 에서 6위에 영화 제목이 아닌 〈밀양〉의 송강호를 선정했다"고 한다. 이처럼 다분히 이색적 선정이 이뤄진 까닭은 그가 2007년 북미 지역에 소개된 한국 영화 중 '최고의 영화' 로 평가받은 〈괴물〉과 〈밀양〉에서 주연을 맡았기 때문이라는데, 《샌프란시스코 베이 가디언》은 " '오늘날 세계 최고의 배우는 누구일까? 라고 물으며 '영화 〈밀양〉의 송강호' 라고 소개했다"고 기사는 전한다. 이쯤만으로도 혹할 만하거늘,

1) 박성조 기자, 「美언론 '올해의 영화' 6위에 '송강호' 선정」, 《서울신문 나우뉴스》, http://www.nownewsnet.com에서 참고, 인용.

개인적으론 다음 대목이 더 눈길을 잡아끌었다. 그 신문은 "봉준호 감독의 〈살인의 추억〉과 〈괴물〉 등을 포함해 완벽한 전혀 다른 세 가지 모습을 보여줬다" 며 송강호를 극찬했다는 것. 이 대목에 남다른 눈길이 향한 건 이른바 '배우 송강호론' 의 출발점으로서 더할 나위 없이 적절하다는 판단에서였다.

송강호의 "전혀 다른 세 가지 모습" 이라? 일찌감치 '송강호론' 의 핵심적 구도쯤으로 내심 설정하고 있었던, 그러나 여태껏 그 어디서도 목격하지는 못했던 그 통찰력 있는 평가를 내린 이가 과연 누구인지 궁금했다. 그래, 해당 온라인 매체http://www.sfbg.com를 방문해 원문을 찾아봤다. 특집 'The Year in Film 2007' 아래 나열되어 있는 여러 항목 중, 'Johnny Ray Huston' s Top 12, A dozen keepers from 2007' 이 그것이었다. 거기 6위란에 다음과 같이 적혀 있었다.

"Song Kang-ho in *Secret Sunshine* (Lee Chang-dong, South Korea). Best actor in the world today? In Bong Joon-ho' s *Memories of Murder* and *The Host* and now Lee' s brutal melodrama, Song has played the fool—in three entirely different ways."

상기 국내 기사에서 드러난 번역 상의 문제점에 대해선 왈가왈부하진 않으련다. 논점에서 벗어날 테니. 안타깝게도, 혹시나 기대했던, '그 모습' 에 대한 부연 설명은 없었다. 단도직입적으로 물어보자. 그 "세 가지 모습" 이란 과연 어떤 것이기에, 위 필자는 송강호가 목하 세계 최고의 배우일 수도 있음을 시사한 것일까.

우선 〈밀양〉 속으로 들어가 보자. 2007 칸 국제 영화제 수상 이후 국내 영화상의 거의 모든 여우주연상이 전도연 품에 안기면서 그 빛이 다소 바랜 감이 없지 않지만, 전도연의 그 기록적 쾌거를 가능케 한 으뜸 공신은 이창동 감독과 송강호였다. 전도연이 일찍이 시상식에서의 수상 소감에서도 밝힌 바 있는 송강호의 결정적 기여는 좀처럼 전면에 나서지 않으면서 시종일관 전도연을 철저하게 뒷받침해 준 헌신적이면서도 섬뜩한 열연을 통한 것이었다.

그 기여는 물론 자신에게 주어진 종찬 역을 완벽하게 소화 · 구현했기에 가능했다. 종찬이 전도연이 분한 신애를 처음 만나는 것은, 그녀가 외동아들 준과 함께 이 세상 사람이 아닌 남편의 고향 밀양에 다다르기 직전이다. 목적지에서 몇 킬로미터 떨어진 어느 길목에서 차가 고장이 나 서 버리자 카센터를 운영하는 종찬과 연락이 닿고, 그 둘의 첫 만남이 이뤄지는 것. 그 첫 만남은 말 그대로 지극히 사무적이다. 시쳇말로 까칠하기까지 하다. 장차 남편 고향에서 피아노 학원을 하며 살아가기로 작정한 30대 초반 주부와 척 보기에도 그다지 끌리는 게 없는 평범한 외모의 카센터 사장 사이의 의례적 만남인 것이다.

밀양이라는 공간적 가까움 탓인지 자기만의 사연을 품고 살아가는 외로운 처지 탓인지, 그러나 그 매끄럽지 못했던 첫 만남 이후 그 두 사람은 떼려야 도저히 뗄 수 없는 운명적 관계로 나아간다. 서서히 신애는 종찬의 삶의 일부가 되어 간다. 어느 자료[2]에서 말하듯, 종찬은 "밀양과 닮아 있다. 특별할 것이 없는 그 만큼의 욕심과 그 만큼의 속물성과 또 그 만큼의 순진함이 배어 있는 남자. 마을 잔치나 동네 상

2) 홍성진 영화 해설, 〈밀양〉, http://movie.naver.com에서 인용.

가 집에 가면 어김없이 나타나는 그 누구처럼 그는 신애의 삶에 스며든다. 그는 언제나 그녀의 곁에 서 있다. 한 번쯤은 그녀가 자신의 눈을 바라봐 주길 기다리며……."

그 과정에서 송강호는 어느 모로는 종잡기 힘든 묘한 캐릭터라 할 법한 종찬을 말로 규정키 힘든 불가사의한 절묘함 · 복합성 · 입체감으로 체현한다. 영락없는 종찬의 현현顯現으로서. 종찬/송강호는 신애/전도연과 함께 있을 때면 으레 그녀 곁이나 뒤에 머무르곤 한다. 마치 신애/전도연의 그림자인 듯. 심지어 혼자 있을 때조차도 그는 스스로를 전면에 부각시키거나 나서지 않는다. 카메라가 그 혼자만의 모습을 포착할 때조차도 그 공간엔 신애/전도연의 존재감이 배어 있는 것이다.

그럼으로써 송강호, 그는 자신의 필모그래피는 말할 것 없고 여느 국내외 배우들에게서도 그 전례를 쉽게 찾아보기 쉽지 않을 독특하다 못해 기이하기까지 한, 심지어는 그마저도 다시는 반복 불가능할 연기를 선보인다. 절제니 자제 같은 어휘로는 정의 내리기 힘든 연기를. 어쩌면 언제부터인가 우리 사회의 화두로 급부상 중인 '섬김의 리더십'에 비유될 법한 '섬김의 연기'를. 그 함의는 다르지만, 전도연과 마찬가지로 송강호가 〈밀양〉을 계기로 배우로서 한 차례의 전환점 turning point을 맞이했다고 여기는 건 그래서다. 그렇다면 위 미국 매체의 평자 자니 레이 휴스턴은 〈밀양〉에서 '송'의 터닝 포인트적 연기를 감지 · 발견한 것일까. 그래 혹자에겐 다분히 과장으로 비칠 수도 있을, 기대 이상의 극찬을 한 것일까.

사실 〈밀양〉과 비교하면 상기 평자가 상찬한 〈괴물〉(2006, 이하 개봉 연도)에서 송강호 연기는 대체적으로 단선적 · 평면적인 편이다. 한강에 불현듯 나타난 괴물에 의해 딸을 납치당한 아빠 강두 역을 절대적으로 못했다는 의미는 결코 아니다. 외려 그 아빠의 슬픔, 절박함, 고통, 체념 등을 역시 송강호답게, 실감 넘치게 구현한다. 〈밀양〉에 결여되어 있는 짙은 감성·감정을 담아. 하지만 그는 더 이상 나아가지 못한다. 보이는 것이 거의 전부랄까. 그 연기는 결코 송강호 아니면 해낼 수 없을, 〈밀양〉의 그런 절묘한 연기는 아니다. 어지간히 괜찮은 배우라면 그다지 어렵지 않게 해낼 수 있을 정도를 넘어서진 않는다. 게다가 더불어 연기하는 다른 배우들과의 하모니에서도 최상의 수준에 미치지 못한다. 아니, 솔직히는 보통 수준에 지나지 않는다. 심지어는 대개들 제각각 따로 놀기도 한다. 〈밀양〉이 단적으로 연기의 영화라면, 〈괴물〉은 '괴물' 이라는 단연 '튀는 캐릭터' 의 영화요, '소재' 의 영화요, '플롯' 의 영화인 것이다.

숱한 대한민국 배우들 중 송강호만이 표현할 수 있는, 그 특유의 페이소스마저도 〈괴물〉에선 별로 드러나지 않는다. 끝내 괴물에게 잡혀 먹은 딸 대신 거리의 아이를 아들 삼아 살기로 결심하는 결말부 장면을 제외하고는 말이다. 따라서 〈괴물〉의 송강호를 들어 마치 최상의 연기를 펼친 것처럼 호들갑을 떠는 평가나 안목엔 도저히 동의하고 싶지도 않고 그럴 수도 없다. 다시금 강변컨대 그만큼 송강호가 연기를 못해서가 아니라, 그 연기가 최상의 경지가 아닐뿐더러 그의 여타 작품들에 비하면 평범한 축에 지나지 않은 탓이다.

그럼에도 그가 〈밀양〉과 〈괴물〉에서 "전혀 다른" 성격·스타일의 연기를 구사한 것만은 분명하다. 〈살인의 추억〉(2003)까지 고려하면 그 다름은 더욱 명백해진다. 지독히도 비루했던 1980년대 중반 경기도의 어느 시골 마을에서 펼쳐지는 이 역사적 코믹 범죄 스릴러에서 송강호는 그 이전에도 그랬고 그 이후로도 그렇듯, 연기의 어떤 경지를 선보인다. 난생 처음 형사로 분해 직업적 거침을 주저하지 않고 발휘하면서도 동시에 인간적 나약함을 맥없이 드러내는 극히 입체적이며 복합적 연기를 그야말로 환상적으로 펼친다. "역시, 송강호군!" 이라는 감탄이 절로 나올 정도로. 〈밀양〉의 종찬과 〈괴물〉의 강두를 뒤섞어 놓은 듯한 캐릭터인 형사 박두만처럼, 송강호는 두 영화에서의 송강호를 뒤섞어 놓은 듯한 총체적 연기를 과시하는 것이다. 종찬에게 부재 혹은 은폐되었으나 강두에게선 과잉이었던 감성과, 강두에게 결여되었으나 종찬에겐 충만했던 이성을, 그리고 그 두 인물에게 공히 부족했던 짙은 페이소스를 '적절히' 담아서 말이다.

돌이켜보건대 두만은 거의 모든 것이 적당주의 · 한탕주의 등으로 치달았던 낙후된 시대를 대변하는 일종의 기호였다. 그는 그 어떤 것이든 프로페셔널하게 하지 않으며, 그렇다고 복지부동한 채 무위도식하지도 않는 그런 어정쩡한, 정확히는 '중간적 존재' 다. 그는 어느 모로는 형사답지만 어느 모로는 조폭과 다름없으며, 적당히 인간적이면서도 적당히 비인간적이다. 자기 여자 앞에서 마초처럼 큰소리치나 그녀의 몸이 그리울 때면 여느 범부처럼 적당히 비굴 · 비겁하다. 송강호는 그런 두만을 마치 두만의 화신인 양 체화해 낸다. 가히 경이적 호흡으로.

지나치게 거창한 주장 아니냐고 핀잔을 들을지는 모르겠으나, 혹 송강호의 "전혀 다른 세 가지 모습"의 연기를 이렇게 설명할 수 있지 않을까. 예의 변증법을 동원해, 감성적 측면을 상대적으로 더 중시한다는 측면에서 강두가 '정' 의 연기라면 그에 반해 이성 · 지성적 측면을 더 중시한다는 측면에서 종찬은 '반' 의 연기며 두만은 '합' 의 연기라고. 이 자리를 빌려 처음 시도해 본 이 분류엔 단서가 따른다. 그 분류는 연기 성격을 근거로 편의상 나눠 본 것이지, 연기의 우열을 전제한 건 아니라는 것이다. 흥미롭게도 송강호의 주요 출연작들은 그 구도에 거의 완벽하게 부응한다. 가령, 〈넘버 3〉(1997, 송능한)와 〈쉬리〉(1999, 강제규) 등은 정의 연기로, 〈복수는 나의 것〉(2002, 박찬욱)과 〈남극 일기〉(2005, 임필성) 등은 반의 연기로, 〈반칙왕〉(2000, 김지운)과 〈공동경비구역 JSA〉(2000, 박찬욱), 〈우아한 세계〉(2007, 한재림)등은 합의 연기로 분류될 수 있으리라는 것이다. 그만큼 송강호의 연기 색깔은 다양하다 못해 변화무쌍한 것이다.

목하 한국 영화 연기계의 '절대 강자'로서 자리하고 있으나 송강호가 스크린 연기를 통해 그 존재감을 선명히 각인시킨 것은 겨우 10여 년 전에 불과하다. 주지하다시피 〈넘버 3〉를 통해서였다. 올해로 우리 나이 마흔 둘에 접어든 송강호[3]는 부산경상대학 방송연예과를 졸업하고, 1991년 연극 〈동승〉으로 프로 연기 세계에 전격 발을 내디뎠다. 스크린 데뷔는 홍상수 감독의 걸작 데뷔작 〈돼지가 우물에 빠진 날〉(1996)이었다. 동석이라는 단역이었다. 그밖에 〈넘버 3〉와 같은 날 8월 2일 개봉된 장선우 감독의 〈나쁜 영화〉에서 연기자 행려 역으로, 그보다 5개월 가량 앞서 개봉된 이창동 감독의 〈초록 물고기〉에서는 판수 역으로 출연했다고는 하나, 조연급이라는데도 대중적으로나 비평적으로 별다른 인상을 심는 데는 실패했다. 와중에 문제적 코믹 범죄물 〈넘버 3〉에서 별 볼일 없는 부하 세 명을 거느린 채, 오로지 막강 이빨로 보스 행세를 하는 조폭 조직원 조필 역으로, 만년

3) 이하 http://search.naver.com '송강호' 인물 정보 참고.

'넘버 3'인 주연 태주 역의 한석규나 깡패보다 더 깡패 같은 검사 마동팔 역으로 커다란 주목을 끈 조연 최민식을 단연 능가하는, 선풍적 인기를 불러 모았다. 그 인기는 1997년에 대종상 신인 남우상과 청룡영화상 최우수 조연상을, 1998년엔 쟁쟁한 주연급 연기자들을 제치고 한국영화평론가협회가 수여하는 영평상 남자 연기상을 거머쥠으로써 명실상부하게 입증되었다.

대중적으로 선보인 작품들에 한정하면, 〈초록 물고기〉부터 최근작 〈밀양〉에 이르기까지 그는 총 14편의 영화에 주, 조연으로 출연했다. 하지만 그들 모두가 성공을 거둔 것은 아니다. 여느 배우들과 마찬가지로 그 또한 크고 작은 부침을 겪었다. 〈살인의 추억〉이나 〈공동경비구역 JSA〉처럼 비평적 · 대중적으로 큰 성공을 거둔 예도 있으나, 〈복수는 나의 것〉처럼 비평적으론 찬사를 받았지만 흥행적으론 대재앙을 맞이한 예도, 거꾸로 〈쉬리〉처럼 흥행에선 기록적 대성공을 맛봤으나 비평적으론 그에 걸맞은 성과를 일궈 내지 못한 예도 있다. 〈YMCA 야구단〉(2002, 김현석)과 〈효자동 이발사〉(2004, 임찬상), 〈남극 일기〉처럼 비평과 흥행 두 마리 토끼 중 한 마리도 변변히 잡지 못한 경우도 없지 않다. 이렇듯 그 속내로 들어가 보면, 그 타율이 높지 않음에도 '송강호'란 이름 석 자를 거론할 때, 자연스레 그 강력한 존재감이 떠오르는 건 일련의 영화들에서 선보인, '위대하다'고 한들 과언만은 아닐 연기의 어떤 차원 때문임은 두말할 나위 없다. 이쯤에서 연기 색깔 내지 파워를 토대로 그의 연기 세계를 시기적으로 구분해 보는 것은 어떨까?

제1기는 〈초록 물고기〉에서 〈조용한 가족〉(1998, 김지운)과 〈쉬리〉에 이르는, 주연 아닌 조연으로 출연했던 2년여의 시기다. 이 시기는 엄밀히 말해 〈넘버 3〉부터 시작된다. 위에서 이미 언급했듯 〈초록 물고기〉에서 송강호는 〈넘버 3〉만큼은커녕 이렇다 할 주목을 끌지 못했기 때문이다. '이창동' 이란 걸출한 늦깎이 신예 감독의 비범한 출발을 알린 그 문제적 조폭 드라마는 사실상 1990년대 후반 한국 영화계의 진정한 페르소나였던 한석규와 그가 분한 '막동' 이를 위한 영화였다. 아울러 1990년대의 주요 히로인 중 한 명이었던 심혜진/미애와 한동안 한국 영화계의 큰형 역할을 했던 문성근/배태곤을 위한 영화였다. 그 세 주역 틈에 숱한 조역 중 한 명에 불과했던 송강호/판수가 자리할 여지는 거의 없었다. 그 자리는 결국 또 다른 문제적 조폭 드라마 〈넘버 3〉에서 마련될 참이었다.

그러나 〈넘버 3〉의 조필 역으로 마련된 그의 인기가 지속되리라고 장담할 수는 없었다. 하물며 머지않은 미래에 그가 한국을 대표하는 남자 배우로 비상하리라곤 더더욱 기대할 수는 없었다. 무엇보다 장차 드러날 그윽한 향기의 다양한 연기력보다는 "배, 배, 배신이야" 등 다분히 개그성 짙은, 삐딱하게 보면 다분히 저급하며 유치찬란하다고도 할 수 있을 거친 '입담' 으로 그 인기가 확보되어서였다. 게다가 조필이 자랑했던 포복절도할 코믹 연기를 언제까지고 우려먹을 수도 없었다. 한국 관객들이 얼마나 싫증을 수이 내고 변덕스러운가를 잊지 않는다면, 그 점은 명백했다.

아니나 다를까, 김지운 감독의 데뷔작인 '코믹 잔혹극' 〈조용한 가족〉에서 한 기이한 가족의 구성원 오빠 영민 역으로 퍽이나 생뚱맞은 캐릭터를 선보이나 〈넘버 3〉의 성공을 재현하는 데는 실패한다. 웃기되 조필만큼은 아니며, 인상적이되 역시 조필에는 턱없이 못 미치는 것. 흥미롭게도 그와 같은 상대적 부진은 〈넘버 3〉에 이어 이 영화에서도 함께 한, 삼촌 역 최민식에게도 고스란히 해당된다. 더 이상 1차원적 코미디 연기로 승부를 걸어서는 안 되겠다는 각성에서일까, 최민식과 더불어 송강호는 향후 한국 영화 산업 전반의 진로를 결정적으로 뒤바꿀 기념비적 한국형 블록버스터 〈쉬리〉에서 일대 변신을 꾀한다. 그리고 그 변신은 대성공을 거둔다. 단, 외면적으로만.

"외적으로만", 이라고? 그렇다, 단언컨대. 그 '대형 폭탄'은 많은 이들에게 으뜸 주연 한석규(국가 일급 비밀 정보기관 OP의 특수 비밀 요원 유중원 역)를 비롯해 최민식(남파 간첩 박무영 역), 송강호(중원의 동료 요원 이장길 역), 김윤진(중원의 애인 이명현 역) 등 세 동반 주연에게도 중요한 출세작으로 기억되고 있을 것이다. 실제로 적잖은 언론 매체들로부터 그렇게 간주 · 평가되기도 했다. 하지만 그들의 연기 경력이나 연기 내적 측면으로 파고들면, 사실상 〈쉬리〉는 그들에게 위기적 계기로 작용했다는 것이 더 적확한 진단이다. 무슨 뚱딴지같은 소리냐고? 천만의 말씀!

괜한 헐뜯기나 시비가 아니다. 북한군 장교 박무영을 더할 나위 없는 안정감으로 체현해 낸 최민식을 제외하고는 모두들 심히 흔들리는, 불안정한 연기를 선보였던 것이다. 설마, 라고? 의심스럽다면 지금이라도 영화를 다시 한 번 꼼꼼히 보기를 권한다. 물론 비교의 시선으로다. 가령 한석규의 경우, 출세작 〈닥터 봉〉(1995, 이광훈)부터 걸작 멜로물 〈8월의 크리스마스〉(1998, 허진호)에 이르는 일련의 전작들과 비교하면, 그 흔들림은 인내하기 힘들 정도로 심각하다. 명색이 국가 일급 비밀 정보기관 최정예 요원이라면서도 그 정체성에 위반되는 어수룩한 행동으로 일관하는 모순적 캐릭터를 연기했으니, 그럴 만도 했다. 그 때문인지 또 다른 이유 때문인지 몰라도 한석규는 〈쉬리〉 이후 길고도 긴 슬럼프에 빠져든다. 〈음란 서생〉(2006, 김대우)으로 잠시 기사회생하지만, 그마저도 예외로 머물면서.

김윤진 역시 매한가지다. 출중한 연기 덕이 아니라 영화의 기록적 성공에 힘입어 스타덤에 등극한 그녀는 그 이후, 불륜 멜로 〈밀애〉(2002, 변영주)를 통해 잠깐 반짝하는 듯싶더니만 끝내는 그 스타덤을 지속시키지 못하고 쇠퇴의 길을 걷는다. 2007년의 주목할 만한 범죄 스릴러 〈세븐 데이즈〉로 진면모를 발휘하며 화려하게 재기하기까지 줄곧. 〈은행나무 침대 2—단적비연수〉(2000, 박제현)를 포함해 〈아이언 팜〉(2002, 육상효), 〈예스터데이〉(2002, 정윤수) 등 출연작마다 〈쉬리〉의 영광을 재연하지 못하고 번번이 고배를 마셔야만 했던 것이다.

그렇다면 송강호는? 빈말이 아니라 그는 〈쉬리〉에서 총 14편의 필모그래피 중 최악이라 할 실망스러운 연기를 펼친다. 물론 상대적 기준에서다. 그는 시종 어정쩡한, 그래 지켜보기 민망한 모습을 연출한다. 〈투캅스〉(1993, 강우석) 류의 코믹 범죄물도 아니고 진지한 액션 스릴러의 특수 요원이니 장기인 코믹 연기를 재량껏 펼칠 수도 없고, 여간 불안한 게 아니다. 다름 아닌 그 불안이 영화 내내, 이장길 캐릭터를 관류한다. 안타깝게도. 스크린 연기 면에서 그는 아직 농익지는 못했던 것이다. 하긴 〈넘버 3〉 등을 통해 구축해 온 코믹 이미지를 완전히 떨쳐 내고 180도 다른 진지한, 그것도 특수 요원 캐릭터를 연기한다는 게 쉽진 않았을 터였다. 결국 그 탈-코미디적 변신은 다음 기회로 미뤄야만 했다.

만약 연극 무대를 통해 연기 기반을 탄탄히 닦지 않았더라면, 또 김지운이란 탁월한 연기 조련사와 재회하지 못했더라면, 송강호 그는 크나 큰 위기에 직면했을지도 모른다. 한석규의 경우처럼. 행운의 여신은 그러나 송강호를 향해 활짝 미소 지었다. 그의 편에 굳건히 서서. 그는 위기를 기회로 멋지게 변화시킨다. 첫 번째 주연작 〈반칙왕〉에서 비로소 그 특유의 진가를 맘껏 발휘할, 일생일대의 기회를 맞이하는 것이다. 그리고 그 걸작 코믹 휴먼 드라마를 통해 그의 연기 세계 제2기를, 나아가 1차 전성기를 만개시킨다. 〈넘버 3〉나 〈조용한 가족〉 등에선 발견키 힘들었던 짙은 페이소스까지 곁들인, 한층 더 성숙해진 연기력으로써. 그로써 그 자신만의 이미지·캐릭터를 확립시키며 대한민국 대표 배우로서 비상하는 발판을 굳건히 구축한다.

기회 있을 때마다 누누이 강변해 왔지만, 〈반칙왕〉은 개인적으로 가장 좋아하는 국산 코미디 중 하나다. 비단 코미디 장르에서만이 아니라, 실은 지난 삼십 수년 동안 보아 온 국내외 그 어떤 영화 못잖게 열광해 왔다. 예나 지금이나. 그 걸작에서 송강호는 극중 임대호가 되기 위해, 그야말로 목숨 건 연기를 감행한다. 지레짐작으로 그냥 하는 말이 아니다. 4년여 전의 인터뷰[4]에서 실연과 스턴트의 비율을 묻는 질문에 김지운 감독은 이렇게 답했다: "거의 모든 기술을 송강호가 직접 했다. 한 장면, 링에서 몸을 공중으로 비상하고 슬로우 모션으로 떨어지는 장면을 빼고. 그 장면에선 송강호도 직접 하긴 했지만, 워낙에 속도가 빠르다 보니 그림이 영 마음에 안 들어 결국은 대역을 사용했다. 좀 더 부연하면, 굉장한 역동미를 원했고 신체의 아름다움을 아주 느린 화면으로 잡아내서 보여주고 싶었기에 몸을 공중으로 비상했

4) 전찬일, 「김지운 감독과의 대화—"내 영화의 주제는 삶의 아이러니와 소통의 부재, 어긋남"」, 《영화 비평 현실》, 젊은영화비평집단 2004 제2호, 322-323쪽

을 때 잘 담고 싶었다. 그런데 송강호가 프로 선수만큼 유연하진 않았다. 그렇지만 거꾸로 내리 꽂는다든지 하는 모든 기술들은 직접 해냈다. 사실 그 기술들은 우리나라 프로 레슬러들조차도 쉽게 할 수 없는 기술들이었다. 테크닉으로 유명한 멕시코 레슬러들, 일본 레슬러들한테 따와서 정두홍 감독에게 가르치도록 한 것이다."

그가 평소 레슬링에 관심 있어선 아닐 테고, 프로 연기자이기에 그런 고난이도 연기를 손수 하겠다고 나섰던 것일 터. 김 감독은 "그렇다"고 했다. "송강호는 그때 목숨을 걸고 했던 것 같다"면서. 혹 〈쉬리〉 이후 느꼈을 법한 어떤 위기감을 벗어나기 위해 최선을 다했던 건 아닐까? 그래, 죽기를 각오하고 임대호가 되려고 했던 건 아닐까? 그랬더니, "송강호는 촬영 끝나고 숙소에 들어가서 씻을 때마다 힘들어서 울었다"고도 했다. "옷을 벗으면 온몸에 시퍼런 멍이 들어 있었고, 너무 아파했다"고도 했다. 〈쉬리〉라는 굴레를 끝내 떨쳐 내지 못하고 급격히 위기의 수렁으로 깊숙이 빠져 들어간 한석규와 대조적으로, 송강호가 전작의 이미지로부터 전혀 방해 받지 않으며 임대호라는 인상적 캐릭터를 새로 창조해 낼 수 있었던 것은 결국 그와 같은 죽기를 각오한 극단의 노력이 있었기에 가능했던 것이다.

오로지 연기적 측면에서 평하자면, 〈반칙왕〉부터 〈YMCA 야구단〉에 이르는 두 번째 시기는 그야말로 '송강호의 시대'였다고 해도 과장은 아니었다. 그 전성기에 그는 비상에 비상을 거듭하며, 그간 꿈꿔왔을 법한, 하지만 아직은 이뤄 내지 못했던 연기자로서의 대변신에 성공한다. 〈YMCA 야구단〉에 이르러서는 다소 주춤거리긴 하지만…….

〈반칙왕〉에서 본격적으로 드러나기 시작한 그 비상 · 변화는 〈공동경비구역 JSA〉에서 한층 더 세련돼지고 농축되기에 이른다. 급기야 박찬욱이라는 스타 감독을 탄생시키는 그 대작에서 송강호는 〈반칙왕〉의 임대호와는 또 다른 기념비적 캐릭터인 북한군 중사 오경필을 '파격적'으로 해석 · 구현해 낸다. 신하균이 분한 정우진 전사와 더불어 그를, 이병헌이 분한 남한군 이수혁 병장이나 김태우가 분한 남성식 일병보다 훨씬 더 정감 넘치고 인간미 있는, 더욱이 유머까지 겸비한 극히 매력적 인물로 빚어낸 것이다. 예의 코믹 이미지를 완전히 버리지 않으면서도, 그 전에 볼 수 없었던 강렬한 긴장감과 임팩트를 실어서 말이다. 오죽했으면 여기저기서 북한군을 미화한 것 아니냐, 그렇다면 국가 보안법을 위반한 것 아니냐는 등의 오늘날의 관점에선 해프닝으로밖에 비쳐지지 않는 문제 제기들을 했겠는가. 그것도 아주 심각하게. 따라서 한국계 스위스 장교 소피 소령 역의 이영애까지 포함해 무려 5명이 공동 주연을 맡았건만, 연기와 연관된 시선이 송강호에게로 집중된 것은 당연한 귀결이었다.

〈반칙왕〉이나 〈공동경비구역 JSA〉에서의 변신은 그러나, 〈복수는 나의 것〉의 그것에 비하면 그다지 큰 변신이라 할 수도 없었다. "한국 최초 정통 하드보일드 무비"를 표방한 그 범죄 스릴러에서 송강호는 일찍이 목격하기 힘들었던 극단적 캐릭터 동진을 극도의 치밀함과 잔혹한 냉철함으로 섬뜩하게 구현한다. 그로써 송강호는 〈넘버 3〉의 조필과는 극단적으로 다른, 〈쉬리〉에서 시도했으나 끝내 실패했던, 탈-코미디적 변신을 성사시킨다. 더할 나위 없이 완벽히.

〈반칙왕〉에서 〈복수는 나의 것〉에 이르기까지의 송강호 연기를 돌이켜보면 가히 경이요 기적으로서 다가선다는 게 내 솔직한 심정이다. 제 아무리 뛰어나 배우라 할지라도 그 세 역할 중 하나도 제대로 소화해 내기 힘들겠거늘, 한 배우가, 그것도 불과 2년여의 짧은 기간에 그 연기들을 연속해 수행해 냈다는 것이 도저히 믿어지지 않기 때문이다. 게다가 그렇게 다른 색깔의 캐릭터들을 그렇게 완벽하게 구현했으니, 어찌 경이요 기적이라 하지 않을 수 있겠는가. 적잖은 부침에도 송강호를 한국을 대표하는 최고 배우라고 칭할 수밖에 없는 건 그래서다. 최민식, 전도연 등과 더불어.

그러나 널리 알려졌다시피 이 땅의 대중 관객들은 〈복수는 나의 것〉을, 아울러 동진을 처절하게 외면했다. 평단의 크고 작은 지지와 달리. 〈공동경비구역 JSA〉로 스타덤에 등극한 스타 감독이 송강호를 필두로 신하균, 배두나 등 쟁쟁한 스타급 연기자들을 기용해 연출한 화제작이건만 전국 30만 대에 그치며 개봉 3주차에 박스 오피스 10위권 밖으로 밀려나 버린 것이다. 결국 대중 관객들이 덤덤히 받아들이기엔 그 잔혹 미학과 연기가 너무 극단적이었던 셈이다.

송강호 또한 그 부담을 절감했던 걸까, 그는 앞선 두 전작과는 판이하게 다른 소재 · 성격 · 스타일의 영화로 또 다시 180도 변신을 꾀한다. 코믹 드라마란 점에선 〈반칙왕〉과 흡사하나, 그 걸작 코미디의 그윽한 페이소스 등 빛나는 덕목은 결여된 〈YMCA 야구단〉이었다. '조선 최초- 최강의 베이스 볼 팀 스토리' 라는 제재 등에선 비교적 신선했으나, 플롯이나 연출 스타일 등에선 전체적으로 지나치게 밋밋하고 건전한 범작이었다. 송강호가 분한 캐릭터나 연기 또한 매한가지였다. 전작들에 비해 지나치게 심심하고 평범했으며 착했다. 강한 인상을 전하기란 애당초 미션 임파서블이었다. 이제 또 다시 충전이, 변신이 절실히 요청되었다. 그 결과 출현한 작품이 다름 아닌 〈살인의 추억〉이다.

그 걸작과 함께 송강호는 〈밀양〉에까지 이르는 제3기에 접어든다. 그는 보란 듯 〈YMCA 야구단〉의 부진을 떨쳐 내고, 또 다시 화려한 스포트라이트를 한 몸에 받는다. 2003년은 그 한국 영화사의 기념비적 스릴러의 해였으며, 송강호의 해였다. 그는 제40회 대종상과 제2회 대한민국영화대상 등에서 남우주연상을 거푸 거머쥐었다. 하지만 그 화려함도 잠시, 〈효자동 이발사〉와 〈남극 일기〉가 〈YMCA 야구단〉의 전철을 밟으며, 〈넘버 3〉 이후 처음으로 송강호는 3년여에 걸친, 비교적 긴 슬럼프에 빠진다. 〈괴물〉로 화려하게 그 슬럼프에서 완전 탈출하기까지.

그 두 범작—이들에 대한 부연은 생략하련다. 결국 〈YMCA 야구단〉에 대한 유감 내지 안타까움과 별 반 다를 게 없을 터이기 때문이다. 그렇다고 덕목이 전혀 없는 건 아니지만……—에서 송강호가 실망스러운 연기를 펼친 건 물론 아니다. 그는 늘 평균 이상의 연기를 선보여 왔다. 단, 그는 이미 일련의 작품들에서 최상의 연기 경지를 구현했기에 그에 미치지 못할 경우 아쉽거나 실망을 하는 것뿐이다. 〈괴물〉에서의 연기가 단선적으로 비친 것도 실은 그래서였다. 〈쉬리〉의 실망도 그렇고.

〈밀양〉, 〈우아한 세계〉의 송강호를 보며 감동 · 감탄한 것도 그래서였다. 〈반칙왕〉을 비롯해 〈공동경비구역 JSA〉, 〈복수는 나의 것〉, 〈살인의 추억〉 등의 문제적 수 · 걸작들을 통해 이미 최상의 연기를 선보인 바 있는 배우가, 그들에 버금가는 연기를 펼치는 것을 지켜보며 정말이지 감격하지 않을 수 없었으며, 감격을 넘어 경악하지 않을 수 없었다. 송강호는 예의 전성기 때처럼 다시금 크디 큰 경이요 기적으로서 다가섰다. 2007년을 거치며 바야흐로 그가 제2의 전성기를 맞이하고 있다고 여기는 것도 그 때문이다.

〈밀양〉이야 그러려니 치지만, 〈우아한 세계〉가 그렇다는 건 혹 이해되지 않을는지도 모른다. 그럴 수도 있다. 그러나 일찍이 어느 지면[5]에서도 역설한 바 있듯, 개인적으로 '2007년의 영화' 라고 확신하는 그 걸작은 그 영화적 수준에 비하면 도저히 이해가 가지 않을 만큼 덜 이해되었으며 덜 주목받았다. 심지어는 오해되기도 했다. 무엇보다 영화에 주어진 그다지 크지 않은 대부분의 비평적 호의마저도 주로 송강호의 감칠맛 넘치는 실감 연기에로만 집중되었기에 하는 말이다. 그 탓에 '송강호의, 송강호에 의한, 송강호를 위한 영화' 정도로 간주되었기에 하는 말이다. 그것은 단적으로 2007년 12월 1일 열린 제6회 대한민국영화대상 후보작 리스트에서도 여실히 드러났다. 영화는 남우주연상과 음악상(칸노 요코) 외에는 그 어느 부문에서도 후보로 오르지 못했던 것. 명색이 십수 명의 영화 전문가들이 예심을 해 선택했거늘. 설사 2007년이 저물기 전, 청룡영화상 남우주연상과 영평상 남자 연기상 등을 거머쥐었더라도, 따라서 인정받을 만큼 인정받은 거 아니냐고 반론을 펼칠지는 모르나, 영화는 거의 외면 · 무시당한 셈이다.

"이쯤에서 단도직입적으로 물어보자. 그렇다면 〈우아한 세계〉는 연기의 달인 송강호가 원맨쇼를 펼친 상투적 조폭 영화에 불과한 걸까. 누군가 혹 그렇게 주장한다면, 다시금 강변컨대 텍스트를 꼼꼼히 읽지 않고, 단지 송강호의 외적 연기에나 치중한 섬세치 못한, 어느

---

5) 전찬일, 「우아한 가족, 처절한 가장의 삶 : 한재림 가독의 〈우아한 세계〉」, 《영화 평론》, 한국영화평론가협회 2007 제19호, 231~232쪽.

모로는 게으른 독해라고 말하련다. 내러티브를 위시해 시각적, 청각적 층위 등 영화의 전 층위에서 이만큼 잘 만들어진 수작을 찾아보기 쉽지 않기에 하는 말이다. 2007년 한 해에 한정하면 특히 더.

송강호의 열연만 해도 그렇다. 그가 전작들에서 선보여 온 연기들의 종합 버전이라 할 만한, 최상의 입체적 · 복합적 연기를 구현한 건 사실이나, 영화의 덕목이 오로지 그것뿐이라는 식의 평가 역시 지독한 오독에서 기인한 오판일 공산이 크다. 뿐만 아니다. '원맨쇼' 라는 표현엔 일말의 부정적 함의가 내포되어 있어 오로지 송강호의 호연만 눈길을 끈다는 의미일진대, 영화는 결코 그렇지 않다. 송강호 그는, 적잖은 연기파들이 그렇듯 혼자만 살고 다른 배우들은 죽이는 따위의 이기적 연기를 과시하진 않는다. 놀랍게도 그는 압도적 연기를 펼치면서도 함께 연기한 여타 조연들, 나아가 단역 배우들마저도 돋보이게 하는 상생 · 공존의 연기를 펼친다. 다소 멀리는 고 장궈롱(장국영)이, 가까인 〈색, 계〉의 량차오웨이(양조위)가 그랬던 것처럼. 그리고 〈밀양〉에서 그랬던 것처럼…….

그 덕에 TV 브라운관에서는 '중견' 이라 할 수 있을 박지영(인구의 아내 허미령) 역의 스크린 데뷔도 성공적이었다는 게 내 진단이다. 어느덧 한국 영화계의 대표적 조연으로 입지를 굳힌 오달수(인구의 친구이자 라이벌 조직의 중간 보스인 현수 역)나, 조직의 비열함을 한눈에 확인시켜 주는 노 상무 역의 윤제문과 조직의 보스이자 노 상무의 친형인 노 회장 역의 최일화, 그리고 인구의 딸 희순 역의 김소은에 이르기까지 주 · 조연의 빼어난 연기 앙상블은 간과해선 안 될 영화의 핵심적 성취다……."

이제 예상보다 다소 길어진 이 글을 마무리해야 할 지점에 이르렀다. 하다 보니 총론적이 아닌 각론적으로, 그리고 송강호 연기의 '변화'와 '부침'에 무게중심을 맞추며 여기까지 달려왔다. 애초엔 총론과 각론 사이에서 균형을 유지하는 글을, 아울러 종적 변화만이 아니라 횡적 현상도 두루 다루는 글을 전개하고 싶었으나, 내 글쓰기 능력의 일천함과 지면 제약 등 등 여러 가지 이유로 그러지 못했음을 고백하련다. 혹 이 글에서 송강호 연기의 전반적 특징이나 그 한계, 그리고 여타 연기자들과의 비교 분석 등을 읽고 싶어 했을 분들에겐 심심한 양해를 구하련다.

이 글은 또한 논문이라기보다는 다분히 비평적 에세이를 의도 · 지향했음을 강변하련다. 최소한의 정보를 얻기 위해 인터넷 자료를 참고하고, 과거에 썼던 내 글들의 일부를 활용하긴 했으나 나만의 독자적 · 주관적 시각 · 관점을 견지하기 위해 가능한 다양한 자료들은 참고하지 않으려 했음도 덧붙이련다. 이 글을 쓰기 위해, 혹 사실의 정확성을 제고시키기 위해 송강호를 만나 직접 인터뷰도 해볼 생각을 했음에도 일부러 하지 않았음도 밝히련다. 그 인터뷰로 인해 혹 내 시각, 내 해석이 영향 받고 싶지 않아서였다. 2007 영평상 시상식장과 그 이후의 뒤풀이 자리에서 그를 만났음에도 애써 아무런 질문을 하지 않은 것도 그래서였다. 따라서 송강호가 이 글에 어떤 반응을 보일지 나 역시도 무척이나 궁금하다. 〈넘버 3〉의 조필 식으로, "이, 이, 이건 아니야, 아니란 말야?" 할지도 모르겠다만…….

송강호 그는 2008년, 김지운 감독의 '한국판 웨스턴' 〈좋은 놈, 나쁜 놈, 이상한 놈〉에서 '이상한 놈'으로 분해 한창 연기 중인 것으로 알려졌다. 혹 촬영을 다 끝내고 후반 작업 중일지도 모르겠다. 그리고는 소재에서부터 박찬욱다운 B급 취향이 물씬 풍기는 〈박쥐〉에서 어느 날 느닷없이 흡혈귀로 변하는 휴머니스트 외과 의사로 분한단다. 지금껏 보여 온 연기들의 연장선일지 혹은 재탕일지, 아니면 또 한 차례의 터닝 포인트일지, 그 기대작들에서 송강호가 펼칠 연기가 벌써부터 궁금하다. 그 양상에 따라 그의 연기 세계는 새로운 시기, 즉 제4기에 접어들 수도 있으며, 반면 3기의 연속으로 머물 수도 있을 터이기 때문이다.

'좋은 배우'에서 '탁월한 배우'를 거쳐 바야흐로 '위대한 배우'로 전진 중인 송강호 그는, 여전히 미완의, 현재진행형의, 아울러 미래의 배우이다. 끝으로 이 자리를 빌려 그에게 크고 깊은 고마움을 전하고 싶다. 그가 있었기에 한국 영화는 그만큼 덜 빈곤했으며 더 풍성했다고. 그가 있어 그만큼 더 행복했다고. 지금도 그렇고 앞으로도 그럴 거라고. 최소한 지금까지처럼만 해 준다면…….

공생의 덕목을 새삼 일깨워 준 '위대한' 스타

배우 장국영

비록 영화평론가라고는 하나, 이 글은 결코 본격적인 의미에서의 비평적 글은 아니다. 단적으로 필자가 '장국영 전문가'는 고사하고 그에 대해 아는 바가 거의 없다고 해도 과언은 아니기 때문이다. 고인에 관해 알고 있는 것은 고작 지난 십수 년 간 보아 온, 20편도 채 되지 않는 그의 출연작들을 통한 것이 전부다. 영화 못지않게 탁월했다는 그의 음악적 재능에 관해서는 아예 무지하다. 그렇기에 원고 마감을 이미 몇 차례나 늦춘 지금도 여전히 글쓰기가 적잖이 주저되는 게 사실이다. 그러니 지극히 '사적'으로 글을 여는 걸 양해해 주기 바란다.

장국영이 이 세상을 떠나던 2003년 4월 1일 밤, 인터넷을 통해 그 비보를 접했다. 그때 필자는 퍽 덤덤했다. 물론 작지 않은 충격을 받았고 가슴 밑 한구석에서는 일말의 슬픔이, 안타까움이 밀려들었지만 별난 정도는 아니었다. 극히 통속적 · 감상적으로, 그저 너바나의 커트 코베인이나 한국 포크 음악의 기린아였던 김광석 등 그보다 먼저 자살의 길을 걸어간 몇몇 아티스트들의 이름을, 그리고 그의 주연작 중 개인적으로 가장 좋아하는 〈아비정전〉을 비롯해 〈패왕별희〉, 〈해피 투게더〉 등 그의 대표작들을 떠올렸을 뿐이었다. 그 작품들 속에 고인의 죽음을 예고하는 일종의 징후 내지 단서들이 짙게 드리워져 있는 건 아닐까, 하는 막연한 느낌과 더불어…….

나를 동요시키게 되는 계기는 뜻밖에도 친히 지내는 몇몇 지인으로부터 주어졌다. 대학을 갓 졸업한 사회 초년생이었던 한 여제자는 2일 새벽, 필자와 함께 하는 인터넷 커뮤니티 게시판에 이렇게 썼다. "한동안 장국영이란 이름을 잊고 지냈었는데 오늘 자살 소식을 듣자마자 예전 추억들이 대기라도 하고 있었던 듯이 모조리 밀려왔습니다. 초콜릿 광고에 나오던 그를 보고 그저 잘생겼다고 좋아했었던 초등학교 때의 기억도 떠오르고, 중학교 1학년 때인가 내한한 장국영의 팬 사인회가 있다는 소식에 영어 선생님께 '제가 홍콩에 가면 만나뵈러 갈게요. 꼭 기억해 주세요'라는 문장을 영어로 가르쳐 달라고 졸라 외워 갔던 기억도 나네요. 사인회가 있던 날 영풍문고에서 한 시간 가량을 기다리다가 시간을 지키지 않는 그의 모습에 혼자 광분하여 집으로 돌아왔던, 지금 생각하면 몹시도 아쉬운 추억도 있고요." 라고. "그, 그와 관련한 나의 기억, 모두가 많이 바래지 않고 오래 이어질 수 있기를" 바란다면서……. 지금은 군복무 중인 20대 초반의 대학생 남제자의 반응 역시 크게 다르지 않았다. "비록 저와 나이 차이는 많이 나지만, 비교적 동세대를 공유한 슈퍼스타 겸 연기파 배우인 그의 자살은 정말 충격적"이라고 했다.

그러나 그때조차도 그러려니 했다. 그 또래의 의례적 반응이려니 치부했다. 필자를 진정 놀라게 하고, 더 나아가 장국영에 완전히 사로잡히게끔 한 결정적 계기는 전혀 예상치 못한 또 다른 지인에게로부터 비롯되었다. 2일 저녁, "나는 장국영보다 젊으면서 왜 그보다 늙었는가? 먼저 간 그를 위해 한잔"이라는 문자 메시지를 휴대폰으로 보내온, 현직 고등학교 국어 교사이자 시인인 40대 중반의 한 '선배 제자'로부터. 그 순간 필자에겐 지금도 계속되고 있는 커다란 궁금증이 문득 찾아 들었다. 흔히 '딴따라 세계'로 폄하되곤 하는 엔터테인먼트(혹은 예술?) 분야에 종사해 온 한 명사의 죽음이 도대체 어떻게 이처럼 세대 · 성 등의 온갖 차이를 뛰어넘어, 쉽사리 목격하기 힘든 폭넓은 동세대 감정을 공유 · 야기할 수 있는 걸까, 하는 근본적 물음이. 뜻밖에도 '행복'이란 낱말을 떠올리면서…….

그때 비로소 필자는 장국영을 고민하기 시작했다. 지금까지도 지속되고 있는 깊고도 큰 고민을. 그리고 아직 정리되진 않았지만—과연 그럴 수 있을까?—생전 처음 그를 본격적으로 조망하기 시작했다. 조국 홍콩/중국에선 물론 일본, 한국 등 이국땅에서도 그 어느 대중스타 못지않은 사랑(과 질시, 비판?)을 받아온 별 중의 별을. 연기력에서라면 조국에서, 아시아에서, 아니 나아가 세계에서도 둘째라면 서러워할지도 모를, '위대한'이란 수식어가 그다지 과장만은 아닐 '진짜 배우'를.

모 주간지로부터 고인을 기리는 추모성 원고 청탁을 받은 뒤, 이 글과 마찬가지로 극히 사적으로 출발한 글을 쓰며 고인의 출연작 베스트 10을 연대기 순으로 선정, 간략하게 리뷰를 하게 되었고, 그 과정에서 필자는 명확히 깨닫게 되었다. 비록 의식하진 못했더라도 필자가 고인을 아주 많이 좋아하고 있었을 뿐 아니라 아주 좋은 배우로 여기고 있었다는 걸. 그 글을 다 마치고 나서는 그가 그 흔한 좋은 배우에 불과한 것이 아니라 '위대한' 이란 규정이 결코 과장이 아닌 진정 대단한, 역사적인 배우라는 확신에까지 이르게 된 것이다.

서두에 이 글이 "본격적인 의미에서의 비평적 글은 아니다"라고는 했지만, 여기에 그 베스트 10을 옮긴다면 지나치게 감상적이며 편의적 선택으로 비칠까. 혹 그렇더라도 용서해 주길 바란다. 평론가 특유의 '젠체하기' 쯤으로.

1. 〈영웅본색〉(1985, 감독 오우삼) ★★★

더 이상 설명이 필요 없는 '홍콩 누아르(Hong Kong Noir)' 의 대표작. 이젠 세계적 스타 감독이 되어 있는 오우삼은 여기저기서 사나이 세계의 의리와 배신, 자기희생 등의 모티브를 차용한 이 지독한 마초 액션물을 통해, 자신은 물론 주연배우인 주윤발과 장국영을 스타덤에 등극시키는 결정적 역할을 했다. 영화는 쿠엔틴 타란티노 등 동서양을 막론하고 뒤이어 나올 숱한 (액션) 영화들에도 절대적 영향을 끼쳤다.

장국영은 경찰로 등장해 인상적 열연을 펼친다. 하지만 아직은 앳된 모습의 그는, 선글라스와 휘날리는 긴 외투 차림으로 쌍권총을 마구 쏘아 대는 주윤발 등의 카리스마에 가려지는 것도 사실이다. 그의 매력을 좀 더 음미하기 위해서는 따라서 영화의 영어 제목처럼 '더 나은 내일A Better Tomorrow' 을 기다려야 할 성싶다. 그래서일까, 적잖은 이들에겐 속편 〈영웅본색2〉(1987)가 더 흥미진진하게 다가설 것 같다.

2. 〈천녀유혼〉(1987, 감독 정소동) ★★★1/2

〈영웅본색〉 못지않은 아류작들을 숱하게 양산시킨 기념비적 (처녀) 귀신 영화. 니콜 키드먼에 버금가는 절세의 미인 '왕조현 신드롬'을 일으켰다. 장국영은 남자들의 정기를 빨아먹고 사는 요괴 섭소천(왕조현)을 사랑하는 순진하면서 착한 영채신을 열연했다. 화려한 SFx(특수 효과) 액션에 공포, 로맨스, 코미디 등이 총동원된 퓨전 장르 영화답게, 그는 한층 진일보한 입체적이고 복합적인 연기를 선보였다. 여기서 그의 트레이드 마크가 될 여성성이 내포된 멜로 이미지가 강하게 엿보인다. 하지만 왕조현의 그늘에 가린 감도 없지 않다. 결국 장국영은 다른 배우들을 압도하는 '카리스마적 연기자' 라기보다는 조화를 창조 · 유지해 나가는 '공존의 배우' 인 건 아닐까, 싶기도 하다.

3. 〈인지구〉(1988, 감독 관금붕) ★★★★★

홍콩 영화가 낳은 최고의 걸작 멜로드라마 중 하나. 왕가위와 더불어 포스트 홍콩 뉴 웨이브의 간판 주자로 간주되는 관금붕의 초기 대표작이다. 홍콩 금마장 최우수 여우주연상(매염방)과 촬영상, 미술상 수상이 증명하듯 1930년대와 1991년 현재를 자유롭게 오가며 인간 세계와 공존하는 영혼의 세계를 그야말로 환상적으로 그렸다. 그 점에서 강제규 감독의 〈은행나무 침대〉를 위시해 〈식스 센스〉, 〈디 아더스〉 등의 선배작인 셈이다.

장국영은 1930년대 최고 인기를 구가하던 기생 여화와 이루어질 수 없는 사랑을 나누는 부잣집 아들 역으로 등장, 최고 수준의 멜로 연기를 구현한다. 매염방의 연기가 말로 다 형용키 힘들 만큼 매혹적

이어서 다소 빛이 바래긴 했지만. 영화에서 감독의 계급적 · 성적 · 현실 정치적 문제의식을 읽어 내는 재미도 여간 쏠쏠치 않을 듯.

4. 〈아비정전〉(1990, 감독 왕가위) ★★★★★

신화의 반열에까지 오른 홍콩 영화의, 왕가위의, 그리고 장국영의 대표작 중 대표작. 대중적으로 참패를 거둔 전형적 '저주받은 걸작'이다. 1960년 4월 16일로부터 1년 동안, 홍콩과 필리핀을 무대 삼아 다섯 중심인물 사이에서 줄곧 엇갈리는 사랑을, 블루 톤의 미장센과 이국풍 음악을 배경으로, 지독히도 쓸쓸하고 허무하게 묘사한다.

이 영화 출연 직전 연예계에 대한 회의로 인해 은퇴를 감행했던 장국영은 1분을 영원시하면서도 그 누구에게도 마음을 주지 않고 생모를 찾아 방황하는 바람둥이 아비 역을 통해 금마장 남우주연상을 거머쥔다. 그 연기 톤에는 그러나 화려함과는 거리가 한참 먼, 극단의 고독감과 허무함, 상실감이 짙게 배어 있어 보는 이의 가슴을 저미게 한다. 이 걸작에서만은 예외적으로 그는 장만옥 · 류덕화 · 류가령 · 장학우 등 여타 출연진의 연기 총합을 압도하는 생애 최고의 열연을 펼친다.

5. 〈백발마녀전〉(1993, 감독 우인태) ★★★1/2

〈천녀유혼〉 시리즈에 이은 또 하나의 환상적 무협 멜로물. 왕조현과는 또 다른 임청하 특유의 섹스어필이 단연 돋보인다. 임-장 투톱의 연기 앙상블 역시 큰 주목감. 특히 중성 이미지가 감도는 두 스타가 벌이는 러브 신은 내가 목격한 홍콩 영화 중 가장 에로틱하면서 자극적 장면이라 해도 과장은 아닐 터. 한마디로 그 자체가 대장관이다 영화에서 장국영은 무술의 최고수로서 전작과는 판이하게 다른, 부드러우면서도 강렬한 남성적 이미지를 선보이는데, 그것은 〈동사서독〉(1994)에서도 재현된다. 그 속에서 〈동사서독〉은 물론 장예모의 '영웅'에 등장할 탐미적 이미지들을 발견, 음미하는 재미도 제법 클 듯. 주제 면에서 〈인지구〉와 일맥상통하는 공통점을 찾아보는 재미도 쏠쏠할 테고.

6. 〈패왕별희〉(1993, 첸 카이거) ★★★★1/2

제인 캠피언의 〈피아노〉와 공동으로 1993년 칸 국제 영화제 황금종려상을 안으며 세계 영화 역사에 우뚝 선 걸작 시대극. 첸 카이거라는 이름과 함께 이른바 '중국 제5세대' 라는 용어를 세계적으로 인정·통용시키는 데 결정적 기여를 했다. 그때까진 아시아의 스타에 머물렀던 장국영이 세계적 배우로 부상하는 계기가 되었으며, 여장 남자 경극 배우 데이로 분해 본격 동성애 연기를 감동적으로 펼쳤다. 그는 첸 감독, 공리 등과 함께 〈풍월〉(1996)에서도 또 한 차례 〈패왕별희〉 못지않은 성숙하고 매혹적인 열연을 펼친다.

7. 〈금지옥엽〉(1994, 진가신) ★★★1/2

〈첨밀밀〉(1996)로 작가의 반열에 오른 진가신 감독의 수작 로맨틱 코미디. 남장 여자 임자영(원영의 분)을 축으로 인기 작곡가 고가명/샘(장국영)과 로즈(유가령) 사이의 삼각관계(?)를 코믹하면서도 진중하게 묘사했다. 장국영은 페이소스 머금은 코믹 연기를 멋들어지게 구현한다.

흥미로운 점은 연예계의 화려함 속에서 끊임없이 평범함을 추구하는 샘이라는 캐릭터가 장국영의 페르소나를 투영하고 있다는 것, 사랑하면서도 자영이 남자기 때문에 사랑할 수 없다는 샘의 진술이 심히 '보수적' 으로 비치기도 하나, "남자든 여자든 난 널 사랑한다" 는 더 길고 깊은 여운을 남긴다.

8. 〈동사서독〉(1994, 왕가위) ★★★★

왕가위가 장국영을 비롯해 양가휘, 장만옥, 양조위, 임청하, 유가령, 장학우, 양채니에 이르는 화려한 출연진을 대거 동원해 완성시킨 무협 멜로 액션물이란 점에서 지대한 관심을 불러 일으켰던 화제의 문제작. 8명의 캐릭터가 얽히고설키는 복잡한 플롯도 그렇지만, 베니스 영화제 최우수 촬영상 수상에서 알 수 있듯, 왕가위 특유의 탐미적 영상미가 호흡을 가쁘게 한다.

장국영은 단적으로 폼생폼사라고 할 법한 무게감 있는 연기를 구사한다. 개봉 당시 과잉 스타일로 인해 적잖은 비판을 받았으나, 〈영웅〉과 비교해 보면 그다지 과잉이라 하기 어려울 듯. 김성수 감독의 〈무사〉와 비교해 보는 재미도 작진 않을 듯.

9. 〈해피 투게더〉(1997, 왕가위) ★★★★1/2

단지 동성애를 다소 솔직하게 그렸다는 이유로 2차례에 걸친 수입 반려를 거치는 등 수난을 겪은, 제50회 칸 국제 영화제 감독상 수상작. '재회에 관한', '어긋난 사랑의', '만남과 헤어짐의' 이 이야기에서 장국영은 당시만 해도 파격적이고 과감한 동성애 연기를 완벽하게 소화해 냈다. 영화 속 세 연인 아휘(양조위)와 보영(장국영), 장(장진)이 각각 중국과 홍콩, 대만 출신이란 점에서 영화를 3중국에 대한 메타포로 읽을 수도 있을 듯.

10. 〈색정남녀〉(1999, 이동승) ★★★

제47회 베를린 영화제 경쟁 부문 진출작. 제목이 시사하듯 장국영 출연작 중 가장 적나라한 작품. TV 브라운관의 한계 탓에 그 맛을 만끽할 순 없지만, 장국영과 막문위가 벌이는 도입부의 그 노골적이고 야한 정사 신이 눈길을 끈다. 그렇다고 무작정 야한 성애물쯤으로 지레짐작하진 말 것. 3류 에로 영화를 만드는 감독의 애환을 적나라하지만, 때론 코믹하고 때로 구슬프게 그린 문제작이니까. 여로 모로 박중훈-송윤아 주연의 〈불후의 명작〉과 비교해 보면 흥미진진할 듯.

이 목록을 작성하기 위해 필자는 더러는 처음 보기도 했고, 어떤 영화들은 다시 봤다. 그러면서 앞서 언급한 '확인'에 이르게 되는 '어떤 발견'을 하게 되었던 것이다. 평론가 임진모 씨가 운영하는 대중음악 전문 사이트 www.izm.co.kr에서도 밝혔듯, 장국영은 여느 스타들, 배우들과는 달리, 좀처럼 혼자만 살려고 하지 않는다는 사실이었다. 영화를 평가할 때, 다른 그 어떤 요소들 못지않게 캐릭터와 연기 요소를 중시하는 필자에게 그것은 터닝 포인트적 함의를 띠는 주요 발견이었다. 비단 지난 10여 년 간의 평론 활동만이 아니라 영화를 본격적으로 공부해 온 그 간의 20여 년 간 품어 왔던 연기에 대한 고정관념 혹은 편견을 일거에 뒤흔드는 대발견! 그래, 이렇게 썼던 것이다.

"그의 출세작 〈영웅본색〉부터 유작 〈이도공간〉에 이르기까지 근 20년에 걸친 그의 필모그래피를 되돌아보면, 그는 좀처럼 혼자만 튀는 법이 없었다. 〈아비정전〉 같은 예외가 있긴 하지만 그건 그야말로 예외였다. 압도적이긴 해도, 그 걸작에서마저도 장만옥이나 유덕화 등 다른 동료 출연진과의 조화를 해칠 만큼 튀는 건 아니었다. 그렇다. 그는 늘 조화를 최우선으로 하는 연기를 펼쳤다. 다른 사람 다 죽여 가면서 자기만 사는 카리스마의, 적자생존의 연기가 아니라 자기 자신보다는 남을 먼저 살리고, 그리고 나서 자기도 사는 앙상블의, 공생의, 희생의 연기를. 심지어 그는 다른 배우들의 그늘에 가린 적도 적잖다. 출세작 〈영웅본색〉에서는 당장 주윤발에 가렸다. 〈천녀유혼〉에서는 왕조현에, 〈인지구〉에서는 매염방에, 〈백발마녀전〉에서는 임청하에, 〈동사서독〉에서는 양가휘 등에, 심지어 〈해피 투게더〉에서는 양조위에 가렸다. 유작 〈이도공간〉에서는 신예에 지나지 않는 임가흔을 압도하지 않는다.

놀라운 건 그것이 그가 연기를 못한 결과가 아니라는 점이다. 압도적인 연기를 구현하지 않는 건, 연기를 못해서가 아니라 오히려 연기를 너무 잘해서, 정확히는 여느 뛰어난 배우들과도 또 다른 출중한 연기, 다시 말해 조화와 공생의 연기를 구사하기 때문에 가능했다는 것이다. 영화 역사를 통틀어 이런 연기를 펼친 이는 거의 없다. 흔히 영화사상 가장 위대한 배우로 일컬어지는 찰리 채플린을 비롯해 말론 브랜도, 로버트 드 니로, 알 파치노, 클린트 이스트우드 등 연기의 대가들도 그러진 못했다. 물론 그렇다고 내가 그 대가들보다도 장국영이 더 위대한 배우라고 주장하는 건 아니다. 그건 분별력이 없는 주장일 테니까. 요점은 장국영이 연기의 새로운 장을, 가능성을 열었다는 것이다. 강조컨대 혼자만 사는 카리스마의 연기가 아니라 더불어 사는 공생의 연기를 말이다. 장국영을 '위대하다' 고 하는 이유다."

그로부터 1년 가까운 세월이 흐른 지금, 필자는 그때의 그 주장을 철회하거나 수정할 의도는 추호도 없다. 아니 그 반대다. 약간의 과장을 허용한다면, 그 이후 필자는 단 하루도 장국영을 기억하지 않고 보낸 적이 없다. 영화를 볼 때면 으레 영화 속 배우들과 장국영의 연기를 비교했고, 강의 시간에 스타나 배우를 논할 때면 으레 장국영을 말했다. 실은 그 정도가 아니다. 어쩌면 그를 기점으로 배우론이 다시 쓰이거나, 전적으로 새로운 배우론이 쓰여야 한다고까지 여기고 있다. 그를 중심에 놓고 작가론적 배우론을 펼치고 싶다는 충동에 사로잡혀 있기도 하고.

과장이 아니라 이런 경험은 필자로선 난생 처음이다. 필자가 그렇게 열광해 마지않았던 〈사탄의 태양 아래서〉, 〈반 고호〉의 거장 모리스 피알라가 장국영보다 2개월여 전인 지난해 1월 세상을 떠났을 때도, 개인적으로 그렇게 존경해 마지않던 세계 영화계의 거장 중 거장, 스탠리 큐브릭과 로베르 브레송이 지난 1999년 5월과 12월에 저세상으로 떠났을 때도 이런 경험을 하진 못했다. 필자가 더욱 놀라워하고 있는 건 장국영이 과작이 아닌 다작의 배우요 스타인데도, 게다가 오로지 연기의 길만 걸은 것도 아니고 대중음악인으로서도 영화 못지않은 인기를 구가한 멀티 엔터테이너인데도 이런 출중한 성취를 일궈냈다는 사실이다.

필자는 그의 사생활에 대해선 잘 모른다. 솔직히 별로 알고 싶지도 않다. 영화평론가이기에 가능하면 영화로서만 말하고 싶어서일 터이다. 또 다른 지면에서도 역설했든, 돌이켜보건대 장국영, 그는 거의 항상 최고 수준의 연기를 펼쳐 왔다. 비중 여부를 떠나. 심지어 평범한 배역일 때조차도 그는 빛을 발해 왔다. 새삼 강조컨대 그 빛은 카리스마에서 연유하는 강렬한 빛이 아니라 동료 연기자들과 완벽하게 공존하는 은은한 조화의 빛이다. 그건 뜨겁지 않고 온화하다. 나른하며 편하다. 행복하기조차하다. 그 무엇보다 중요한 건, 그럼으로써 영화를, 다른 기준으로 볼 때는 별 볼 일 없는 영화마저도 볼만한 그 무엇으로 승화시켜 주고 한층 더 풍성하게 해준다.

세상의 숱한 훌륭한 배우들 중 과연 얼마나 장국영 같을까 싶다. 아무리 고민해도 그 이름들을 자신 있게 열거하진 못하겠다. 상기 언급한 몇몇 예외적 예들을 제외하고는. 그러니 어찌 연기의, 배우의 재발견이라 하지 않을 수 있겠는가! 물론 과장이 다소 섞였겠지만, 이후의 영화 연기의 역사는 이렇게 나뉠지도 모른다. '장국영 이전' 과 '장국영 이후' 로. 믿거나 말거나…….

장승업에서 발견한 거장의 분신

감독 임권택

논란의 여지야 있겠지만, 임권택 감독의 영화 인생은 1981년을 기점으로 결정적으로 나뉜다. '만다라 이전'과 '만다라 이후'로. 흔히 〈짝코〉(1980)부터, 좀 더 거슬러 올라가면 〈족보〉(1978) 등부터 자기만의 개성을 띠게 된 것으로 얘기되기도 하나, 터닝 포인트적 작품은 단연 〈만다라〉였다. 많은 이들이, 임 감독 개인뿐만이 아니라 한국 영화 역사의 주요 대표작으로 간주하곤 하는 그 문제작을 계기로 임 감독은 예의 다작의 길을 떠나 상대적 과작의 길을 걷기 시작한다.

1962년 〈두만강아 잘 있거라〉로 데뷔한 이래 〈취화선〉에 이르기까지 40여 년 간 임 감독은 무려 98편을 연출했단다. 그 사실은 그에게 평생의 굴레요 족쇄였을 터. 자신의 필모그래피 중 8할에 가까운, 〈만다라〉 이전의 80여 편 가운데 대부분을 '쓰레기 영화'로 스스로 규정하고 그 쓰레기들을 모조리 불살라 버리고 싶어 했다는 자각에서도 그 점은 분명해진다.

그 자각은 지극히 타당한 것이었다. 다작일수록 대부분이 졸작 ·

태작이요, 기껏 범작일 수밖에 없다는 것이 영화사의 정설 아니던가. 13년 간 무려 40여 편의 장편을 남기고 서른여섯으로 요절한 라이너 베르너 파스빈도 등 극소수의 예외가 있기는 하지만. 시야를 국내에 한정하더라도, 적어도 지난 20여 년 동안 한국을 대표하는 국민 감독이요 '거장' 이었음이 틀림없음에도 임 감독이 그에 걸맞지 않은 비판 · 비난을 들어 왔으며 줄곧 크고 작은 무시 내지 폄하로부터 자유롭지 못했던 건 무엇보다 그래서였다. 실은 영화 변방 대한민국에서 유독 그 혼자만이 다작의 길을 걸어온 것도 아니요, 어찌 보면 그렇게 부끄러워할 것도 아니었건만…….

고백컨대 그 비판과 폄하의 대열에는 나도 끼어 있었다. 그의 〈티켓〉(1986)은 역대 한국 영화 베스트 10 목록에 당당히 넣을 정도로 열광해 왔으며, 〈서편제〉(1993)를 보면서는 흐르는 눈물을 주체할 수 없을 만큼 벅찬 감동을 느꼈으면서도 말이다. 내 주장의 요지는 간단했다. 1백 편 가까운 영화를 만들었다면서, 그 정도밖에 만들지 못한다면 말이 안 되지, 라는 것.

임 감독이 한국의 거장일지는 몰라도 세계적 거장이 될 수 없는 으뜸 이유로는 철학의 부재를 꼽곤 했다. 그래, 나는 그가 대한민국 최고의 장인일지언정 세계적 작가는 아니라고 굳게 믿었다. 〈만다라〉 이후, 그가 작가 대접을 받게 된 것도 그를 열렬히 흠모하는 소수 평자들의 다분히 맹목적인 헌신이 없었다면 불가능하다고 여겼다. 사실 그 생각에는 지금도 크게 변함은 없다.

그렇기에 내게 '만다라 이후' 그가 걸은 행보도 곱게 비칠 리 없었다. 상업적 대성공을 거둔 〈장군의 아들〉 시리즈(1990/1991/1992)는 진정한 작가라면 해서는 안 될 상업적 대타협이었다. 남들이 그렇게 호평한 〈만다라〉나 〈길소뜸〉(1985)에 대해서도 난 시큰둥해 했다. 〈씨받이〉(1986)에서 〈춘향뎐〉(2000)에 이르는 이른바 문예 토속물들은 한국적 정체성과 무관한, 지독히도 오도된 전통물에 지나지 않았다. 다분히 외국 영화제를 염두에 두고 기획 · 제작된 작품들에서 풍기는 그 이국 정취exoticism와 오리엔탈리즘이 못내 싫었다. 그것들이 한국성으로 오해되는 건 더욱 참을 수 없었고. 2000년 우리 영화 사상 최초로 칸 경쟁 부문에 진출한 〈춘향뎐〉을 그토록 싫어했던 주된 까닭이었다.

지나친 기대 탓이겠으나, 〈태백산맥〉(1994)은 내가 기억하는 1990년대 최대 졸작이었다. 원작의 혼을 더럽힌 졸작 중의 졸작. 그 실망이 어찌나 컸던지 그의 여타 작품들을 보는 눈은 더욱 삐딱해졌다. 비교적 흥미롭게 본 작품들, 〈안개 마을〉(1982), 〈축제〉(1996), 〈창〉(1997) 등에 대해서도 필요 이상으로 까다로웠다. 결국 난 기회 있을 때마다 임 감독을 흠집 내는 데 혈안이 되어 있었다 해도 과언이 아니었던 셈이다.

지극히 삐딱하고 균형감을 상실했었던 내 시각을 반성하고 조정해야 할 필요를 느낀 건 뜻밖에도 〈취화선〉을 첫 대면하고 나서였다. 주변 사람들은 대개가 실망의 기색이 역력하고, 〈춘향뎐〉보다 못하다고 했으나 내겐 아니었다. 영화는 〈만다라〉 이후 임 감독이 추구해 온 영화 인생의 집결판이요 정점이었다. 한마디로 난 장승업에게서 임권택의 모습을 발견한 것이었다. 고착화되기 십상인 마흔 고개를 훨씬 넘어 끊임없이 변신하려 무던히 애써 왔던, 감독 · 예술가로서 더 나아가 인간으로서 임권택의 참 모습을. 장승업은 임권택의 분신이었고 임권택은 장승업의 현현이었다.

장승업의 번민과 방황은 영락없이 임 감독의 그것이었다. 그 속에는 〈만다라〉 이후 임 감독이 쉬지 않고 탐색해 온 절대적 그 무엇을 향한 욕망이 생동하고 있었다. 영화 속에서는 E.H. 카가 『역사는 무엇인가?』에서 주장한 바처럼, 과거 즉 역사와 현재 즉 현실이 끊임없이 상호 대화를 나누고 있었다. 뿐만 아니라 심지어 〈장군의 아들〉 시리즈 같은 오락물에서도 배어 있는 사회성 · 시대성과 개인성 사이의 긴장과 갈등, 그리고 조화에 대한 갈구가 살아 숨 쉬고 있었다.

〈춘향뎐〉 때와는 달리, 〈취화선〉의 수상 가능성을 비교적 높게 점쳤던 건 그런 연유에서였다. 워낙 강력 라이벌들이 즐비해 황금종려상은 무리겠지만 심사위원 대상이나 감독상을 거머쥘 수 있으리라고 예측한 것이다. 우선 작품성 요인. 〈취화선〉이 앞서 임 감독 영화 인생의 정점이라고는 했으나 솔직히 그의 최고작이라고 주장하고 싶은 마음은 추호도 없다. 22편의 2002년 칸의 경쟁작 중 최상위권에 든다고 우길 생각도 없고. 그럼에도 수상권, 특히 감독상prix de la mise en scène 수상엔 전혀 꿀릴 게 없다고는 자신한다. 작품성에 대한 평가는 워낙 상대적이니까. 그 정교한 미장센에만 국한한다면 가히 최고 수준이라 해도 그다지 과장은 아니다.

〈춘향뎐〉과는 달리 소재의 보편성도 9인 심사위원들에게 호감이 가기에 충분했다. 위원장 데이비드 린치를 비롯해 빌 어거스트, 클로드 밀러, 라울 루이즈, 월터 살레스 등 6인 남성 감독들은 〈취화선〉에 담긴 예술혼에 강한 인상을 받을 게 분명했다. 한결같이 작가 정신에 투철한 예술 지향적 감독들 아니던가. 샤론 스톤이나 양자경 등 중립적 인사들은 논외로 치더라도, 일찍이 부산 국제 영화제 심사위원장으로 내한하기도 했던 인도네시아 출신의 친한파 여배우, 크리스티나

하킴이 적극 밀어줄 것이 뻔했다. 심사위원들로서는 단 두 편에 불과한 아시아 엔트리에 대한 배려를 하지 않을 수도 없으리라는 것도 수상을 점치게 한 요인이었고…….

심사위원 구성 외에 칸 영화제 집행부로서도 한국 영화에 호의적일 거라고 짐작할 수 있었다. 그들은 임 감독이 비단 한국에서만이 아니라 아시아를 대표하는 노장이란 사실은 선명히 인지하고 있을 것이기 때문이었다. 더욱이 괄목할 만한 발전을 거듭하고 있는 부산 국제영화제는 물론 여러 채널을 통해 급부상 중인 한국 영화의 위상에 대해 익히 들어 알고 있지 않은가. 영화제의 고유 기능 중 하나가 미지의 변방 영화들을 발굴 · 발견해 세계 무대에 소개시키는 것이라면 한국은 더할 나위 없는 대상이었다. 결론적으로 작품성에서나 영화제 정치학에서나 〈취화선〉은 수상에 유리했던 것이다.

수상을 낙관하게 된 결정적 이유는 25일 밤 10시에 예정되어 있던 공식 상영이 끝나고 난 뒤 외국 관객들의 열띤 반응이었다. 영화가 끝나고 10여 분에 걸친 기립 박수가 이어졌는데, 그건 예의상 치는 거짓 박수가 아니었다. 진심 어린 환호였다. 주변의 적잖은 이들이 "브라보, 브라보"를 외치고 있었다. 어쩌면 우리보다 그들이 영화에 더욱 열광적 호의를 보내고 있는지도 몰랐다. 부탁컨대 그러니 이번 수상을 자조적 · 자기비하적 눈으로 보지 않으면 좋겠다. 위의 이유들을 들며 〈취화선〉의 수상 가능성을 강변할 때마다 되돌아왔던 시큰둥한 반응들을 지금도 생생히 기억하고 있기에 하는 말이다.

사실 난 애국자도 아니고, 무조건 한국 영화라고 비호해야 한다고 여기는 친한파도 아니다. 모 평자처럼 사람에 따라 무조건 지지하거나 비판하는 부류도 아니다. 〈춘향뎐〉을 비롯해 임 감독의 숱한 작품들을 비판해 왔으면서도 〈취화선〉을 이렇듯 지지하는 건 영화에 담긴 예술혼과 진정성 등에 적잖이 감동 받아서이지 다른 이유에서는 아니다. 게다가 〈취화선〉으로 인해 당장 임 감독의 다른 작품들에 대한 평가가 근본적으로 달라지리라 보지도 않는다.

그럼에도 임권택을 다시 읽고자 하는 욕구가 강하게 이는 것 또한 사실이다. 이 글은 결국 그 시도의 첫 걸음인 셈이다. 역사적 평가는 시간을 요하는 법이다. 임 감독은 이젠 '만다라 이후' 에서 '취화선 이후' 로 이동하지 않을 수 없게 되었다. 그가 이젠 칸 국제 영화제 감독상 수상에 만족하고 정체 내지 몰락의 길을 걷게 될지, 영화사의 숱한 노거장들처럼 계속 정진해 나갈지는 좀더 두고 봐야 한다. 그 자신은 말할 것 없고 우리 모두가 후자를 소망하리라는 건 두말할 필요가 없을 것이다. 그가, 우리가 우선적으로 해야 할 일은 칸의 굴레로부터 하루 빨리 벗어나는 것 아닐까 싶다. 칸이 우리의 최종 목표가 될 수는 없는 노릇이니까.

미래의 감독으로 주목받는 단편영화계의 스타

감독 송일곤

송일곤은 미래의 감독이다. 이제야 막 장편 데뷔를 준비 중인 풋내기다. 당연히 일반 대중에게는 거의 알려지지 않은 미지의 인물이다. 그렇기에 그가 진지한 감독론의 대상으로 선정된 건 다소 이른 감이 없지 않다. 그러나 단편이 장편과는 다른 특유의 미학과 특성을 지니며 동시에 그것이 더욱 본격적인 의미의 영화 세계로 나아가는 주요한 밑거름이 될 수 있다는 사실에 생각이 미치면, 촉망받는 단편 감독의 작품 세계를 조망하고 그로써 그의 앞날을 예측하는 건 생각보단 훨씬 의미 있는 작업일 것이다. 단편 시절의 성공이 꼭 장편으로까지 이어지는 건 물론 아니지만.

송일곤. 그는 몇 안 되는 우리 단편 영화계의 '스타'다. 작품 수나 그간 누려 온 국내외적 인정과 평가를 고려하면, 최대 스타라고 해도 큰 과장은 아니다. 따라서 그를 논하는 건 한국 단편 영화의 어떤 경향에 다가가는 것이다. 굳이 말하라면 유럽적(혹은 서구적?) 감수성을 지닌 유학파들의 영화 세계랄까. 그는 서울예술전문대학 재학 중에 일찌감치 주목을 끌었다. 〈벽〉(16mm, 1993)으로 서울예전 '예술의 빛'을 수상했고, 독립영화협회로부터는 '1993년의 10편의 독립영화'로 뽑혔다. 다음 해엔 〈오필리언 오디션〉(16mm)으로 제1회 서울단편영화제에 초청, 상영되었다. 대부분의 경우처럼 단발성으로 그치지 않고 주목의 범위를 넓히는 데 성공한 것.

그에게 예전에 비할 수 없는 커다란 명성을 안겨 준 작품은, 세계 굴지의 폴란드 우쯔 국립영화학교 재학 중 연출한 〈광대들의 꿈〉(35mm, 1996). 제3회 서울단편영화제에서 우수상을 안은 영화는 제2회 부산국제영화제 와이드 앵글에 정식 초청되었고, 40회 샌프란시스코 국제영화제에서는 단편 다큐멘터리 부문 '골드 게이트' 3등상을 거머쥐었다. 필자가 그를 처음 접한 건 서울단편영화제에서 이 8분여짜리 작품을 보면서였다. 사실 특별히 끌린 건 아니었지만, 재치 넘치는 꽤 괜찮은 소품이라는 호감을 가졌던 기억이 생생하다.

폴란드 국립 서커스 학교 학생들에 관한 일종의 다큐멘터리인 영화에 호감을 가진 건, 그 무엇보다도 기존의 한국 단편과는 아주 다른 독특한 '분위기' 때문. 우리 사회의 전통적 비민주성 내지 독재성 탓일 게다. 일반적으로 국내 단편들은 단편으로 소화해 내기 힘들 뿐 아니라 만든 이들 스스로 감당 못할 거대 메시지나 내러티브를 향한 강한 강박관념 내지 집착을 보이는 경향이 농후하다. 그 결과 형식과 내용이 불일치되거나 천편일률적 스타일을 구사하는 경우가 허다하다. 소화불량이나 어설픔, 부담스러움 등이 간혹 국산 단편을 볼 때마다 찾아드는 주된 느낌들이다. 반면 유럽을 비롯한 서구 단편들은 순간적 임팩트를 전달하거나 장편이 도저히 흉내 낼 수 없는 단편만의 참신하고 기발한 상상력과 발상의 구현에 치중하는 편. 필자는 후자 쪽

이 단편 영화의 고유 영역이고 기능이라고 여기는 부류다.

〈광대들의 꿈〉은 어느 모로 보나 좀더 유럽적 성향이 두드러지는 작품. 그 남다름이 한눈에 들어온다. 서커스는 비록 지금은 아닐지라도 한때 우리를 흥분의 도가니로 몰아가곤 했던 황홀한 오락 아니었던가. 서커스 광대들의 환희와 열정을 통해 삶의 희망을 설파하는 영화의 유쾌함과 경쾌함이 인상적이었다. 다시 보건대 광대들 몸짓과 표정을 담은 기하학적이고 추상적 구도는 초창기 무성 영화의 미덕들을 떠올리게 한다. 혹 감독은 광대들의 삶에서 영화의 순수한 출발을 감지한 건 아니었을까. 색채, 대사, 내러티브 등 그토록 많은 영화의 '부재' 들로써 영화의 원초 상태로 회기하고 싶었던 것은 아닐까.

당시 영화를 처음 대했을 때 솔직히 회의 또한 작지 않았다. 과연 그 속에서 감독 송일곤이 담당했던 역할의 비중은 얼마나 될까. 혹 그 작품의 탄생은 거의 전적으로 세계적 명성의 우쯔의 시스템 덕은 아닐까. 이처럼 송일곤을 바라보는 필자의 시선은 다분히 삐딱했다. 제4회 서울단편영화제에서 정윤철의 〈기념 촬영〉과 영예의 최우수 작품상을 공동 수상하며 관객상까지 차지한 결정적 출세작 〈간과 감자〉(35mm)를 보았을 때, 유난히도 조은령의 〈스케이트〉에 매료된 필자의 심사는 더욱 뒤틀렸다. 〈간과 감자〉 역시 전작과 마찬가지로 우쯔의 산물로 비쳤던 것. 어지간한 한국 장편도 따라가지 못할 그 탁월한 기술적 완성도가 오히려 거슬렸다. 그 강렬한 타르코프스키적 내음도 못마땅했다. 몇 해 전, 송일곤의 우쯔 선배 문승욱의 〈어머니〉를 볼 때 느꼈던 불만들이었다.

돌이켜 보건대 그러나 그건 필자의 지나친 예민 반응이었다. 트집을 잡기 위한 트집이었다. 필자의 논리대로라면 훌륭한 시스템 내에선 누구나 뛰어난 작품을 만든다는, 난센스적 결론이 도출되는 셈. 결국 우쯔를 적절히 활용한 것 자체가 송일곤의 재능이었다. 더욱이 필자는 아주 중요한 점을 놓치고 있었다. 그는 겨우 1년 새에 전작에 비해 놀라우리만치 성숙해졌다는 것 등등.

성서의 카인과 아벨 우화를 재구성, 희생과 폭력에 관한 성찰을 담아낸 〈간과 감자〉는 여로 모로 감독의 작가적 사유가 돋보이는 수작. 의사의 제안에 따라 죽어 가는 동생 아벨의 간을 내주고 얻은 한 병의 술과 한 자루의 감자로 전쟁 통에 굶주리던 가족과 만찬을 벌이는 카인의 모습에서 인간의 보편적 이미지를 읽어 내는 건 그다지 어려운 일은 아니다. 어쩌면 그런 게 인간 조건일지도 모른다. 만찬 석상에 아벨이 나타나 도저히 잊을 수 없는 짙은 여운을 안겨 주며 환하게 웃을 때, 희생의 모티브는 더할 나위 없이 적절하게 형상화되어 나타난다. 우리는 예외 없이 누구나 희생의 터전 위에서 생존하고 삶을 영위하는 건 아닐까.

묵시록적 세상을 구현한 듯한 미장센, 거리감의 대비가 선명한 입체적인 인물과 사물의 구도, 빛의 조율에 의한 캐릭터의 내면 묘사 등은 여느 단편들에선 보기 힘든 영화의 탁월한 덕목들. 하지만 여덟 개의 장으로 구분된 플롯에서 내러티브를 엮는 건 쉬운 일은 아니다. 관객은 끊임없이 머리를 동원하지 않으면 안 된다. 감독은 우리에게 주류 오락 영화를 감상할 때의 수동적 자세가 아니라 능동적 태도를 요구한다. 바로 이 지점에 송일곤 영화 세계의 핵심이 자리하고 있다. 그는 만든 이의 의도를 수용자가 맹목적으로 받아들이지 말고 관객들이 적극 개입해 작품을 완성시킬 것을 요청한다. 자기가 일부러 비워 놓은 여백을 관객들이 메워 주길 원하는 것이다. 그럼으로써 쌍방적

interactive 소통을 지향하는 것이다. 대사의 자제를 비롯하여, 무성 영화를 연상시키는 미니멀리즘적 스타일은 한결같이 그 목표를 향하고 있다. 그의 작품에서 다분히 유럽적 지성의 향내가 풍기는 까닭은 그러한 스타일과 무관하지 않다.

지난해 칸 영화제 단편 경쟁 부문에 출품되어 2등상에 해당하는 심사위원상을 받은 〈소풍〉 역시 앞의 두 작품의 연장선상에 놓인 작품. 폴란드가 아닌 이곳에서 만들어진, 따라서 엄밀한 의미에서 진짜 송일곤표 영화다. 그것은 전작들의 완성도가 우쯔 덕이라고 확신하던 필자의 주장이 근거 없음을 새삼 확인시켜 주었다. 그만큼 뛰어난 완성도를 갖추고 있는 것. 영화는 한국적 상황에 비추어 언뜻 IMF에 시달리다 못해 죽음의 길을 택하는 한 가족의 이야기로 읽힌다. '섬집아기'를 배경 음악으로 펼쳐지는 그 마지막 길을 '소풍'이라고 명명한 역설이 신선하면서도 참 지독하다. 영화가 더욱 풍요롭게 다가서는 건 그러나 그처럼 구체적 의미 부여를 일시적으로 유보시키고, 좀 더 보편적으로 우리 사회의 우울한 초상화로서 영화를 해독할 때다. 그 외에 모성의 위대함이나 생명의 끈질김 따위의 주제를 끄집어내어도 마찬가지.

그러나 〈소풍〉에 필자가 각별히 주목한 이유는 일련의 작품을 거치며 서서히 이루어진, 내러티브상의 변화 때문이다. 내러티브가 부재했던 〈광대들의 꿈〉에서 출발해 신화적 내러티브를 선보인 〈간과 감자〉를 거쳐 지극히 일상적 세상사로 나아가는 감독의 행보. 그는 점차 접근이 용이한 이야기 세계로 나아가고 있는 것이다. 필자의 눈에 그것은 참으로 바람직한 변화이자 성숙이다. 그건 그의 두드러진 특징이자 으뜸 결점이기도 한 유럽적 향취를 조금씩 떨쳐 내면서 그

틈을 한국적 향기로 메워 가는 과정이기 때문.

영화는 무엇보다 내러티브 매체라고 주장하려는 건 아니다. 스타일을 포기하고 내러티브로 나아가야 한다는 것도 아니다. 주류 상업 영화적 내러티브를 구사해야 한다는 건 더더욱 아니다. 다만 장·단편, 국적을 불문하고 스타일의 과잉은 언제나 치명적 문제점이란 점을 강조하고 싶은 거다. 송일곤의 영화들은 그간 그런 혐의로부터 자유롭지 못했다. 따라서 감독으로서 그의 지상 과제는 스타일과 내러티브를 적절히 조화시키는 일이다.

내러티브가 스타일을 압도하는 것은 고사하고, 앞으로도 그는 스타일이 우위를 차지하는 영화를 계속 선보일 게 틀림없다. 그는 영화라면 모름지기 이미지 중심이어야 한다고 믿는 감독 군에 속하기 때문. 하지만, 특히 대중 영화의 경우엔 스타일 못지않게 내러티브가 탄탄해야 한다는 건 주지의 사실이다. 〈소풍〉이 반가운 건 송일곤의 내러티브 구축 능력이 결코 빈약한 것이 아니란 점을 발견해서이기도 하다.

곧 장편 데뷔작을 내놓을 그의 다음 행보가 벌써부터 궁금하다. 필자는 우리 이야기를 우리 스타일로 구현한 영화가 그립다. 장·단편을 불문하고 그와 같은 성과를 올리는 감독들이 좀 더 많아졌으면 좋겠다. 정말이지 그렇고 그런 식상한 아류작들은 그만 보고 싶다. 송일곤은 필자의 기대를 저버리지 않은 흔치 않은, 괜찮은 감독으로 머물 거라고 믿고 싶다.

'영화예술의 리하르트 바그너'에 대한 단상

감독 페드로 알모도바르

누구에게나 그렇겠지만, 국적을 불문하고 내게도 단절적 함의를 띠는 내 삶의 영화, 내 삶의 영화감독들이 있다. 중학교 2학년 때인가 동네 3류 극장서 두근두근 설레는 가슴으로 스크린 속으로 빨려 들어갔던 연소자 관람 불가 영화 〈별들의 고향〉를 비롯해, 한국 영화사에 빛나는 두 거목, 김기영의 〈하녀〉나 이만희의 〈삼포가는 길〉, 현대 한국 영화계가 배출한 문제적 감독 장선우의 〈우묵배미의 사랑〉, 그리고 1990년대 이후 나온 일련의 수작들, 이광모의 〈아름다운 시절〉, 허진호의 〈8월의 크리스마스〉, 홍상수의 〈돼지가 우물에 빠진 날〉, 송해성의 〈파이란〉, 이창동의 〈초록 물고기〉, 김지운의 〈반칙왕〉, 박찬욱의 〈복수는 나의 것〉, 봉준호의 〈살인의 추억〉 등이 그런 '단절적' 국산 영화들이다.

외국 영화들도 그 못잖게 많다. 영화 역사상 가장 위대한 거목 중 한 명인 장 르누아르의 〈게임의 규칙〉을 필두로, 로베르 브레송의 〈무셰트〉, 모리스 피알라의 〈반 고흐〉, 라이너 베르너 파스빈더의 〈

불안은 영혼을 잠식한다〉, 마틴 스코세지의 〈택시 드라이버〉, 구로사와 아키라의 〈7인의 사무라이〉, 클린트 이스트우드의 〈밀리언 달러 베이비〉, 마스무라 야스조의 〈남편은 보았다〉 등 그 목록은 제법 길다.

그 목록의 으뜸을 차지할 또 하나의 이름이, 현대 스페인 영화의 대표적 거장 페드로 알모도바르의 15편에 이르는 장편 가운데 국내 최초로 소개된 〈마타도르〉이며, 알모도바르가 그저 스페인을 대변하는 '영화 악동'에 불과한 것이 아니라 세계 영화를 대표하는 '문제적 거장' 임을 보란 듯 웅변한 〈내 어머니의 모든 것〉과 〈그녀에게〉다. 실은 그 정도가 아니다. 단절성의 측면에서 〈마타도르〉는 〈별들의 고향〉, 〈게임의 규칙〉과 나란히 내 영화 체험의 으뜸 중 으뜸을 차지하고 있는 내 삶의 영화다. 그 영화와의 조우 이후 줄곧 지금까지도 알모도바르는 내가 가장 좋아하고 열광하는 다섯 감독—참고삼아 나머지 네 감독을 밝히면, 장 르누아르, 클린트 이스트우드, 로베르 브레송, 라이너 베르너 파스빈더다— 가운데 한 명으로 굳게 자리하고 있다.

페드로 알모도바르. 1951년 9월 25일 스페인 라 만차, 칼조다 데 칼라크라바 출생. 암울한 프랑코 정권 하 정통 가톨릭 교구에서 운영하던 신학교에서 학창 시절을 보냈다. 그곳에서 수도사들에게 남색을 강요당하면서 치욕적인 성을 경험하는데, 그 경험을 극화한 작품이 지난해 제58회 칸 국제 영화제 개막작으로 선보인 최근작 〈나쁜 교육〉이다. 이나시오-엔리케-후안-마놀로 신부 네 남자 각각의 욕망을 전시하면서 그 욕망으로 인한 파멸의 궤적을 좇는 현대판 필름 누아르인 〈나쁜 교육〉은 《가디언》지紙 피터 브래드쇼의 입을 빌자면, "우리의 과거 기억이 우리 머리 속에서 재구성되어 어떻게 한 편의 영화로 탄생할 수 있는지, 그리고 그러한 모든 과정은 '과거는 결코 바꿀 수 없다' 는 고통스런 인식에서 비롯된다는 것을 말해" 주는 영화다.

알모도바르는 프로덕션 노트에서 영화에 대해 이렇게 말한다. "나는 〈나쁜 교육〉을 만들어야 했다. 강박증이 되기 전에 이것을 내 머리 밖으로 빼내야 했다. 나는 이 각본을 10년이 넘도록 고치고 또 고쳐 왔고 앞으로도 12년을 더 그럴 수도 있었다. 가능한 조합의 양이 무궁무진하기 때문이다. 〈나쁜 교육〉의 이야기는 오로지 완성되어야만 끝마쳐질 수 있는 것이었다" 고.

이렇듯 "아주 친밀한 이야기" 지만, 그렇다고 〈나쁜 교육〉이 '자전적' 이라고 할 수는 없다고 그는 역설한다. 1977년을 경계로 1964년부터 1980년까지 시기를 다루는 영화의 배경이 그가 경험한 시절이긴 하지만, 그렇다고 해서 그 영화로 자신의 학창 시절이나 1980년대 초반 스페인 마드리드에서 번졌던 자유주의적 흐름인 '모비다movida' 초창기의 자신의 삶과 배움을 추억하는 것은 아니었다는 것이다. 외려 자신과 관련된 에피소드들은 의도적으로 배제했다고 한다. 영화 속 사건이 진행되는 시간과 공간을 살았던 사람인지라, 물론 각본을 쓸 때 자신의 기억들이 중요했지만…….

그는 이렇게도 말한다. "〈나쁜 교육〉은 나에게 '나쁜 교육' 을 한 신부들이나 다른 사제들을 한 방 먹이려는 영화가 아니다. 내가 복수해야 했다면 그걸 위해 40년이나 기다리진 않았을 것이다. 나는 교회에 관심이 없다. 악마에게 만큼도 관심이 없다. 나의 관심은 1960년대의 몽매함과 억압에서 벗어나 스페인이 경험하기 시작했던 자유가 폭발한 역사적 순간에 있다. 그래서 1980년대란 시대적 배경은, 내 인물들이 자신들의 육체와 욕망, 운명의 주체가 되면서 성인이 되어가는 데 더할 나위 없이 이상적인 배경이었다"고.

그런 강압적 남색 경험 등 이후 가톨릭에 대한 거부감마저 갖게 된 그는 자발적으로 동성애에 급격히 빠져들기 시작한다. 그때 탈억압·탈권위의 출구로써 작용한 구세주가 다름 아닌 영화였다. 일찌감치 열두 살 적 테네시 윌리엄스 원작, 엘리자베스 테일러-폴 뉴먼 주연, 리처드 브룩스 감독의 〈뜨거운 양철지붕 위의 고양이〉를 보고 일생일대의 영화 체험을 맛본 그는, 멜로드라마의 거장 더글러스 서크를 위시해 빌리 와일더, 알프레드 히치콕, 루이스 브뉘엘, 블레이크 에드워즈, 그리고 마르코 페레리 같은 네오리얼리스트들의 영화들에 깊은 영감을 받으면서 영화감독이 되기 위한 꿈을 다진다.

그 시절에 대해 그는 이렇게 회상한다. "영화를 통해 내게 주어진 불운을 보상받으려 했어요. 이 세상은 감상적이며 사람들을 동요시키는 어떤 것들로만 채워져 있는 듯이 보였죠. 그 당시 난 테네시 윌리엄스의 열렬한 신봉자였으며, 리즈 테일러의 붉은 입술과 폴 뉴먼, 말론 브란도의 영화를 보며 흥분하곤 했지요."

18세인 1969년, 영화감독의 길을 걷겠다는 일념으로 무작정 마드리드로 향한다. 하지만 프랑코 정권에 의해 학교마저 폐교되어 공식적인 영화 교육을 받을 기회를 가질 수 없게 되고, 선택의 여지가 없던 그는 전화국에 취직해 10여 년 간 전화국 직원으로서 산다. 그 와중에 그는 마드리드의 문화적 자유를 만끽하면서 독자적인 영화의 길을 개척한다. 아침과 낮엔 일하고 저녁엔 시나리오를 쓰거나 극단 '로스 골리 아르도스' 와 8mm 카메라로 평소 관심 있게 지켜보던 중산층의 생활상 등을 영상으로 담으면서 언더그라운드 문화를 체험한다. 심지어 그는 '알모도바르 & 맥나마라' 라는 록 그룹을 결성해 로커로서 7장의 음반까지 발매하기도 한다. 당시 그는 전방위 아티스트 내지 엔터테이너로서 활동 영역이 그만큼 넓었는데 로커이자 배우요, 신문기자요, 만화작가이며 작가이기도 했던 것이다.

1975년 독재자 프랑코가 죽고 스페인에도 드디어 민주주의가 태동, 문화와 자유의 물결이 일기 시작한다. 그 시절 스페인 문단은 알모도바르란 미래의 거장에게 제법 우호적이었다고 한다. 그 덕에 『두 사람의 매춘부 또는 결혼으로 끝을 맺은 러브 스토리』 등 몇 편의 소설과 에세이로 성공을 거두고 그 성공을 계기로 드디어 그에게도 장편 영화를 만들 수 있는 기회가 주어진다. 그 영화가 바로 감독으로서 알모도바르의 가능성을 입증한 16mm 독립 영화, 〈산 정상의 페피, 루시, 봄 그리고 다른 소녀들〉(1980)이었다.

지독히도 어렵게 세상에 내놓은 장편 데뷔작 이후, 〈정열의 미로〉(1982), 〈어두움 속에서〉(1983), 〈내가 뭘 한 게 있다고?〉(1984), 〈마타도르〉(1986), 〈욕망의 법칙〉(1987) 등 동성애와 양성애, 클럽 문화, 약물 등 금기적 소재들을 다룬 일련의 도발적 문제작들로 '스페인 영화의 악동' 으로 일컬어지게 된다. 그것은 곧 알모도바르가 스타감독의 길을 걷게 되었다는 것을 의미했다.

국내외적으로 알모도바르를 스타덤에 등극시킨 결정적 작품은 그러나 〈신경쇠약 직전의 여자〉(1988)였다. 그 영화로 오스카 외국어 영화상에 노미네이션되고 뉴욕 비평가협회 상 등을 수상하면서 세계

---

1) 지금은 물론 아니다. 2005년 12월 말 현재는 그 순위가 과연 몇 위인지는 잘 모른다. 한 자료에 의하면, 1998년 기준으로는 스페인 흥행영화 베스트 10 가운데 3위였다고 한다. 그 밖에도 〈하이힐〉이 6위, 〈라이브 플래쉬〉가 8위였단다.

적 명성을 얻었을 뿐 아니라, 스페인 영화 사상 최고의 흥행 성적[1]을 거두며 스페인의 국민 감독으로 부상하게 된 것이다. 비평과 흥행, 두 마리 토끼를 다 잡는 데 성공하면서…….

그 이후로도 그의 거침없는 행보는 오늘날까지 계속되고 있다. 미국에서 NC-17 등급을 받는 등 전 세계적으로 일대 센세이션을 야기시킨 '〈콜렉터〉의 알모도바르 버전' 〈욕망의 낮과 밤〉(1990)에서 〈하이힐〉(1991), 〈키카〉(1993)로 이어지는 극단의 성적 욕망에 관한 영화들은 물론, 알모도바르 영화 세계의 변화 내지 성숙을 예고한 〈비밀의 꽃〉(1995)에서부터 거장의 면모를 유감없이 과시한 일련의 걸작들, 〈라이브 플래쉬〉(1997), 〈내 어머니의 모든 것〉(1999), 〈그녀에게〉(2002), 그리고 〈나쁜 교육〉에 이르기까지 말이다.

지금껏 이러저런 자료들을 참고해가며 알모도바르에 대한 짤막한 삶의 편력과 영화 이력을 다분히 평범하게 옮겨봤으나, 사실 이 글은 결코 일반적 의미에서의 감독론 내지 작가론을 의도하는 건 아니다. 그보다는 어떻게 해서 미지의 영화인 〈마타도르〉가 내 삶의 영화가 되었으며 미지의 감독 페드로 알모도바르가 내 삶의 감독이 되었는지를 피력하는 것이 내 주된 관심사다.

몇 해 전 영화 전문 월간지 《스크린》에서 상세히 밝힌 바 있지만[2], 그 계기는 1987년으로 거슬러 올라간다. 석사 과정을 마친 뒤, 3류 동

---

2) 이 글은 따라서 「그/녀에게 말해봐—알모도바르에게 말걸기 혹은 새로운 영화 역사를 향해」라는 취지로 쓴 그 글이 결정적 계기로 작용했으며, 그 글을 토대로 쓰여진 것임을 밝힌다. 가능한 크고 작은 정도로 수정, 변형 등이 따를 터이지만, 논지 전개 상 필요하다고 판단될 경우 어떤 대목들은 별다른 가감 없이 인용될 수도 있을 것이다. 그로 인해 자기 표절 아니냐는 비판 혹은 비난을 듣게 된다면, 기꺼이 감수하련다.

시 상영관을 즐겨 찾곤 하던 백수(?) 시절로. 어느 날, 난 서울역 근처 한 3류 극장에서 〈마타도르〉와 극적 조우를 했다. 그 영화나 감독에 대한 아무런 사전 정보도 없이. 루이스 브뉘엘과 카를로스 사우라 등 세계 영화사의 거장을 배출한 스페인에서 날아온 '앙팡 테리블'의 영화이건만, 게다가 1982년 대학 2년 시절부터 시작된 소위 '영화 스터디'를 통해 제법 많은 영화들과 감독들을 두루 섭렵한 뒤였건만 말이다.

〈마타도르〉는 적잖은 영화들을 보아온 당시의 내게 전혀 다른, 지독히도 새로운 영화였다. 멜로드라마란 장르에선 특히나 더. 그 열악하기 짝이 없는 여건에서 영화를 보며 맛보았던 그 강렬한 도발과 충격, 매혹 등을 난 지금도 생생히 기억하고 있다. 그것은 나를 '미래의 거장' 페드로 알모도바르의 독특한 영화세계, '알모도바란디아', '알모도바르학' 등으로 칭해지기도 하는 너무나도 독특한 영화 세계 속으로, 아울러 스페인 영화의 은밀하면서도 강력한 매력 속으로 빠져들게 하기에 모자람이 없었다. 이미 말했듯, 그렇게 〈마타도르〉는 내 영화 인생에 단절적 함의를 띤 채 내 삶 속에 자리하게 된 것이다. 내 영화 이력을 '마타도르 이전'과 '마타도르 이후'로 양분한다 해도 과장만은 아닐 만큼 결정적인 함의를 띠고…….

오늘날까지 20년 가까이, 아니 평생 지속되리라 믿어 의심치 않는 알모도바르를 향한 내 사랑, 열광은 그렇게 시작되었다. 그러나 예나 지금이나 많은 이들이 알모도바르를 나만큼 사랑하고 열광하리라고는 기대하지 않았고, 않고 있다. 보편적 지지를 받기에 그는 지나치게 도발적 · 논쟁적이요, 어느 모로는 선정적인 탓이다. 영화적 취향은 말할 것 없고 그가 선택해온 영화들의 제재나 주제, 표현 스타일 등에서 '다수majority' 보다는 '소수minority' 지향적인 탓이다. 실제로 그의 영화들에는 동성애자를 비롯해 여장 남자, 신경증적 주부, 무능력한 테러리스트, 마약 거래 간호사, 임신한 수녀, 남색에 빠진 사제 등 비주류적, 다시 말해 소수적 캐릭터들이 주인공으로 등장한다.

때문에 사전 지식 없이 그의 영화들을 만나게 되면 적잖이 당황하고 불편해하기 십상이다. 보는 이들의 반응 또한 열광하거나 혐오로, 양분되기 십상이고. 특히 우리나라에선 그런 양분 현상이 극명하게 드러난다. 다른 나라 영화들도 대갠 그렇지만, 스페인에서는 가히 기념비적 흥행 기록을 수립한 그의 영화들이 일반 대중들로부턴 철저히 외면당하고 지독한 예술 영화나, '컬트 영화' 로 수용되곤 해 왔다.

알모도바르 영화가 통속적이다 못해 워낙 저속하고 천박하며 악취미적이라는 점, 달리 말하면 '키치적' 이라는 점 또한 그에 한몫해 왔다. "알모도바르" 하면 자동연상적으로 떠오르는 그 야한 빨강, 노랑 등 원색이나, 일반 관객들은 말할 것 없고 어지간히 센 영화 전문가들의 영화적 수용력의 한계마저도 가볍게 무시, 조롱함으로써 적잖이 당혹스럽게 하곤 하는 그 선정적이며 황당한 극 설정도 실은 그의 영화들을 관류하는 키치성을 증거하는 영화적 기호요 장치인 셈이다.

영화가 출현 이래 줄곧 키치적 속성을 띠어왔다는 역사적 현실을 인정하더라도, 알모도바르 영화에 드러난 키치성의 강도는 다분히 과도하게 비칠 법하다. 〈마타도르〉 역시 예외는 아니다. 성적 엑스터시를 위해 살인을 마다하지 않을 뿐 아니라 자신들의 목숨마저 끊는 두 연인, 미모의 여변호사 마리아(아숨타 세르나 분)와 과거의 매력적 투우사 디에고(나초 마르티네스)나, 자신의 남성성을 증명하기 위해 스승 디에고의 애인 에바(에바 솔레르)를 겁탈하려 하고 한술 더 떠 자신이 저지르지도 않은 살인을 저질렀다고 주장하는 성적·정신적 미숙청년 앙헬(안토니오 반데라스)은 '비정상적' 아니, '변태적' 캐릭터의 극치라 하지 않을 수 없다. 한마디로 과잉 키치적 캐릭터들인 것이다. 그런 캐릭터들이 등장하는 만큼 플롯이나 시청각적 스타일이 과잉과 키치로 흐르는 건 어찌 보면 당연한 선택일 터.

〈마타도르〉의 과잉성, 키치성 등은 새삼스러운 게 아니다. 알모도바르 영화 특유의 그런 특징은 전작들에서부터 이미 심심치 않게 그 모습을 드러내왔다. 환락과 혼돈의 도시 마드리드를 무대로 펼쳐지는 황당한 러브 스토리, 〈정열의 미로〉에서는 그 악명 높은 '캠프 미학'이 맘껏 펼쳐진다. 감독 스스로가 로커로서 직접 출연해서는 캠프 미학을 실천하기까지 한다. 알모도바르 필모그래피 중 "가장 도발적"이라고도 하는 〈어두움 속에서〉는 성스러워야 할 수녀원이 "마약과 레즈비어니즘과 수간이 뒤섞인 이질적이고 비정상적인 욕망의 해방구"로서 설정, 묘사된다. 시쳇말로 샘 멘데스의 〈아메리칸 뷰티〉에 버금갈 콩가루 가족 이야기인 〈내가 뭘 한 게 있다고?〉에선 극 중 주인공 글로리아(카르멘 사우라)는 남편을 죽이고도 은폐하기 급급하며 아들은 헤로인을 팔거나 남자들에게 몸을 판다…….

전작들만은 아니다. 〈마타도르〉 이후의 작품들에서도 그 자극과 충격, 도발 등은 여전하다. 물론 그 강도에서는 〈마타도르〉에 비해 다소 떨어지긴 하지만. 〈욕망의 낮과 밤〉은 그러나 〈마타도르〉의 그것들을 단연 능가한다. 이젠 스페인을 대표하는 섹시 스타로 군림하고 있는 안토니오 반데라스와 알모도바르 영화의 대표적 디바 중 한 명인 빅토리아 아브릴을 일약 세계적 스타덤에 오르게 한 영화를 통해, 알모도바르는 사회적으로 인정받기 위해 평소 흠모하던 포르노

여스타를 납치, 감금하는 극히 '나쁜 남자' 를 선보인다. 그 정도가 아니다. 그 포르노 여배우로 하여금 끝내는 자신의 납치범을 사랑하게끔 하는 대 파격을 구사한다. 대다수 페미니스트뿐 아니라 숱한 이들로부터 크고 작은 비난을 받을 빌미를 제공하면서.

이쯤에서 질문을 던져보자. 그렇다면 나는 왜 센세이셔널리즘의 혐의로부터 자유롭기 힘든 이 '포스트-루이스 브뉘엘' 에 열광하는 걸까. 그가 스페인 영화를 대표하는 대표적 스타 감독이기 때문? 작가주의적 관점에서 전형적 작가의 모델을 제시하기 때문?

그렇기도 하다. 무엇보다 그의 영화들을 통해 내셔널 시네마로서 스페인 영화란 존재를 다시 조망하게 되었고, 그 정체성 등 스페인 영화들 둘러싼 여러 문제를 고민하게끔 함으로써 스페인 영화, 나아가 영화 예술·매체의 매력 속으로 더욱 깊숙이 빠져들게 되었다는 점 등을 당장 그 이유로 내세울 수 있다. 하지만 그 못지않게 중요한, 어쩌면 더 중요한 이유들이 있다. 사실 그 이유들을 피력하는 것이 이 글의 진정한 목적이다. 그러니까 이 결론을 말하기 위해 난 꽤 먼 길을 우회한 셈이다.

우선 그의 영화들에서 늘 발견되는 충격과 도발이, 그저 충격과 도발을 위한 장치로 머무는 것이 아니라 우리네 관객들의, 아니 평론가와 관객으로서 나의 영화 내적 상상력을, 나아가 영화 외적, 즉 일상적 상상력의 폭과 깊이를 상당 정도 확장시켜 주기 때문이라고 말하련다. 즉 그의 영화적 상상력이 나로 하여금, 그의 영화들을 만나지 못했다면 하지 못했을 영화 내·외적 상상을 하게끔 자극, 동기 부여를 함으로써 내 영화적 사유와 체험을 한층 더 풍요롭게 해 주었고, 나아가 내 삶을 더욱 더 풍성하게 해 주었으며, 지금도 그러고 있다는 것이다.

난 확신한다. 알모도바르가 없다면, 그저 한 명의 스타 감독이 부재하는 정도의 의미를 떠나 스페인 영화가, 아니 세계 영화가 그만큼 빈곤해질 거라고. 과장의 위험성을 무릅 쓰고 이렇게 단언하는 이유는 알모도바르의 영화들에서 영화의 기원, 즉 영화의 과거와 현재, 미래를 성찰하게끔 하는 영화의 어떤 원초적 매혹attraction을 감지, 발견하기 때문이다.

영화는 시각적 매체, 즉 스펙터클의 매체로서 출현했다. 그 이후 1910년대를 경유하며 오늘날 우리가 익숙해 하는 장편 극영화가 영화 산업·예술의 규범으로 굳어짐에 따라, 소위 '고전적 할리우드 영화'로 대변되는 내러티브 매체로 무게 중심이 옮겨간다. 1920년대 후반 출현 이래 줄곧 라이브 연주 등의 수단에 의해 스펙터클 내지 이미지에 수반되던 사운드가 필름에 기록되면서 시각성 못지않게 영화의 청각성 또한 중시된다. 때론 그 이상으로 중시되기도 한다. 110년의 연륜을 거쳐 온 영화의 역사는 따라서 시각성과 이야기성, 그리고 청각성 사이의 끊임없는 갈등·충돌 혹은 조화·타협의 역사라고 할 수 있다.

그 역사 속에서 감독들은 으레 그 세 가지 측면 중 어느 한 측면에 방점을 찍어온 게 사실이다. 대다수의 감독들이 그랬다. 장 르누아르나 오손 웰즈, 알프레드 히치콕, 구로사와 아키라, 마틴 스코세지, 마스무라 야스조 등 극소수의 예외를 제외하고는 영화의 상기 세 측면을 동시에, 그것도 거의 완벽에 가까운 수준으로 구현한 경우는 극히 드물었다. 그 극소수의 드문 경우가 다름 아닌 페드로 알모도바르인 것이다. 당장 〈내 어머니의 모든 것〉이나 〈그녀에게〉 등을 떠올려 보라.

그의 영화들에는 흔히 퇴행적 · 반동적 장르로 간주되곤 하는 멜로드라마, 즉 통속극을 비통속적 · 혁신적 장르로 비상시키는 비범한 힘이 내재되어 있다는 점도 알모도바르에게 그토록 열광하는 또 다른 주요 이유다. 그것들은 뻔한 통속극이라는 그릇으로 인간들이 살아가는 보편적 사회의 문제점들을 극명하게 노출시키고 집요하게 파고듦으로써, 영화에 대한 다른 사고, 나아가 다른 삶의 가능성을 제시한다. 그 목적을 달성하기 위한 최상의 수단이 다름 아닌 상기 언급한 과잉성이요 키치성이다. 그 점에서 알모도바르는 〈하늘이 허락하는 모든 것〉, 〈바람에 쓴 편지〉 등을 빚어낸 거장 더글러스 서크의 적자요, 〈하늘이 허락하는 모든 것〉을 리메이크 한 〈불안은 영혼을 잠식한다〉 등 걸작 멜로를 만든, 뉴 저먼 시네마의 대명사 라이너 베르너 파스빈더의 직계후배라 할 수 있다. 흥미롭지 않은가.

상기 열광의 또 다른 주요 이유는 알모도바르의 영화들을 통해 으레 영화적 악덕인 줄로만 여겼던 과잉excess이 때론 미덕이 될 수 있음을 깨달았기 때문이기도 하다. 세계 영화사를 일별해 보면, 수많은 영화들이 과잉의 영화들이었다는 것을 알 수 있다. 웰즈, 서크, 파스빈더 등의 영화들이 그랬다. 〈올드 보이〉(박찬욱)나 〈달콤한 인생〉(김지운), 〈형사〉(이명세), 〈피도 눈물도 없이〉(류승완), 〈지구를 지켜라〉(장준환) 등 숱한 우리 영화들도 예외가 아니다. 과잉의 덕목을 감안하지 않은 채, 저들 수작들의 진가를 찾기란 사실상 불가능하다. 따라서 과잉의 가치를 인정하지 않으려 하는 건 영화 역사 속의, 또 현재 존재하는 세상의 수많은 영화들의 존재 가치를 외면, 무시하려는 경직되고 몰상식한 태도라 하지 않을 수 없을 성싶다.

이 외에도 또 다른 이유들을 얼마든지 들 순 있지만 이쯤에서 그만

두련다. 흔히 독특한 색채 감각과 성적인 유머, 기상천외한 아이디어 등으로 '알모도바르 스타일' 이라는 새로운 현상을 만들어 냈다고 평가되는 페드로 알모도바르. 그는 언제부터인가 자신만의 세계에서 벗어나 대중성과 예술성을 적절히 혼합하여 새로운 차원의 미학, 소위 '스크류볼 드라마' 라 평해지는 '알모도바르 미학' 을 구현하는 거장이 되었다. 그로써 노장 카를로스 사우라와 더불어 스페인 영화의 든든한 기둥으로 우뚝 서서, 알레한드로 아메나바르(〈오픈 유어 아이즈〉, 〈디 아더스〉), 훌리오 메뎀(〈루시아〉) 등 걸출한 후배들이 세계 무대로 진출하는 데 일종의 가교 역할을 멋지게 해내고 있다. 페드로 알모도바르. 어쩌면 그는 '영화 예술의 리하르트 바그너' 일 지도 모른다. 적어도 내겐 그렇게 다가선다. '종합예술작품 Das Gesamtkunstwerk' 이라 일컬어지는 '악극' 을 통해 모든 예술의 결합을 시도하려 했던 서양 음악계의 그 거목처럼, 알모도바르 그는 자신의 필모그래피를 통해 영화의 총합 내지 종합을 향해 한 발 한 발 가고 있는 건지도 모른다. 놀랍게도 그의 영화들은 지극히 선정적 소재와 스타일로, 우리네 관객들에게 몸을 근질근질하게 하는 감각적 · 육체적 자극을 듬뿍 선사하면서도, 동시에 정서적으로 우리의 가슴을 후벼 파고, 나아가 우리의 두뇌를 강타하는 지적 자극까지 안겨 주기 때문이다.

그런 영화들을 많이 체험했는가? 아니, 알기나 하는가? 없진 않되 결코 많지는 않을 것이다. 나부터도 아무리 고민하고 고민해도, 그 예들을 많이 열거할 자신이 없다. 그래, 난 감히 주장하련다. 어쩌면 세계 영화사는 '알모도바르 이전' 과 '알모도바르 이후' 로 나뉘어야 할지도 모른다고. '고다르 이전' 과 '고다르 이후' 가 아니라……

장정일 + 영화에 대한 잡담

작가 장정일

1

장정일. 그는 내게 단지 이름뿐인 존재였다. 이 글을 쓰기 위해 〈301 · 302〉(1995)의 토대가 되었다는 시 「요리사와 단식가」를 비롯한 그의 소설들, 『아담의 눈뜰 때』(1990), 『너에게 나를 보낸다』(1992), 『너희가 재즈를 믿느냐?』(1994), 『내게 거짓말을 해 봐』(1996), 『보트 하우스』(1999), 그리고 이러 저런 자료들을 자진 반 의무 반으로 읽기 전까지만 해도 그랬다. 그렇다고 뭐, 이젠 그를 잘 안다는 건 아니지만.

겨우 한 살 차이의 동세대인데다 소위 명문대학교에서 석사 학위까지 취득한 독문학도였건만, 난 한때 '신드롬'까지 일으켰다는 그에게 아무런 관심을 기울이질 않았다. 그를 출세 가도로 인도한 그 유명한 시집 『햄버거에 대한 명상』(1987)도 내 관심권 내로 진입한 적이 없었다. 그에게 남다른 관심을 가졌던 건 2000년 초반, '거짓말 파동'이 우리 사회를 강타했을 때였다. 장선우 감독의 〈너에게 나를 보낸다〉(1994)를 볼 때 잠시 원작자에 혹한 적은 있었지만, 말 그대로 잠시였다.

숱한 이들이 포르노라고 규정한 장선우의 〈거짓말〉(1999)을 보며 난 이루 말로 다 할 수 없는 '슬픔'을 느꼈다. 지금껏 나는 총 세 가지 버전을 보았는데, 삭제 전의 모자이크 판과 삭제 후의 모자이크 판, 그리고 삭제도 모자이크 처리도 되어 있지 않은 오리지널, 이른바 베니스 판이다. 그 중 제일 슬픈 건 오리지널 버전이었다. 영화에 대한 내 생각도 대개는 오리지널에 근거한 것이다. 결국 논란의 핵이었던 영화의 음란성은 모자이크 처리에 의해 조작·발생한 건 아닐는지. 극 중 주인공 J와 Y가 '그 짓'을 하면서 쉬지 않고 매질을 해댈 때, 난 그들처럼 아파했다. 마치 내가 맞기라도 하는 것처럼. 많은 이들이 그런 나를, 영화를 비웃었지만 내게 그건 폭력적이고 억압적인 이 사회를 향한 조롱·도발·저항의 몸짓으로 비쳤다. 장선우의 전작 〈나쁜 영화〉(1997)를 맹렬히 비난했던 내가, 그 누구보다 열렬히 영화를 지지한 가장 주된 이유는 다름 아닌 그 때문이었다. 지금도 여전히 내 심상에 아련히 머물러 있는 슬픔과 아픔 때문. 과격하리만치 과감하고 정직한, 그래서 뜻밖에도 전작들보다 덜 정도가 아니라 전혀 선정적으로 비치지 않은 카메라도 한몫 했고.

그때 난 막연하나마 그 감정들이 장선우의 것일 뿐 아니라 장정일의 것이라고 여겼다. 그의 소설을 읽지 못했음에도, 아니 읽으려고 하지조차 않았음에도 불구하고. 내 능력을 벗어나는 작업임에 분명했건만, 영화를 통해 장정일을 읽어 달라는 취지의 원고 청탁을 끝내 거절하지 못한 것도 실은 그래서였다. 그래 마음먹었다. 이 기회에 당대 최대의 문제적 작가 중 한 사람에게로 좀더 가까이 다가가 보자고. 원고를 진행하면서 그 결심을 후회한 게 한두 번이 아니지만.

2

원작을 토대로 만들어진 영화들 속에서, 원작자의 속내는 말할 것 없고 그 표피적 흔적조차 읽는다는 건 결코 만만한 작업이 아니다. 잘해 봐야 본전인, 무모한 작업일 공산이 크다. 원작자 단독으로 원작을 각색하는 게 아니라면, 당장 각색자들부터 감독, 제작자 등, 영화화 과정에서 숱한 이들의 의도와 지향 등이 필연적으로 '개입' 하기 때문이다.

비단 장정일의 경우만이 아니라, 영화에서 무엇이 원작자의 것이고 무엇이 다른 이들의 것인가 여부를 구분하는 건 따라서 사실상 불가능하다. 무의미하기도 하고. 설사 원작을 읽은 터라, 영화와 원작의 유사점과 차이점 등을 꼼꼼하게 비교 · 평가할 수 있더라도 마찬가지다. 원작자 것이라 할지라도 그건 다른 사람들에 의해 취사선택의 과정을 거친 뒤라, 엄밀한 의미에서는 그렇다고 말할 수 없다. 그렇기에 원작을 근거 삼아 영화의 우열을 가리는 건 지극히 어리석은 짓이 되기 십상인 것이다.

작가의 손을 떠나 '자유롭게든' , '느슨하게든' , '충실하게든' 각색되는 순간부터 그 원작은 더 이상 원작자의 것이 아니다. 소정의 판권료를 지불하고 권리를 획득했건 파렴치하게 도용 · 표절을 했건 간에 영화를 만든 이들의 것이 되는 것이다. 후자의 경우야 법적 분쟁에 휘말릴 수 있겠지만. 1930년대 초 베르톨트 브레히트의 초기 대표작 「서푼짜리 오페라」의 영화화를 둘러싸고 벌어졌던 브레히트와 독일 굴지의 제작사 네로 영화사 간의 소송 결과 내려진 판결 등에서도 드러났듯 그것은 관행을 넘어 법적 판례가 된 지 오래다. 『태백산맥』 등 걸작 · 수작으로 평가받는 원작들이 영화화되어 범작 · 졸작이 되더라도 별다른 현실적 분쟁이 발생하지 않는 것도 실은 그래서일 터. 원작자로선 억울해 환장할 노릇이겠지만, 화를 삭이며 참거나 잊는 것밖에 무슨 수가 있겠는가.

3

장정일은 2년 주기로 발표된 자신의 중 · 장편 소설들이 영화화되는 과정에 전혀 관여하지 않았다. 그 흔한 각색 작업에도 동참하질 않았다. 방은진, 황신혜 주연의 〈301 · 302〉은 그 정도가 아니다. 박철수 감독의 파격적 변신을 예고한 신호탄인 그 문제작은 의심의 여지없이 그의 세 번째 시집 『길 안에서의 택시 잡기』(1988)에 수록되어 있는 「요리사와 단식가」로부터 시발한 작품이건만, 크레디트에는 그 이름조차 올라 있지 않다. 대신 〈러브 러브〉(1997)로 데뷔전을 치른 여성 신예 감독 이서군이 시나리오를 쓴 것으로 되어 있다.

6년여 전에 개봉된 영화에는 정작 어떻게 되어 있었는지 기억나진 않지만, 다시 본 비디오테이프에는 원작 자체에 대한 언급이 아예 없다. 그건 곧 이서군의 창작 시나리오—그래서일까, 영화는 제16회 청룡영화상에서 각색상이 아닌 각본상을 수상했다—라는 의미일 듯. 하지만 국립 영상원 데이터베이스 등 자료에는 원작이 명시되어 있다. 장정일이 아니라, 출판인 김수경—이서군의 어머니다—으로. 그럴 수도 있다. 우연의 일치로라도. 그런 시나 아이디어는 다른 사람들도 얼마든지 쓸 수 있고 가질 수 있을 테니까.

하지만 캐릭터 설정부터 사건의 전개까지 영화와 장정일의 시는 너무나도 흡사하다. 둘을 비교해 보면 그 누구라도 영화가 그 시를 확대·발전시킨 것이라는 걸 대번에 알아챌 수 있을 만큼. 때문에 이서군이 장정일의 시를 바탕으로 시나리오를 썼다고 결론을 내릴 수밖에 없는 것이다.

이런 상황에서 무엇이 장정일의 의도요 흔적인지를 어떻게 구별하고 판단할 수 있을까 싶다. 사실 이 근본적 의문은 예상했던 것보다 훨씬 더 강력하고도 지속적으로 나를 괴롭혔다. 게다가 좀더 깊이 있는 원고를 쓰겠다고 원작들을 빠짐없이 읽은 게 외려 화근이었다. 그래서는 안 된다는 걸 뻔히 알고 있으면서도 난, 나도 모르게 원작과 영화를 비교·판단하고 있었다.

그래 난 마음을 바꿔 먹었다. 우회하기로. 중심으로 바로 들어가지 않고 가능한 주변을 겉돌다 들어가기로. 그건 곧 장정일의 작품 중 영화화된 총 다섯 편—엄밀히는 네 편 반이라고 해야 할 듯. 〈301·302〉의 시나리오화 작업에서 이서군이 바친 노력은 인정해야 할 것 같으니까—을 꼼꼼하게 읽으면서 그 작업을 통해 장정일을 읽어보겠다는, 주제 넘어 보이는 시도를 단념하거나 최대한 약화시키겠다는 것이었다. 그 대신 주제를 확대시켜 문자 그대로 '장정일과 영화'에 대해 쓰겠다는 것이었다. 아니면 '장정일 혹은 영화'에 대해 쓰든가.

4

먼저 〈301·302〉을 향해 질문을 던져 보자. 원작과 시나리오를 쓴

김수경-이서군 모녀는 과연 장정일의 동의를 구했을까. 구하지 않았다면 그건 단연 표절이요 도용이다. 연출에 기획 · 제작까지 겸했던 박철수 감독은? 그는 과연 그 사실을 알고 있었을까 몰랐을까. 장정일은? 그는 언제 진상을 알았을까. 처음부터 아니면 한참 지난 뒤. 그는 또 어떻게 대응했을까. 그리고 지금은 그 건에 대해 어떤 생각을 하고 있을까…….

난 그런 것들에 대해 아는 바가 거의 없다. 장정일이 무척 분노했다는 것, 법정으로 비화되진 않았다는 것 정도만 알고 있을 뿐이다. 주된 내 관심사도 아니다. 문학평론가 함종호 등이 이미 문제의 시와 영화를 상세히 비교하며 영화의 원작 문제를 깊이 있게 파고 든 바 있지만, 난 평소 표절 문제에 퍽 민감함에도 그 사실 자체를 원고 청탁을 받으며 비로소 알게 되었다.

새삼스러울 것도 없을지 모른다. 친고죄라 이해 당사자가 문제를 삼지 않아 그렇지, 표절 내지 도용 시비는 국내외를 불문하고 줄곧 있어 왔다. 다분히 과장이겠지만, 1백 수년 여 세계 영화 역사는 표절 · 도용의 역사라고도 한다.

국내로만 국한해도 신성일, 엄앵란 주연의 그 유명한 〈맨발의 청춘〉(1964) 등, 한국 영화의 전성기 1960년대의 숱한 화제작들이 일본 영화들을 모방하고 더 나아가 표절했다는 건 창피하지만 부인할 수 없는 현실이다. 늘 창의력 · 상상력 등의 빈곤에 시달리던 '영화 후진국' 한국으로선 이른바 '일본 뉴 웨이브'라는 이름하에 '진짜 전성기'를 구가하던 영화 선진국 일본 작품을 베끼고 싶은 유혹을 떨치기 어려웠을 법도 하다. 방송이나 광고 등은 지금도 그렇다지 아마…….

멀리 갈 것도 없이 1990년대 이후 우리 영화만 들여다봐도 표절 혐의를 받은 작품들은 수두룩하다. 한국 멜로 영화의 새바람을 일으킨 장윤현의 〈접속〉(1997)은 모리타 요시미츠의 〈하루〉(1996)를, 이정국의 〈편지〉(1997) 등 일련의 국산 멜로물들은 그 유명한 이와이 순지의 〈러브레터〉(1995)를, 박철수의 〈학생부군신위〉(1996)는 이타미 주조의 〈장례식〉(1984)을, 1990년대 한국 영화가 낳은 수작 〈우리들의 일그러진 영웅〉(1992, 박종원)은 시노다 마사히로의 〈소년 시대〉(1990)를, 그리고 김의석 감독의 〈홀리데이 인 서울〉(1997)은 홍콩 출신의 세계적 스타 감독 왕가위의 〈중경삼림〉(1994) 등을 모방·표절한 거 아니냐는 의심을 받았다. 〈체인지〉(1996)는 시비가 일자 뒤늦게 판권 계약을 체결함으로써 그로부터 빠져나갔지만, 결국 표절을 자인한 꼴이 되고 말았다.

혐의 정도가 아니라 번안에 가까운 표절의 예들도 적지 않다. 당사자들이 시인하건 하지 않건 간에. 중견 정지영의 데뷔작 〈여자는 안개처럼 속삭인다〉(1982)와 강정수의 〈리허설〉(1995) 등이 그것들. 전자는 공포·스릴러 장르의 걸작으로 세계 영화사 기록되어 있는, 프랑스의 명장 앙리-조르주 끌루조의 〈디아볼리끄 Les Diaboliques〉(1955)—1996년 샤론 스톤, 이자벨 아자니 주연의 〈디아볼릭〉으로 리메이크되었다—을, 후자는 카테린 윌케닝 주연의 〈아모레 미오〉(1986)를 영락없이 '번안' 한 작품들이다. 내가 아는 대강의 것들이 이쯤이니 모르는 다른 예들은 또 얼마나 많을는지…….

그런 마당에 '고작' 시나리오에 비하면 지극히 짧을 시 한편을 도용했다 한들, 그게 뭔 대수냐고 반문할지도 모르겠다. 헌데 혹시 장정일도 그렇게 생각하는 건 아닐까? 말도 안 될 수도 있을 이런 의문을 품는 건 여기저기서 그런 징후를 발견해서다.

장정일의 비공식 홈페이지 MOVIE 란-을 클릭하면 〈301 · 302〉도 영화화된 그의 작품들 중 하나로 소개되어 있다. 아무리 비공식이라 한들 자신의 홈페이지인 이상 장정일도 그 사실을 인정한다는 것일 터. 그러나 『내게 거짓말을 해 봐』 파동으로 인해 2개월 간 실형을 살다 보석으로 출감한 후 발표한 새 소설, 전작들보다 훨씬 더 자전적 색채가 짙은 『보트 하우스』 36 · 37쪽에서는, 장정일의 분신임이 분명한 주인공 '나는' 을 통해 상반된 이야기를 하고 있다:

"나는 내 원작의 영화 세 편 가운데 첫 번째 것은 비디오로, 두 번째 것은 시사회장에서 보다가 슬그머니 빠져 나온 뒤에 신촌에 있는 개봉관에서 혼자 숨어 보았다. 그리고 세 번째 것은 아직 볼 기회가 없었다……."

위 세 편이 김호선 감독의 〈아담이 눈 뜰 때〉(1992)와 장선우의 〈너에게 나를 보낸다〉(1994), 오일환의 〈너희가 재즈를 믿느냐?〉(1996)를 가리킨다는 건 두말 할 나위 없을 듯.

소설 발간 몇 개월 전 이미 촬영 완료된 〈거짓말〉은, 모자이크 버전임에도 두 차례의 재심을 포함해 네 차례의 등급 보류 끝에, 무려 17분여를 삭제한 뒤 2000년 1월 8일에야 비로소 개봉되었으니까. 결국 〈301 · 302〉는 장정일 원작 영화에 포함되지 않은 것이다. 그렇다면 이 모순된 진술을 어떻게 받아들여야 할까. 단지 비공식적 입장과 공식적 입장에서 야기된 사소한 차이일까. 혹은 착오?

5

난 여기서 장정일의 영화 일반에 대한 태도 내지 관점의 단초를 읽는다. 그는 영화라는 매체에 대해 아웃사이더적인 거리감을 유지하면서, 철저하게 방관적 태도를 견지한다는 것이다. 될 대로 되라 식의 무심한 입장이랄까.

난 개별 작품에 대한 저널적 단평이든 영화 전반에 걸친 전격적 비평이든, 장정일이 영화에 관해 쓴 글을 읽은 적이 없다. 그런 글을 쓴 적이 있는지 여부조차 모른다. 글은커녕 그 어떤 '심오한' 견해조차 들어본 적이 없다. 기껏해야 간혹 언론 매체에 소개되는 지극히 단편적이고 소박한, 어찌 보면 1차원적으로 비치는 의견들을 읽어본 것이 전부다.

『보트 하우스』 출간 직후, 대구에서 상경 서울에서 가진 한 일간지와의 인터뷰에서 장정일은 다음과 같이 말한다:

—기자: 장선우 감독의 영화 〈거짓말〉이 개봉되면 시비가 재연될 텐데.

—장정일: 영화 진행은 잘 모른다. 판권 팔고 나면 그뿐이다. 장선우 감독이 한다는 것은 최근 아내에게 들었다. 개봉 안 되는 편이 나을 것 같다. 『보트 하우스』라면 직접 영화로 만들어 보겠단 생각으로 썼다.

일견 별 중요성이 없어 보이는 이 간단한 진술에서 난 장정일의 방관적이며 무심한 영화 '관觀'의 핵심을 감지한다. 난 먼저 그의 진의를 전혀 의심하지 않는다는 점을 명백히 해 두련다. 위 진술은 결코 말장난이나 수사가 아니라, 자기의 진심을 최대한 정직하게 표명했으리라는 것이다. 내포적 함의 따위는 거의 부재하며 외연 그대로일 거라는 뜻이다. 명성이 자자한 그의 솔직함을 액면 그대로 믿고 싶어서다.

세상에 이처럼 무심한 작가가 또 어디 있을까, 싶다. "영화 진행은 잘 모른다"는 거야 그러려니 치자. 스태프로 참여하지 않는 바에야 알기 쉽지 않을 테니. 하지만 자기 자식이요 생명 같을 자신의 작품들이 영화화된다는데, "판권 팔고 나면 그뿐"이라는 건 왠지 좋게 보이진 않는다. 정말 그렇게 무심할 수 있는 걸까. 그건 무심함이 아니라 무책임한 건 혹 아닐까. 국외 작가는 논외로 치고, 조정래(『태백산맥』)가 그랬을까, 최인호(『별들의 고향』『겨울 나그네』……)가 그랬을까. 이문열은? 신경숙(『깊은 슬픔』)은? 이인화(『영원한 제국』)는? 겉으로야 태연한 척하겠지만, 자기 작품이 과연 어떻게 영화화되었을까, 궁금해 속이 바짝바짝 타고 조바심 나진 않을까. 또 그래야 하는 건 아닐까.

그의 진의를 전혀 의심하지 않는다고는 했지만 나 역시 이 대목에서만큼은 다소 의혹의 눈길을 보내지 않을 수 없었다. 장정일은 비단 『보트 하우스』만이 아니라 소설을 집필할 때면 으레 영화화를 염두에 두고 쓴다고들 하지 않는가. 그런데도…….

다른 정황들이 그러나 그의 진술이 거짓이 아니리라는 걸 뒷받침해 준다. 당장 위에 인용한 『보트 하우스』에서도 잘 드러난다. 명색이 원작자이면서도 자신의 소설을 영화화한 세 편 가운데 첫 번째 것은 비디오로 봤고, 두 번째 것은 시사회장에서 보다가 슬그머니 빠져 나온 뒤에 신촌에 있는 개봉관에서 혼자 숨어 보았으며, 세 번째 것은 아직 볼 기회가 없었다지 않은가. 아무리 자전적 소설이라 한들, 캐릭터가 말한 걸 곧이곧대로 신뢰할 수 없다면 할 수 없지만.

"장선우 감독이 한다는 것은 최근 아내에게 들었다"는 진술 또한 그의 영화에 대한 무심함을 극명하게 보여준다. 긴 설명 필요 없을 장선우는 싫건 좋건 한국 영화계를 대표하는 중견 감독이요, 둘째가라면 서러워할 문제적 감독이란 건 주지의 사실. 아무리 "판권 팔고 나면 그뿐"이라지만, 신문이나 방송 뉴스만 얼핏 보더라도 자신의 작품, 그것도 외설 시비로 인해 작가를 법정에까지 세우고 투옥까지 시킨 희대의 문제작이 장선우 같은 이에 의해 영화화된다는 것쯤은 어렵지 않게 알 수 있으련만, 그마저도 처에게 들어 최근에야 알았다기에 하는 말이다. 하긴 뉴스도 안 본다니, 뭐 그럴 수도 있겠지.

그의 무신경한 입장을 확실히 보여주는 다른 예는 또 있다. 극장 상영을 위해 등급 분류—난 영화를 그때 봤다—를 받았지만, 개봉하지 못하고 비디오로 직행한 〈너에게 나를 보낸다2〉와 관련해서. 그럼 장정일이 『너에게 나를 보낸다』 2편을 썼다? 물론 아니다. 상황은 이렇다. 지난 해 〈거짓말2〉 판권과 제명 사용료로 장정일이 8,000만 원을 받았다고 보도된 적이 있다. 그때 장정일은 "영화사 프레져 엔터테인먼트와 〈너에게 나를 보낸다2〉 제명 사용료로 1,000만 원을 받았지만 〈거짓말2〉와 관련해서는 어떠한 계약도 체결한 바 없다"고 밝혔다. 소문은 영화사 측에서 나온 것으로 본인과는 무관하다고 강조하면서.

그의 주장대로, 그는 자신의 작품 제목이 과연 어떤 영화에 쓰일지 따위엔 아랑곳없이 그저 돈만 챙긴 것이다. 영화—도중에 바뀐 건지 제작사는 프레져 엔터테인먼트가 아니라 (주)21세기 엔터테인먼트 그룹이었다—는 한마디로 목불인견의 졸작이 될 운명이었건만. 그의 원작을 바탕으로 만들어진 전全 영화들을 걸작으로 보이게 할 뿐더러, 명성에 먹칠을 할 정도의 졸작. 그 또한 그와는 아무런 상관이 없는 바겠지만.

6

아무리 후하게 바라본다 할지라도 오해 · 논란의 소지가 다분한, 장정일의 이러한 무심한 · 무신경한 태도를 과연 어떻게 수용 · 이해해야 할까. 다수majority보다는 소수minority적 기질로 무장한 채, "소설은 끊임없이 불화를 일으키는 형식"—이 땅의 메이저 작가 중 메이저인 이문열도 얼마 전 새 소설집 발간에 때맞춰 똑같은 견해를 피력하던데, 그와 장정일의 문학적 지향은 동일한 걸까?—이라는 소신에 걸맞게, 시대와의 싸움을 즐기는 한 은둔자적 작가의 변태적 · 퇴폐적 · 냉소적 · 무정부주의적…… '괴짜 취향' 으로 단순 치부해야 하는 걸까. 아니면 한때 천재라는 소리를 들었지만 세월과 더불어 박제가 되어 가는 불운한 글쟁이의 튀기 전략으로? 그렇담 그가 영화화를 염두에 두고 소설을 쓴다는 것도 그저 돈벌이만을 위한, 100% 경제적 행위? 그의 진짜 속내야 알 도리가 없고, 참, 당혹스럽기 그지없다.

그럼에도 난 그런 태도들이 "문학이 직업이 아니라면 구역질이 난다" 는 작가로서의 철저한 문학 의식 내지 프로 정신에서 비롯된 것이리라고 진단하련다. 아주 조심스럽게. 초등학교 3학년 때 처음 느낀 이래, '과대망상' 과 '자기 비하' 사이를 시계추처럼 왕복했다는 제이『보트 하우스』(231쪽)처럼, 작가로서의 자기 비하적 태도에서 연유한 거라고. 자신의 글쓰기를 구원이 아니라 일종의 '범죄행위' —…… 내 의식과 무의식 속에서 글을 쓴다는 행위는 항상 누군가를 죽인다는 느낌, 범죄와 동일시되어 왔다. 나는 늘 파괴해 왔고, 특히 아버지로 표상되는 모든 것을 죽여 왔다. 글을 쓰는 내 손은 항상 피에 젖어 있다. 그래서 나는 언제나 죄의 무게에 짓눌려 있었고 늘 불안했다. 내게 훼손당하고 살해당한 모든 것들이 언젠가 나에게 복수하러 오기 전에, 빨리 이 어두운 세례로부터 손을 씻고 싶었다…… 174~175쪽—에 비유하는, 극단적 자기 비하이자 피해 의식. 드러내지 않아 그렇지, 어디 그만이랴. 작가 치고 그와 같은 자기 비하로 고통 받지 않을 이들이 얼마나 되겠는가. 추측컨대 상당수의 작가들이 그와 같은 죄의식에서 자유롭지 못할 터.

주제넘게 비교하겠다는 건방이 아니라, 나만해도 그렇다. 평론가라는 타이틀로 활동해 온 지난 8년 동안, 늘 들러리 · 기생충이요, 더 나아가 남창이라는 자괴감에 시달려 왔다. 지금도 그렇고. 그건 죄의식의 다른 얼굴이었다. 그럼에도 여전히 영화 평론에서 손을 씻지 못하고 있는 까닭은, 어중간한 학력—이 점에선 내가 장정일보단 유리할는지도 모른다. 이 나라는 얼마나 지독한 학벌 사회인가. 희소성이 없다는 점에선 실제론 그렇지 않은 측면도 없지 않지만—외에는 재산, 기술은 물론 그 흔한 머리도 백그라운드도 결여된 내가 할 줄 아는 거라곤, 그간 내가 축적해 온 얄팍한 영화적 지식을 활용해, 어릴 적부터 희미하게나마 동경해 온 글쓰기—내게 장정일 같은 창작의 재능이 있다면 나는 일찌감치 평론가가 아닌 감독이나 제작자의 길을 걸었을 거다—말고는 할 줄 아는 게 없어서였다. 평론가로서 벌고 있는 몇 푼 되지 않는 돈은 4인 가족의 가장으로서 내가 매달리지 않을 수 없었던 생존의, 생계의—결코 생활이 아닌—수단이었다.

창작자도 예술가도 아니지만 난, 장정일의 죄의식을 동감할 수 있을 것 같다. 그가 왜 타고난 룸펜 자의식을 지녔으면서도 2년에 한 권 꼴로나마 소설을 발표해 왔는지, 그 이유도 짐작할 수 있을 것 같다. 앞으론 1년에 한 권씩 내겠다는 것 또한. 그리고 그가 왜 그들 못지않은, 아니 어느 모로는 능가하는 인기를 누리고 있으면서도 대선배 이제하를 비롯해 하재봉, 신경숙, 김영하 등의 동세대 작가들과는 달리 영화에 관련된 글을 일절 쓰지 않는 건지도 이해할 수 있을 것 같다.

자신의 본령인 문학 글을 쓰면서도 죄의식을 느낀다는 작가로선 일종의 외도라고 할 수 있을 영화 글을 쓰는 건 가능치 않은 일이리라. 전문성도 정확성도 그 어떤 식견도 결여된 잡문들을 쓰는 것도 모자라, 뻔뻔하게도 그것들을 한데 모아 책 등으로 출간하는 숱한 저자들의 짓거리가 그에겐 용서할 수 없는 파렴치로 다가서리라. "문학이 직업이 아니라면 구역질이 난다"는 그이기에 영화 글쓰기를 통해 부업한다는 건 상상조차 할 수 없는 행위이리라. 그 모든 것들은 그에게 자신이 몸담고 있는 고유 영역을 이탈하는 것일 뿐 아니라 남의 영역을 침범하는 범죄 행위—그렇다고 위에 거론된 분들이 그렇다는 건 결코 아니다. 다른 이들은 몰라도 적어도 그들만은 나 같은 극히 평범한 영화평론가가 도저히 흉내 낼 수 없는, 통찰력 넘치는 글들을 쓰고 있다고 판단되니까—이리라.

궁금하다. 나는 물론 이 땅의 수많은 영화 글쟁이들을 기죽이며 왕성하게 인기리에 영화 글을 쓰고 있는 저들을, 특히 아예 영화평론가까지 겸업하고 있는 '만능 엔터테이너' 선배 하재봉이나, 도대체 영화평론가인지 문학가인지 혼동될 정도로 많은 영화 글을 다양한 매체에 기고 중인 후배 김영하를 그가 어떻게 생각하고 있는지.

7

영화를 고려하면서 글을 써서일까, 영화라는 매체에 대해 그토록 무신경한 태도를 견지하면서도, 장정일의 작품들이 내용은 물론 문체마저도 퍽 '영화적' 이라는 사실이 무척 아이러니컬하게 다가선다. 최근의 대大 미국 테러가 웅변하듯, 이제 더 이상 예의 영화와 현실 사이의 경계 구분은 무의미해졌으며, 영화적이라는 개념도 변화되어야겠지만. 어쨌든 그것들이 출간되는 족족 판권이 팔리고 영화화된 것도 실은 그래서일 듯.

"직접 영화로 만들어 보겠단 생각으로 썼다"는 『보트 하우스』가 때마침 하재봉 등에 의해 영화화가 되고 있다는 것도 당연한 순서. 나 역시 영화화하고 싶다는 강한 충동을 느끼며 소설을 읽었으니까. 전작들이 도저히 따라갈 수 없을 만큼 영화적인, 너무나도 영화적인 소설. 총 57개의 챕터로 이루어진 구성은 영락없이 영화적 플롯 그 자체다. 57개의 시퀀스로 구성된 한편의 영화. 사람이 갑자기 타자기로 변신하고 그 타자기가 아주 우연히 다시 사람으로 되돌아오는 황당한 설정들은 또 어떻고. 정말 궁금하다. 도스토예프스키의 『죄와 벌』 모티브와 카프카의 그로테스크 등의 그 절묘한 결합이, 상상을 불허하는 그 기발한 상상력이 어떻게 형상화될지.

345개의 단장短章들로 이루어진 『너에게 나를 보낸다』나, 작가 스스로 '재즈적 글쓰기' 로 명명한 『너희가 재즈를 믿느냐?』 등도 영화적이긴 매한가지다. 단순히 구성과 문체만 그런 것도 아니다. 『너에게 나를 보낸다』의 '은행원' 이 끊임없이 폴 뉴먼, 로버트 레드포드 주연의 뉴 어메리칸 시네마의 대표작 〈내일을 향해 쏴라〉(1969)를 상상하고 말하는 설정에서나 『너희가 재즈를 믿느냐?』에서 주인공 부부들이 날마다 몇 편의 비디오를 시청하는 설정에서 등 영화가 등장 인물들에게, 더 나아가 작가에게 미쳤을 크고 작은 영향력 등이 감지된다.

총 4편 반의 영화들에서 발견되는 흥미로운 한 가지 공통점, 즉 정도의 차이는 있지만 대체적으로 원작에 '충실하다'는 점도 장정일 작품의 영화적 성격을 시사한다. 사건 전개, 인물 설정은 거의 동일하다 해도 무방할 듯. 원작의 특정 대목들은 대사나 자막 등으로 영화에 그대로 쓰이기도 한다. 대개 각색 과정에서 원작이 상당 정도 변형 · 수정되는 것이 관례라는 점을 고려하면, 이 충실성은 다소 뜻밖이다.

그렇다면 장정일 원작 영화들은 과연 그 영화적 성격을 제대로 이해, 형상화했을까. 앞서 영화를 통해 장정일을 읽는 무모한 짓은 하지 않겠다고 했지만, 그다지 내키지 않지만, 영화들에 대한 간단한 언급 내지 평가를 전혀 하지 않을 순 없을 것 같다. 영화 리뷰가 될지 모른다는 위험성을 무릅쓰더라도.

8

〈너에게 나를 보낸다〉와 〈거짓말〉은 원작의 그 느낌 거의 그대로다. 인물들의 감정선은 물론 전체적 분위기 등이 놀라울 정도로 흡사하다. 장정일이 직접 메가폰을 잡은 게 아닐까, 착각이 들만큼. 따라서 영화를 보고 소설을 그려보더라도 큰 무리는 아닐 듯.

〈거짓말〉의 경우는 인터뷰 형식을 통해 영화를 페이크(가짜)-다큐멘터리로 변형시켰는데도 그렇다. 그건 정말이지 흔치 않은 체험이다. 장정일, 장선우 두 사람은 단지 성性만이 아니라 기질적 주파수마저 동일한 건 아닐지 의심이 들기조차 한다. 영화 속 이상현과 김태연은 단언컨대 소설 속 J와 Y를 '산다'. 〈파이란〉에서 최민식이 강재를, 〈봄날은 간다〉에서 유지태가 상우를 산 것과 마찬가지로. 원작의 슬픔과 아픔이 고스란히 전해지는 것은 무엇보다 두 사람이 이상현과 김태연이라는 자신들의 페르소나를 잃지 않으면서도 동시에 버린 헌신적 열연, 장정일식으로 말하면 자기 비하적 열연 덕분이다. 많은 이들이 영화가 원작이 지닌 아버지의 권력 문제 등 정치사회적 문제의식을 소홀히 했다고 힐난하지만, 난 전혀 동의하지 않는다. 트집잡기에 지나지 않아 보인다. 영화를 오독했던가. 작품의 주된 메시지인 권력 비판은 이미 두 중심 인물들의 언행에 절절히 배어 있다고 판단되기 때문이다.

그렇기에, 다시 말해 그 누구보다 〈거짓말〉의 문제의식에 동감하기에, 장정일이 『내게 거짓말을 해 봐』를 '자해적 글쓰기'로 규정하고 이제 더 이상 그런 식의 글쓰기를 하지 않겠다고, "이제 손을 씻고 싶다"고 천명한 건 퍽 안타깝다. 유감스럽기까지 하다. 의도했건 하지 않았건 그 소설로 인해 실형까지 살았으며 그로 인해 절감했을, 이 사회를 향한 환멸을 떠올리면 이해하고도 남음은 있지만…….

혜성처럼 등장한 신인 정선경 또한 『너에게 나를 보낸다』 속 '바지 입은 여자'의 현현顯現이다. '나' 문성근이나 '은행원' 여균동도 그렇고. 문화평론가 이택광도 적시했듯, 이 영화 역시 〈거짓말〉 못지않게 참 '슬픈 영화'다. 〈거짓말〉을 이해하고자 한다면 따라서 이 영화를 먼저 보라고 권하련다. 이 씨처럼. 그것은 〈거짓말〉의 예고편, 더욱 정확히는 전편에 해당된다고 해도 과언이 아니니까.

보지 않았을 거라고 추측은 해 보지만, 장정일이 〈거짓말〉을 봤는지 보지 않았는지는 모르겠다. 헌데 〈거짓말〉 이전의 세 작품 중 그가 유독 〈너에게 나를 보낸다〉만은 "시사회장에서 보다가 슬그머니 빠져 나온 뒤에 신촌에 있는 개봉관에서 혼자 숨어 보았다"는 이유를 짐작할 수 있을 것 같다. 좀처럼 사람들 앞에 나서지 않는 그가 손수 시사회장을 찾은 건 그래도 장선우가 감독했기 때문이었을 터. 하지만 영화를 보면 마치 자기의 벌거벗은 몸을 보는 것 같은 자기 확인에 화들짝 놀라 자리를 끝내 지킬 수 없었을 듯. 그럼에도 보지 않을 수 없어 개봉관에서 혼자 숨어 본 것일 터. 믿거나 말거나.

이 두 작품은 100%에 가까운, 점수로 치면 90점 이상의 성공작이라는 게 내 최종 평가다. 〈301 · 302〉도 성공작에 근접한 편이라고 간주한다. 한 80점 정도. 흥미로운 건 이서군/ 박철수는 장정일의 시에 없는 요소까지 끌어들여 영화를 원작보다 한결 더 장정일적으로 둔갑 혹은 승화(?)시켰다는 점이다. 극 중 윤희(황신혜)가 거식증에 걸린 근본적 원인을 어릴적 정육점을 하던 의붓아버지로부터 상습적으로 당한 성폭행으로 설정한 것이 그 예. 장정일 문학의 출발점이 아버지로 상징되는 권력과의 끝없는 싸움이라는 걸 의식한 걸까. 그런 설정이야 물론 굳이 장정일이 아니더라도 상투적으로 등장하는 것이지만.

9

시선을 〈아담이 눈뜰 때〉와 〈너희가 재즈를 믿느냐?〉로 돌리면 그러나 실망하지 않을 수 없다. 사건 전개나 인물 설정에서는 원작에서 그다지 멀리 나가진 않았으나, 장정일적인 요소를 구현하는 데 실패한 걸로 보인다. 무엇보다 주인공을 포함한 인물들의 해석을 적절하게 하지 못한 탓이다.

〈아담이 눈뜰 때〉는 그래도 상대적으로 나은 편. 수준급은 아니지만 성격화는 무난하다. "내 나이 열아홉 살, 그때 내가 가장 가지고 싶었던 것은 타자기와 뭉크 화집과 카세트 라디오에 연결하여 레코드를 들을 수 있게 하는 턴테이블"인 대입 재수생 나, 아담의 고민과 방황 등이 그럭저럭 그럴 듯하게 전해진다.

아쉬운 건 섬세하지 못한 배우들의 연기. 특히 최재성이 지나치게 건조하고 평면적 연기를 펼쳐, 아담이 겪었을 고뇌의 깊이까지를 전달하진 못한다. 제4회 춘사예술영화상에서 연기상을 안은 여주인공들(여자 새얼굴연기상의 이윤성, 여자 우수연기상의 문미봉)도 섬세하지 못하긴 별반 다를 게 없고.

기대가 컸기 때문일까, 도발적 내용도 내용이지만 '재즈적 글쓰기'에 각별히 매료되었던 〈너희가 재즈를 믿느냐?〉가 가장 실망스럽게 다가선 까닭은. 사실facts의 정확한 서술마저 무시하는, 엉뚱하기조차 한 그 시도를 실험 영화도 아닌 일반 대중영화로 표현한다는 것 자체가 불가능하겠지만 말이다.

김승우의 '오버' 연기도 불만스럽지만, 무엇보다 '그'의 성격화가 원작과 완전히 어긋나버렸다. 그의 처제를 향한 육체적 욕망을 지나치게 부각시켰다고나 할까. 때문에 그 못지 않게 중요한 미스 오와의 관계 등이 일그러져 버렸다. 그가 출근할 때마다 미스 오가 비정상적인 커피 자동판매기에서 커피를 뽑고 있는 설정을 빼버린 건 큰 패착으로 보인다.

더 큰 패착은 그러나 영화를 과도하게 희극적으로 윤색했다는 것이다. 감독 외에, 장차 한국 코미디 영화의 재주꾼으로 부상할 장진(〈기막힌 사내들〉, 〈간첩 리철진〉, 〈킬러들의 수다〉)이 각색 작업에 동참해서일까, 영화는 필요 이상으로 코믹하게 흘러버려 원작의 색채를 완전히 탈색시켜 버렸다. 원작에서 전혀 중요하지 않은 사소한 대목을 부각시키면서까지 영화를 코믹하게 연출한 건 도무지 이해가 가지 않는다. 혹 창조적 각색 · 연출을 꿈꾸기라도 한 걸까. 글쎄…….

설상가상 영화는 남 부장과 그의 관계를 정치적인 것으로 둔갑시키는 데까지 나간다. 원작에서는 두 사람이 일요일마다 테니스를 치러 가는데 반해, 영화에서는 황당하게도 티베트의 완전 독립을 쟁취하기 위한 시위로 탈바꿈시킨 것. 그럼으로써 원작과 장정일의 심층부에 잠복해 있는 정치성을 표면화시킴으로써 오히려 그 정치적 함의를 증발시켜 버리는 치명적 실수까지 저지른다. 문득 장정일이 이 영화를 보지 않았다는 대목이 떠오른다. 그때로부터 몇 년 지난 지금도 그렇고 앞으로도 그럴 거라고도 생각해 본다. 혹 내가 영화를 지나치게 폄하하는 걸까.

10

내게 지난 몇 개월은 장정일과 함께 보낸 한철이었다. 어떨 때는 J가, 어떨 때는 Y가 되는 것 같은 착각 속에 빠져 읽은 『내게 거짓말을 해 봐』를 필두로, 그의 소설들을 차례로 섭렵해가면서 난 서서히, 점점 더 깊숙이 그의 문학세계 속으로, 그의 내면 속으로 빠져들어갔다. 마침내 단순히 동세대 감각으로 설명할 수 없을 것 같은 정체 모를 동질감 · 친밀감 · 친화력에 완전히 사로잡히고 말 때까지.

그건 결코 흔치 않은 소중한 체험이었지만, 동시에 좀처럼 헤어 나오기 쉽지 않은 미궁이요, 굴레이기도 했다. 나도 모르게 글을 쓰기 위해 필연적으로 요구되는 대상에 대한 적절한 거리를 거의 상실해 버리고 말았기 때문. 그래, 부득이 예정된 마감을 미루고 또 미루며 내 자신과의 치열한 싸움을 벌이지 않으면 안 되었다. 최소한의 거리를 확보하기 위한 고된 싸움을.

지금도 난 잘 모르겠다. 어느덧 불혹의 나이에 접어든, 다소 늦은 시기에 처음 접한 작가에게 어떻게 이렇게까지 깊이, 강렬하게 포획될 수 있는 건지. 결코 수월하지 않았건만 그 간의 내 삶이 그의 삶만큼 진하지도 극적이지도 않아서이리라. 내 상상력의 한계를 비웃으며 극한까지 치닫곤 하던 그의 상상력에 완전히 제압당해서이기도 할테고…….

이제 그와의 힘겨운 싸움을 끝내련다. 영화를 통해 장정일을 읽기는커녕 어쩌면 '엉뚱하게도' 한바탕 잡담으로 일관한 내 글이 과연 무슨 의미가 있는 건지는 나도 잘 모르겠다. 괜한 허풍이 아니라 솔직히 두렵기조차 하다. 그 판단 · 평가는 당연히 독자의 몫이다.

추신: 난 이 글을 쓰며 논문을 의도하진 않았다. 그저 격식 없이 쓰고 싶었다. 때론 필요했지만 굳이 주를 달지 않거나 인용과 참고 출처를 일일이 밝히지 않은 건 그래서다.

3부

영화를 바라보다 — '문제 제기'로서 영화 비평

'단절' 로서 1980년대와 1990년대 한국 영화
―권력과 영향력, 감독에서 제작자로 이동하다

1980년대와 1990년대 한국 영화의 공동 지형도를 그리는 것은 사실상 불가능하다. 그 사이엔 너무나도 큰 단절 내지 간극, 혹은 차이가 존재하기 때문이다. 따라서 지난 20년을 대표하는 감독과 작품들을 열거하고 총평하는 식의 관례적인 과정은 배제하고, 단절의 징후들을 탐색하는 것으로 대신하겠다.

그렇다면 과연 그 단절들 중 가장 대표적 단절은 무얼까. 어떻게 요약해 설명할 수 있을까. 가장 큰 고민이었다. 정답은 물론 없다. 각양각색의 답변들이 나올 것이다. 그럼에도 고민 끝에 마련한 답안은 이렇다. 영화적 파워와 영향력의 무게중심이 감독에게서 제작자로 대이동했다는 것. 한국영화의 1980년대가 감독의 시대였다면 1990년대는 제작자의 시대인 것이다.

1980년대엔 제작자의 이름을 거론하지 않았다. 아니, 아예 그 존재

자체를 의식조차 않했다. 배우와 감독의 이름만으로 족했다. 중요하지 않아서가 아니었다. 그 중요성을 미처 깨닫지 못해서였다. 감독 예술로서의 영화만 있었지 제작 산업으로서의 영화는 존재하지 않아서였다. 이태원, 황기성 등 1980년대 주요 제작자들이 세간의 주목을 끈 것도 1990년대 들어서였다. 과거와는 비교할 수 없는 과학적이고 합리적인 사고와 방법론으로 영화에 뛰어든 젊은 기획 · 제작자들이 새로 등장해 영화계의 판도를 개편하면서부터였다. 두 차례에 걸친 영화법 개정과 직배 파동 등 크고 작은 사건들이 연이었지만, 1980년대에는 몇몇 주요 감독들과 작품들을 논하는 것만으로 우리 영화를 진단해도 별 무리가 없었다. 다분히 작가주의 유행의 영향을 받았지만, 그만큼 감독이란 존재의 중요성이 절대적이었다.

1990년대엔 그러나 상황이 급변했다. 김의석 감독, 익영영화 제작의 〈결혼 이야기〉(1992)를 계기로 기획자의 시대가 전격적으로 열리고, 곧이어 제작자의 시대로 나아간다. 영화의 출생부터 소비까지 그 중심부에 제작자가 자리하게 된다. 더 이상 감독이 예전처럼 중시되지 않는다. 임권택, 박광수, 장선우, 이광모, 홍상수 등 소수의 예외를 제외하곤 거의 모든 것이 제작자의 결정에 좌지우지된다. 제작자의 세상이 만개한 것이다. 그들에게는 투자자를 구해야 한다는 난제가 놓여 있지만, 적당한 시나리오와 스타만 확보하면 그다지 어렵지 않게 풀리곤 한다. 누가 감독하느냐는 부차적인 문제이다. 그다지 중요치 않은 문제다. 예전에 비해 너무나도 수월하게 데뷔하고, 허다한 경우 1회성 소모품으로 소비되고 마는 그 숱한 신인들을 보라. 감독의 비중이 그만큼 줄어들었다는 산 증거 아니겠는가. 그렇지 않다면 아직 연출력이 입증되지 않는 그 많은 신예들이 어찌 그렇게 손쉽게 데뷔전을 치를 수 있겠는가. 조감독으로서 뭐빠지게 고생해 가며 10년 넘게 현장 경험을 익혀도 '입봉' 하기 쉽지 않았던 때를 떠올리며 격세지감을 느낄 이들이 적지 않을 것이다.

하늘을 찌를 듯한 제작자의 위상과 막강 위력은 영화 관계자들의 현실 인식에서도 그대로 반영되어 있다. 예를 들어 보겠다. 영화 전문 월간지 《스크린》은 1999년 3월, 창간 15주년 특별 기획의 일환으로 '대대적인' 조사를 벌였다. 44명의 선정위원이 참여한 '한국영화 베스트 100' 과 더불어 46명이 참여한 '21세기를 이끌어 갈 한국 영화인 파워 50' 명단을 발표했다. 우선 상위 10위까지를 보자. 강우석, 차승재, 김승범, 한석규, 신철, 이은 · 심재명, 문성근, 이광모, 곽정환, 이춘연 순이다. 한눈에 알겠지만 대개 직간접적으로 제작과 관련된 인사들이다. 한석규야 충분히 예상되지만 문성근은 배우로서만이 아니라 '유니코리아(주)' 의 대표로서 제작을 겸하는 덕분에 7위에 마크될 수 있었던 게 사실이다. 놀랍게도 감독은 단 한 사람. 그것도 흥행작이 아닌 '지독한' 작가 영화 〈아름다운 시절〉(1998)의 이광모다.

20위까지 고려할 때 비로소 감독 체면이 선다. 11위 홍상수, 12위 임권택, 14위 박광수, 17위 이창동, 20위 장선우, 무려 다섯 명이나 포진되어 있다. 흥미롭게도 제작 관련자는 단 한 명. 기획시대 대표 유인택(16위)이다. 주요 제작자들은 이미 10위권 안에 죄다 진입해 있는 셈이다. 그만큼 제작자 층위 역시 얕다고 할 수 있다. 지금 시점에서 다시 그런 조사를 벌인다면 상당한 순위 변동이 있을 것이다. 믿어지진 않지만 올 한국 영화의 시장 점유율이 40%를 상회할 것이라니, 몇몇 흥행 감독들의 순위가 상승될 터. 한국 영화 흥행사를 다시 쓴 〈쉬리〉(1999)의 강제규(31위)를 비롯, 1997년 최고 흥행작 〈접속〉에 이어 흥행 연타를 날리며 '돌풍'을 불러일으키고 있는 〈텔 미 썸딩〉의 장윤현(33위), 50위권에 들지 못했지만 〈인정사정 볼 것 없다〉로 드디어 흥행 감독 대열에 등극한 이명세, 역시 열외지만 〈주유소 습격 사건〉의 대폭발로 몸값을 톡톡히 올린 김상진 등이 수직 상승할 것 같다. 하지만 명심할 점은 강 감독과 장 감독의 경우 본인들이 제작까지 겸하고 있다는 것이다. 만약 별볼일 없는 제작자들이 관여했다면 〈쉬리〉와 〈텔 미 썸딩〉이 그와 같은 대성과를 거둘 수 있었을까. 단연 "노"다.

〈결혼 이야기〉의 명기획자로 이미 실력을 인정받은 지 오래된 심재명과, 장산곶매 출신으로 비제도권 영화의 전설 〈파업전야〉(1990)의 공동 연출자 이은은 (〈접속〉, 〈조용한 가족〉(1998)의 제작사 명필름을 함께 꾸려나가고 있는 유명 부부 제작자. 그들의 맹활약은 일찌감치 예견되었다. 각별히 주목해야 할 인물은 따라서 우노필름의 선장 차승재다. 현재 투자자와 감독들로부터도 가장 선호되는 인기 No.1 제작자다. 사실 김상진의 〈돈을 갖고 튀어라〉(1995)로 험난한 제작 세계에 뛰어들었을 때만 해도 오늘의 그를 점친 이는 거의 없었을 것이다. 역시 김상진과 함께 한 〈깡패수업〉(1997) 때도 마찬가지였다. 남다른 조짐은 김성수의 〈비트〉(1997)부터 드러나기 시작했다. 이후로 박기용의 〈모텔 선인장〉으로 흥행 대참패를 당했지만, 실험(?)은 중단되지 않았다. 그리고 1998년의 〈8월의 크리스마스〉(허진호)와 〈처녀들의 저녁 식사〉(임상수). 전에 보지 못한 '새로운' 한국 영화들이었다. 〈8월의 크리스마스〉. 한석규-심은하, 당시 최대 스타들을 기용해 잔인할 정도의 절제와 냉정함을 과시한 철저한 작가 영화를 만들어내고 그해 흥행 4위라는 쾌거를 올렸다는 건 경이 그 자체였다. 작가성과 대중성이 완벽하게 결합된 보기 드문 예였다. 감독 허진호에게 아낌없는 찬사를 보내지만, 더 놀라운 건 흥행 일변도의 풍토에서 그와 같은 작가 영화를 허용한 제작자의 결단이다. 그러더니 〈처녀들의 저녁 식사〉로 그 문제의 제작자는 또 한번 사고(?)를 저질렀다. 성 담론과 성적 표현을 동시에 고려할 때 그건 한국 영화사상 가장 앞선 문제작 중의 문제작이었다. 아마도 뻔뻔스러울 정도로 대담한 그 작품이 없었다면, 〈노랑머리〉나 〈거짓말〉 같은 1999년의 문제작들 역시 제작되지 못했을 것이다. 돌이켜보건대 1998년은 〈아름다운 시절〉의 해이자 〈8월의 크리스마스〉의 해였지만, 또 한편으론 '차승재의 해'이기도 했다. 최고 흥행작 제작자가 아님에도 그가 상기 조사에서 그처럼 높은 평가—빈도 면에서는 강우석을 제치고 1위를 차지했다—를 받은 것은 그래서였을 게다. 1999년에도 그는 〈태양은 없다〉와 〈유령〉으로 여전히 끊임없는 변신을 시도했다.

끊임없는 변신과 시도라는 면에서 특별히 눈길을 끄는 감독은 박철수. 〈어미〉(1985)라는 문제작을 연출했지만 사실 1980년대 그의 행보엔 관심을 기울이지 않았다. 연출 기회가 주어진 262명—총 886편을 만들었다—가운데 '그렇고 그런' 감독 중의 하나였다. 다른 이들처럼 1980년대의 끝과 더불어 몰락할 운명하리라 예측했었다. 예측은 빗나갈 때 더 묘미가 있는 법, 그러나 그는 화려하게 부활했다. 박철수필름을 차리더니, 〈301 · 302〉(1995)를 시발로 과거와는 1백80도 다른 일련의 실험적 작품들을 선보였다. 〈학생부군신위〉(1996), 〈산부인과〉(1997), 〈가족 시네마〉(1998). 모두 1990년대의 주목할 만한 문제작들이다. 설사 대중적으로는 큰 성공을 거두진 못했지만 제법 의미 있는 비평적 결실을 일구어냈다. 위 《스크린》 목록에서 당당하게 36위에 오른 것은 그래서일 듯. 그처럼 자유롭고 경쾌해진 활보는 말할 것 없이 제작까지 겸했기에 가능했음이 분명하다.

문득 이장호와 배창호의 사례가 뇌리를 친다. 박철수를 생각하면서 그들에 대한 안타까움이 더욱 강하게 들이닥친다. 또한 그들의 '추락' 에서 1980년대와 1990년대 사이의 엄청난 간극을 절감한다. '국민 감독' 임권택은 끝없는 관심 속에서 목하 왕성한 활동을 펼치고 있으니 논외로 치자. 〈달마가 동쪽으로 간 까닭은〉(1989)으로 80년 한국 영화역사에 뚜렷한 족적을 남긴 배용균도 예외적 인물이니 빼기로 하자. 이장호와 배창호는 단연코 1980년대 한국 영화를 빛낸 으뜸 주역이었다. 그 중 이장호는 젊은 영화인들에겐 독보적 존재였다. 정확히 10년 전, 계간 《영화 언어》(1989, 겨울 No. 4)에서 강한섭, 김소영, 김영진, 김지석, 양윤모, 이용관, 이효인, 전양준, 정성일 등 열다섯 소장 평론가와 영화 연구가들을 참여시켜 선정한 '1980년대 한국 영화 베스트 10' 목록에서도 그 점은 극명히 드러난다. 12위까지 목록에서 임권택과 마찬가지로 그의 작품이 4편이나 뽑혔다. 놀랍게도 〈만다라〉(1981), 3위와 〈달마가 동쪽으로 간 까닭은〉(4위)를 제치고 〈바보선언〉(1983)과 〈바람불어 좋은 날〉(1980)이 1위와 2위를 차지했다. 그외엔 〈나그네는 길에서도 쉬지 않는다〉(1987)가 6위, 〈과부춤〉(1983)이 8위에 올랐다.

비록 위 목록엔 〈황진이〉(1986, 5위) 단 한 편밖에 진입시키진 못했지만 배창호 역시 모자람없는 1980년대 대표감독이었다. 개인적으론 1970년대 데뷔(〈별들의 고향〉(1974))한 이장호보다는 그의 조감독 출신으로서 〈꼬방동네 사람들〉(1982)로 데뷔한 그가 더 1980년대를 대표한다고 생각한다. 문제의식을 공유했으면서도 점차 변해 가던 1980년대의 감수성들을 더욱 효과적으로 포착해 묘사했기 때문이다. 작품성으로도 편차가 심했던 이장호에 비해 전반적으로 고른 수준을 보였고, 대중성—〈적도의 꽃〉, 〈고래사냥〉, 〈깊고 푸른 밤〉으로 그는 1983년부터 내리 3년간 흥행 1위를 했다—측면에서도 다소 앞서기 때문이기도 하다. 비평적 평가와 대중성을 함께 고려하면 그는 명실상부한 1980년대 대표 선수였다.

그러나, 1990년대의 그들은 과연 어떤 이미지인가. 솔직히 초라하고 처량하기 짝이 없다. 누가 그들에게 한국 영화의 희망을 거는가. 단 한 사람도 없다. 《스크린》 순위에서 50위는커녕 한 표 이상 얻은 총 1백 22명에도 끼지 못했다. 왜? 발 맞추기 힘든 시대 탓은 하지 말자. 나이 탓도 하지 말자. 당장 임권택과 박철수가 화낼 테니. 어떻게 이처럼 철저히 망각되고 외면당할 수 있는 것일까. 약속이라도 한 것일까. 사실 아무도 그들에게 1990년대를 기대하지 않았다. 그래서일까, 아니면 그 기대에 부응하기라도 작정한 것일까. 고작 〈명자 아끼꼬 소냐〉(1992) 한 편을 발표한 이장호는 은퇴했다고 해도 과언이 아니었다. 더 이상 감독이 아니었다. 배창호는 다소 나아, 2000년에 개봉될 〈정〉에 이르기까지 〈천국의 계단〉(1991), 〈젊은 남자〉(1994), 〈러브 스토리〉(1996)를 연출했지만, 대중적 성공은 고사하고 비평적 평가마저 끌어내지 못했다. 과연 그 이유가 무엇일까.

박철수나 장선우처럼 끊임없이 변신하면서 변화에 부응하는 노력을 게을리 해서일까. 박광수처럼 변함없이 자기만의 색깔을 고집하지 못해서였을까. 좋은 시나리오를 선택하는 안목이 부족해서였을까. 훌륭한 제작자나 투자자를 만나지 못해서일까. 혹 영화를 향한 열정과 의욕을 상실해서이거나 오로지 돈벌이로만 치닫는 작금의 영화계와 타협하기 싫어서였을까. 다 이유가 될 수도, 어느 하나만 될 수도, 아니면 전부 안 될 수도 있다. 명백한 사실은 자신의 문제라는 것이다. 어쩌면 어느 때부터인가 돈 되는 영화를 만들지 못해서였는지도 모른다. 1990년대적 감각을 도무지 따라갈 수 없기 때문인지도 모른다. 그래, 아마 그래서 제작자들이나 투자자들이 기피하는 걸 게다. 그럴 거다. 하지만 1990년대에 등장한 몇몇 '예외적' 신예를 떠올려보면, 그것도 핑계에 지나지 않는다. 데뷔작 〈아름다운 시절〉 한 편으로 21세기 우리 영화를 짊어질 최고 유망주 자리에 오른 이광모. 〈돼지가 우물에 빠진 날〉(1996)로 일대 파란을 일으켰지만 정작 흥행에선 시쳇말로 죽쑨, 그럼에도 2년 뒤엔 전작보다 훨씬 더 나아간 〈강원도의 힘〉으로 자신만의 독특한 영화 세계를 더욱 공고히 굳힌 홍상수. 1990년대의 걸작 〈초록 물고기〉(1997)로 그 누구보다 당당하게 데뷔전을 치른 늦깎이 신예 이창동. 그리고 〈악어〉(1996) 이후 〈야생동물보호구역〉(1997), 〈파란 대문〉(1998)에 이르기까지 거듭된 흥행 참패에도 아랑곳없이 꿋꿋하게 매년 한 편씩 개성적 저예산 영화를 내놓은, 현재는 메이저 명제작사 명필름과 함께 신작 〈섬〉을 진행 중인 김기덕……. 이들은 정말이지 돈이나 1990년대적 감수성 따위와는 거리가 먼 이들이다. 헌데도 그들은 21세기 한국 영화를 끌고 나갈 주역들로 평가되지 않는가. 심지어 김기덕마저도 《스크린》 파워 50인 가운데 41위에 랭크되어 있다. 이 아니러니를 어떻게 설명해야 할까. 도무지 잘 모르겠다.

영화를 산업적으로 접근하기 시작했다는 것도 1980년대와 1990년대의 한국 영화를 구분하는 또 다른 중요 인자다. 신진 제작자의 출현과 영화에 대한 산업적 시각 중 어느 것이 더 먼저일지는 확실하게 단언할 자신 없다. 아마 상호보완적이라는 게 가장 적절한 진단일 거다. 어쨌든 영화의 산업화로 인해 우리 영화는 근본적 변모를 겪었다. 몇 년만에 철수하긴 하지만, 대기업 자본이 대거 유입되면서 늘 영세성에 시달리던 한국 영화계는 돈 풍년에 어쩔 줄 몰랐다. 뒤이어 창업투자회사를 앞세운 금융 자본들마저 가세하면서 돈은 더욱 넘쳐 났다. 졸속 작품들도 많았지만 이때다 싶어, 전례 없을 정도의 대 제작비가 투여되고 프로덕션 밸류가 높은 대작들이 등장했고 대성공했다. 〈은행나무침대〉(1996)가 좋은 예. 스타 편중화가 심화되었고, 촬영 전후의 프리 프로덕션과 포스트 프로덕션의 중요성도 한층 높아졌다. 그에 비례해 제작비 역시 하늘 높은 줄 모르고 치솟았다. 마케팅 비용도 급증했다. 빈익빈 부익부라고 자본은 몰리는 데로만 몰리고, 자본은 넘치는데도 오히려 제작 편수는 감소했다.

영화 산업에서 제작 못지 않게, 아니 사실상 더 중요한 건 배급이요 상영이라는 인식이 비로소 형성되었다. 할리우드가 제1차대전을 겪으며 세계 영화 산업의 패권을 장악한 이후 오늘날까지 부동의 권력을 행사할 수 있는 진짜 이유가 실은 막강 배급력 덕분이었다는 건 주지의 사실이거늘……. 시네마서비스의 강우석이 감독 역할을 일시 혹은 영원히(?) 중지하고 제작 지원과 배급에 진력하는 것도 그래서이다. 극장들은 더욱 편안한 관람 서비스를 제공하기 위해 노력했다. 선진국을 모델 삼아 으레 극장이 생기면 멀티플렉스 형태를 띠었고, 기존의 단관 극장들도 복합관으로 탈바꿈했다. 영화 문호를 활짝 개방한 10여 년 전부터 물밀 듯 밀려들어온, 상상을 초월하는 거액이 투여된 대형 영화들을 본국 미국과 거의 동시에 볼 수 있게 됨에 따라, 점차 관객의 눈높이도 높아만 갔다. 한국 영화계로서는 질적으로나

수적으로 모든 면에서 턱없이 힘에 부쳤다. 그럼에도 1990년대를 거치며 우리 영화의 '외형적' 완성도는 현저하게 향상되어 갔다. 시나리오 기근은 여전했지만, 젊은 제작자들은 관객의 눈높이를 정밀하게 파악, 측정해서 그에 걸맞은 작품들을 만들어 내었다. 스크린쿼터 파고 속에서도 25% 전후의 점유율을 가까스로 유지하는 가운데, 99년 한국 영화 사상 기록적 대박 〈쉬리〉가 터지고, 여러 편이 그 뒤를 잇는다. 이것이 1980년대는 상상할 수조차 없었던, 1990년대에 벌어진 대변화의 스케치다.

산업화로 치달으면서 그러나 우리 영화는 중요한 걸 간과했다. 오락·홍행 못지 않게 관심을 쏟아야 할 영화의 문화·사회적 측면을 등한시한 것. 기름진 완성도에도 불구하고 1990년대 영화들이 대체적으로 1980년대의 사회성과 문화성이 결여되어 있다는 건 부인할 수 없는 현실이다. 1990년대 영화가 1980년대 영화들을 세심하게 들여다봐야 할 이유가 거기에 있다. 그들 영화에는 오로지 '나' 만이 아니라 '우리' 가 있었고, 영화를 통해 우리 사회를 비판, 고민하고 우리 문화를 담아내려는 몸부림들이 없지 않았다. 아울러 지금처럼 남의 영화를 그토록 노골적으로 베끼면서도 떳떳해 하진 않았다. 물론 더한 표절도 있었지만, 대개는 부끄러워할 줄은 알았다. 하지만 요즘 감독들 사이엔 베끼더라도 돈만 벌면 그만이라는 개탄할 만한 풍조가 만연하고 있다. 할리우드를 베끼더라도 제대로 베끼는 것이 관건이라며 떠벌이기까지 한다.

유난히 풍요로운 홍행 성적을 올린 올해가 그 어느 때보다도 앙상하게 비치는 건 어인 일일까. 많은 돈을 긁어모아 모두에게 좋을 수십 편의 홍행작 틈 속에서 〈아름다운 시절〉과 〈초록 물고기〉, 〈8월의 크리스마스〉, 그리고 1990년대를 아름답게 연 〈우묵배미의 사랑〉과 〈그들도 우리처럼〉 등에서 보았던 광채를 좀더 자주 발견하고 싶다면 지나친 욕심일까. 그렇기에 이광모와 홍상수, 이창동, 허진호 등이 소중하게 다가선다. 《스크린》의 '한국영화 베스트 100' 리스트에도 그건 상징적으로 나타나 있다. 〈오발탄〉(1961), 〈서편제〉(1993), 〈달마가 동쪽으로 간 까닭은〉, 〈만다라〉, 〈하녀〉(1961)에 이어 〈아름다운 시절〉, 〈돼지가 우물에 빠진 날〉, 〈초록 물고기〉가 각각 6위, 7위, 9위에 올라 있는 것. 8위와 10위는 〈바보들의 행진〉(1975)과 〈만추〉(1966, 이만희). 한때 1980년대 최고작이라고 평가된 〈바보 선언〉은 겨우 11위에 올라 있다. 결국 작품성 면에서도 1980년대가 1990년대에 비해 다소 낮게 평가되고 있는 것이다.

마칠 때가 되었다. 이 글은 객관적 정리가 아니다. 지극히 주관적 진단이다. 좀더 균형 잡힌, 훌륭한 글은 다른 기회에 다른 더 나은 필자를 통해 나올 것으로 기대한다.

‘여친소’를 둘러싼 근심들

〈엽기적인 그녀〉의 곽재용 감독과 ‘엽기녀’ 전지현이 또 다시 조우해 빚어낸 〈내 여자친구를 소개합니다〉(2004, 이하 ‘여친소’)는 단적으로 그 대박 코믹 멜로드라마의 전편prequel이다. 차태현이 등장—스포일러가 되지 않을까 싶어 구체적으로 밝히지 않으려 했지만, 대개들 이미 알고 있을 듯해 밝힌다. 원고 구성상으로도 그럴 필요가 있기도 했고. 그래도 혹 스포일러로 비친다면 양해해 주길 바란다—하는 말미에 이르면 그 점은 명백해진다.

물론 그 이전에 이미 그 가능성을 짐작하고도 남음이 있다. 두 영화가 워낙 빼닮았기 때문이다. 자기 여자 친구를 소개하겠다는 남 주인공의 이름 명우(장혁 분)부터가 〈엽기적인 그녀〉에서 차태연이 연기했던 견우를 떠올린다. 명우의 ‘여친’ 경진은 여순경인데, 그야말로 ‘엽기녀’ 그 자체다. 엽기성으로만 치자면 원조 엽기녀를 단연 능가한다. 달리 말하면 〈엽기적인 그녀〉의 그녀는 경진의 순한 버전인 셈이다. 비록 나중에 만들었다고는 하지만, 따라서 ‘여친소’가 〈엽기적인 그녀〉의 프리퀄이 되리라는 건 자명한 순서처럼 비치기도 한다.

그럼에도 최후의 순간에 이르기 전까진 그 사실을 장담할 수는 없다. 전편 아닌 속편이 될 가능성이 있어서다. 개인적으로도 속편이겠거니 하고 영화를 본 게 사실이다. 그래서일까, 결말부에서 느닷없이 차태현이 등장하는 순간 적잖이 당혹스러웠다. 허를 찔린 기분이었다. 그것도 부정적 의미에서. 무엇보다 그로 인해 영화에 내포되어 있는 일말의 진지함이 완전히 증발해 버리고, 경진과 명우의 죽음을 불사한 사랑이 한때의 치기 어린 불장난쯤으로 추락하는 듯한 배신감 내지 허탈함을 맛봤기 때문이다.

그밖에 또 다른 가능성도 존재한다. 즉, 두 작품 사이에 선보였던 〈클래식〉과 '여친소'의 연관성이다. 그 관련성 역시 하도 커, '여친소'가 〈엽기적인 그녀〉의 전편도 속편도 아닌 그저 또 하나의 '엽기적인 그녀'가 될 가능성도 완전히 배제할 수가 없는 것이다.

이쯤에서 질문을 던져보자. '여친소'는 과연 처음부터 〈엽기적인 그녀〉의 전편을 의도했을까? 다른 것 다 제쳐두고 결말에만 한정하면 당연히 그랬으리라고 판단된다. 신뢰할 만한 정보에 따르면 그러나 실제론 그렇지 않았다고 한다. 원래는 차태현이 아닌 〈클래식〉의 조승우가 출연하기도 되어 있었고, 촬영까지도 다 마쳤다고 한다. 하지만 의외의 골칫거리가 불거졌으니, 조승우가 임권택 감독의 〈하류 인생〉 주연을 맡으면서 그 영화를 하는 동안은 다른 영화에 일체 출연하지 않기로 임 감독에게 약속했다는데, 그 약속이 치명적 걸림돌로 작용한 것이다. 곽 감독으로선 결국 대타를 구하지 않으면 안 되었고, 그 대타가 다름 아닌 차태현이라는 것이다.

이 비하인드 스토리는 기획부터 수용 사이 숱한 변화 내지 굴절을 겪기 마련인 문화 산업으로서 영화의 운명을 시사하는 좋은 사례다.

왜냐면 완성된 제품은 애초의 의도와는 상당 정도 어긋나서 완성되곤 하는데, 수용 때는 그 의도가 완제품으로서 한 작품의 평가를 좌지우지하곤 하는 아이러니가 빈번히 발생하기에 하는 말이다.

'여친소' 또한 예외는 아니다. 개봉 이후 지금까지도 줄곧 제기되어 온 '여친소'를 둘러싼 크고 작은 '근심들'도 실은 〈비오는 날의 수채화〉(1989)와 〈가을 여행〉(1991) 〈비오는 날의 수채화2〉(1993)의 비인기 감독에서 〈엽기적인 그녀〉와 〈클래식〉의 스타 감독으로 비상한 곽재용의 의도와 그 의도가 투영되었기에 흡사 동일할 것 같지만 완전히 동일하다고 할 수는 없는 텍스트로서 영화의 의도와 직간접적으로 연루되어 있는 것이다. 다시 말하면 영화에 가해지고 있는 저주에 가까운 온갖 악평들은 예외 없이 그 의도들에 도저히 수긍할 수 없기에 터져 나왔으리라는 것이다.

물론 한국 영화를 둘러싼 근심들은 늘 있어 왔다. 당장 지난 2001년 이른바 '조폭 영화 광풍'이 강타했을 때 그 근심들은 실로 드높았다. 시쳇말로 망조가 든 거 아니냐는 것이었다. 그 중에서도 〈친구〉와 〈엽기적인 그녀〉, 〈신라의 달밤〉에 이어 2001년 박스 오피스 4위를 마크한 〈조폭 마누라〉를 둘러싼 근심은 하늘을 찌를 기세였다. 어떻게 그런 저질 영화—개인적으론 그에 동의하지 않는다. 여기서 그 이유를 밝히진 않겠으나—가 전국 4백만이 넘은 대박을 터뜨릴 수 있느냐며 자조의 탄성이 여기저기서 터져 나왔다. 반면 바로 그해 〈고양이를 부탁해〉나 〈와이키키 브라더스〉 등 수준급 작가 영화들이 줄줄이 흥행에서 죽을 쓰자, 이번에는 비록 화려하진 않지만 소중한 너무나도 소중한 그 '작은 영화들'을 살려야 한다는 근심의 아우성이 역시 여기저기서 터져 나왔다.

따지고 보면 그 근심들은 영화 텍스트들을 향하기도 했지만, 동시에 일반 영화 관객들을 향한 것이었다. 솔직히 그 안에는 관객을 향한 일종의 질책 내지 비판이 내포되어 있었다. 하지만 '여친소'를 둘러싼 작금의 근심들은 완전히 다른 함의를 띤다. 관객의 반응과 평가에 아랑곳없이 우선은 텍스트 자체를 향해, 그리고 그런 텍스트를 탄생 가능하게 한 영화문화적 콘텍스트를 향하고 있는 것이다. 개봉 전 언론 시사회에서 첫 선을 보인 직후부터 줄곧.

주지하다시피 그 근심은 브래드 피트, 올랜도 블룸 등 목하 상종가의 월드 스타가 동원된 1억 8천 5백만 달러짜리 할리우드 초대형작 〈트로이〉(감독 볼프강 페터젠)의 흥행 질주를 2주 만에 차단시키며 '여친소'가 박스 오피스 1위를 차지하는 기염을 토한 사실과는 무관하다. 어떻게 그런 수준의 영화가 개봉 첫 주에 서울 21만 2천명, 전국 86만 명이나 불러 모을 수 있는 거냐는 식의, 2001년의 탄식과는 전혀 상관없는 것이다. 거꾸로 승승장구할 것만 같았던 영화가 겨우 1주 만에 또 다른 할리우드 블록버스터 〈투모로우〉(롤랜드 에머리히)에 의해 흥행 정상 자리를 내줬다는, 때문에 무려 개봉(2001년 7월 27일) 6주간 정상을 수성했던 전지현·곽재용 콤비(?)의 전작 〈엽기적인 그녀〉의 대박과는 달리, 이 추세라면 상대적으로 '초라한' 2백만 대 선에서 영화가 막을 내릴지도 모른다는 예상과도 그 근심은 관련이 없다.

이쯤에서 미리 언급했어야 할 그 근심의 핵심을 들여다보자. 그것은 '여친소'가 뻔뻔스러우리만치 과도하게 시대의 대표적 여스타 전지현을 팔아먹었으며, 그 결과 영화가 '2시간짜리 극장용 전지현 CF'와 '40억 원짜리 뮤직비디오'로 귀결되었다는 데에 있다. 물론 상당히 과장되긴 했으나, 영화를 지지하거나 최소한 호의적으로 바라보는 이들조차도 동의하지 않을 수 없을 퍽 타당한 주장이다. 대중영화의 불가피한 스타 의존도를 감안하더라도 그 정도가 너무 심하다고 할까.

'여친소'와 관련해 가장 큰 근심을 표명한 매체는 아마도 영화 전문 주간지 《FILM2.0》일 것이다. 그 잡지는 2004년 6월 15일자 182호의 커버를 아예 "근심 '여친소'"라는 커다란 특집 제목으로 장식했다. "선 넘은 상업주의의 패착"이라는 설명과 함께. 그 특집에서 평론가 김영진 편집위원은 '여친소'가 "한국영화의 미래를 향해 바치는 한 잔의 독주다……. 아울러 영화라는 것을 즐기는 취향을 전면적으로 모독하는 불온한 장삿속의 산물이다. 당장 배탈이 나지는 않겠지만 소화해서 좋을 것이 하나도 없다는 것이 곧 밝혀질 겉만 번지르르한 불량식품 같은 영화다"라고 일갈한다.

아니, 그 정도가 아니다. 그의 글엔 일말의 분노와 적개심을 넘어 말로 다 형용하기 불가능한 어떤 모멸감 내지 허탈함, 서글픔마저 감지된다. 그는 반문한다. "공짜로 멍하니 거실에 앉아 보는 CF가 아닌 수천 원의 입장료를 내고 영화를 보러 온 관객에게 이것은 너무 뻔뻔스런 장삿속이자 모욕이 아닌가"라고. 그리고는 이렇게 결론짓는다. "이 시대의 CF 여신 전지현을 스크린으로 감상하는 것에 왜 이토록 비인격적인 모멸감이 따라붙어야 하는지 모르겠다"고. "'여친소'는 일부 한국 영화가 너무 진창으로 달려가고 있다는 것을 가리킨다"고. "정신 차리지 않으면 흥행을 집전하는 진짜 여신의 조소를 받게 될 것이다"라고……. 그리고 그는 바로 다음 호 '김영진의 러프컷'이란 고정란에서 이례적으로 "'여친소', 후기"까지 쓴다. "……한국 영화는 특정 관객을 조울증 환자같이 만든다……" 면서.

개인적 친분을 통해 그의 캐릭터를 다소 알고 있는 나는 좀처럼 평정심을 잃는 법이 없는, 그래 나이로는 몇 년 아래지만 실제론 외려 선배 같은 그가 이처럼 '격하게' 평론가로서의 속내를 드러내는 것을 본 적이 없던지라, 그 글을 읽으며 내심 놀라지 않을 수 없었다. 도대체 영화의 그 무엇이 그를 그토록 모욕시켰으며 서글프게 했을까? 위에서 거론된 요인들이 전부일까?

사실 난 디테일 면에서는 그의 극단적 평가에 동의하진 않는다. '여친소' 는 애당초 작품성 내지 예술성을 지향하는 소위 작가 영화가 아니라, 대중적 성공을 목표로 기획, 제작된 한 편의 오락 영화에 지나지 않기 때문이다. 감독의 변이 아니더라도 '여친소' 는 '전지현의, 전지현에 의한, 전지현을 위한' 영화가 되리라는 건 자명했다. 달리 말하면 영화는 전지현이란 이 시대의 대중문화 아이콘을 위한 매개체 vehicle이자 일종의 전시의 장일 수밖에 없는 운명이 애당초부터 운명지어져 있었고, 그 운명대로 성공적으로 빚어진 것이다. 따라서 감독이 어떤 선택을 하더라도 그 이유를 이해할 수 있을 자신이, 영화로 인해 노여워하지 않을 자신이 내겐 있었다. 게다가 〈엽기적인 그녀〉나 〈클래식〉 등 곽 감독의 전작들을 좋아했고, 〈4인용 식탁〉(감독 이수연) 이후 전지현의 열혈 팬이 되어 있었다.

그런 나마저도 영화의 엔딩 크레딧이 내려올 때는, 김영진 못지않은 서글픔과 모욕감을 느끼지 않을 수 없었다. 단지 평론가로서가 아니라 한 사람의 관객으로서 말이다. 단적으로 영화가 지나치게 맹목적으로, 그 결과 무례하게 다가서서였다. 김영진도 지적했듯, 영화는 관객에 대한 예의를 거의 지키지 않았으며, 관객을 너무 얕잡아 봤다는 느낌을 떨칠 수가 없었다. 전지현이 이렇게 환상적으로 나오는데도 니들이 안 보고 버틸래, 식의 안하무인이 시쳇말로 왕짜증이 났다고 할까.

솔직히 난 '여친소'에 가해지고 있는 가장 큰 비난 요인 중 하나인 PPL에 대해선 거의 의식하지 않고 영화를 본 부류다. 아니 의식을 못했다는 것이 더욱 정확한 표현일 것이다. 평소 워낙 TV와 지면 광고에 눈길을 주지 않는 터라 광고 제품 자체를 거의 의식하지 않았던 것이다. 그렇기에 영화 속에서 전지현이 분한 여경찰 경진이건 그녀의 동료건 그 누구든 간에 '비요뜨'라는 신제품을 먹든 말든 상관이 없었다. 다소 부자연스러웠지만 그럴 수도 있겠다 싶었다. 지금도 그렇고. 또 경진이 명우의 죽음이 가져다 준 슬픔을 떨쳐버리지 못하고 자살 시도를 할 때 느닷없이 아이보리색 애드벌룬이 날아와 구사일생으로 살아나는데, 그 애드벌룬 위에 아주 큰 글씨로 '엘라스틴'이라고 써 있다고는 하지만 난 그 문구를 본 기억조차 나질 않는다. 내가 집에서 쓰는 제품인데도. 결국 난 영화를 보는데 PPL 요인에 의해서는 거의 아무런 지장을 받지 않았던 것이다.

중요한 사실은 그럼에도 난 영화 속으로 몰입할 수가 없었다는 것이다. 그건 곧 이야기 구성 층위에서 영화가 전적인 실패를 했다는 걸 뜻한다. 모 평자의 지적처럼 영화가 멜로드라마와 코미디는 물론 경찰물에 유령 이야기까지 잡다한 장르들이 제멋대로 뒤섞여 있기에, 애초부터 몰입은 불가능했다고 할지도 모르겠다. 하지만 그건 억지다. 당장 박찬욱 감독의 〈올드 보이〉나 봉준호의 〈살인의 추억〉 등, 혼성 장르 영화이면서도 극적 몰입에 성공을 거둔 좋은 예들이 있지 않은가.

몰입에 실패했으니 극적 호흡이 엉망이었다는 것쯤은 새삼 거론할 필요도 없을 터. 더욱이 상기 모 평자의 지적처럼 그 어긋나는 장르들의 "어색한 결합은 철저하게 의도적"이라지 않는가. 모욕과 서글픔 등의 결정적 이유는 그 어느 감독보다 대중적 감수성을 잘 파악하고 있을 곽재용 감독이 돈벌이가 으뜸 목적인 영화를 만들면서도 우리네 한국 관객들이 그 무엇보다 중시하는 내러티브적 개연성 내지 설득력을 거의 완전히 무시, 외면했다는 것이다. 설상가상 감독은 그로 인해 발생한 심각한 균열을 그저 전지현이란 스타 이미지로 메우려 안간힘을 썼다는 것이다. 타당성을 결여한 시도 때도 없는 클로즈업이나, 너무나도 맹목적이어서 그 효과를 완전 무력화시켜 버리는 대여섯 차례의 360도 회전 숏의 남발 등을 통해 말이다.

모르는가. 우리 관객들이 스타가 나오지 않는 영화에 인색하지만, 그렇다고 스타가 나온다고 무조건 영화를 보지 않는다는 엄연한 현실을. 〈이중간첩〉으로 처절한 참패를 맛본 한석규나, 〈복수는 나의 것〉의 송강호 등 그 예가 웅변하듯 말이다. 그렇다면 곽 감독은 전지현만은 예외일 거라고 내다봤던 걸까. 어리석게도. 혹 위 모 평자의 말처럼 '여친소'는 곽재용의 '작가 선언'일까. 글쎄다. 전지현이란 스타를 내세우기에 급급한 영화를 만든 이의 작품을 두고 작가 운운하는 자체가 난센스 아닐까 싶다.

내 결론은 이렇다. 곽재용은 〈엽기적인 그녀〉의 전지현-곽재용이 다시 뭉쳐 그 대박작의 '프리퀄'를 빚어냈는데도 보지 않겠냐는 오만을 드러낸 거고, 그 오만에서 관객에 대한 모욕과 무례가 기인했다고. 윤제균 감독의 〈낭만자객〉 등의 예처럼. 물론 아무리 대중 영화라 할지라도 대중의 기호 · 취향에 전적으로 영합할 필요는 없다. 그건 결코 바람직하지 않다. 〈올드 보이〉처럼 거꾸로 그것을 선도하고 확장할 수 있다면 더할 나위 없을 것이다. 그렇다고 전지현 같은 스타만 내세우면 만사 오케이일 거라고 호언한다면 그건 완전한 오산이요 착각이다. 스타가 존재하는 이유도, 대중 영화가 존재하는 이유도 모두 관객이 존재하기에 가능한 것이다. '여친소' 의 최대 실책은 다름 아닌 그 평범한 진실을 망각하거나 소홀히 했다는 것이다. 관객에 대한 예의를 갖추지 못한 영화가 실패하리라는 건 자명한 순서 아닌가. '여친소' 가 남긴 소중한 교훈이다.

〈왕의 남자〉, 그 영화적 의의
— 흥행 신드롬을 중심으로

단도직입적으로 질문을 던져보자. 개봉(2005년 12월 29일) 6주차인 2006년 2월 6일 현재도, 각종 예매 사이트에서 1, 2위 자리를 점하며 꿈의 1000만 고지(이하 전국 기준)를 향해 질주하고 있다는 영화 〈왕의 남자〉(감독 이준익)의 좀처럼 사그라질 줄 모르는, 지속적 흥행 요인은 과연 무엇일까. 그저 몇몇 요인들로 그 답을 대신할 수는 없을 터. 〈웰 컴 투 동막골〉과 〈친구〉를 넘어 역대 박스 오피스 3위 자리에 등극한데다, 그에 만족치 않고 〈실미도〉(약1,108만 명)와 〈태극기 휘날리며〉(약1,175만 명)의 대기록을 넘볼 만큼의 괴력적 흥행이라면, 쉽게 예단키 어려운 숱한 복합적 요인들이 작용했으리라.

《중앙일보》 이후남 기자는 그 요인들로, 영화계에서는 " '왕남폐인王男廢人:왕의 남자에 빠진 사람' 을 자처하는 젊은 매니어[1] 그룹이 최대 수십 회씩 반복 관람을 하면서 입소문을 퍼뜨린 데다, 권력풍자적인

1) 영어의 Mania는 흔히 '마니아' 로 옮기는 것이 표준 표기인 것으로 알고 있으나, 기사 원문을 존중하는 의미에서 쓰인 그대로 나뒀음을 밝힌다.

내용에 중, 장년층 관객까지 가세한 결과로 보고 있다"고 전했다. 영화 예매 사이트 맥스무비의 분석에 따르면, 주말 예매 관객 중 40대 이상 비율이 첫 주말 12.36%에서 최근 20%대로 뛰면서 40대 이상 관객이 두 배로 늘었다는 것. 아울러 지난 1월 21일 노무현 대통령 부부가 관람한 직후 벌어진 정치권의 패러디 공방 또한 돈 들이지 않은 뜻밖의 큰 홍보 효과를 낳았다고도 했다.

새삼스러울 바는 없으나, 경청하지 않을 수 없는 진단들이다. 패러디 공방과 상관없이 노 대통령 내외의 영화 관람은 특히 그 누구도 예상치 못했을 주요 흥행 호재였다. 공사다망한 대통령 내외까지 움직인 영화라니, 도대체 어떤 영화길래 하는 호기심 내지 의구심을 적잖은 국민들에게 불러일으켰을 테며, 실제로 좀처럼 영화관을 찾는 법이 없는 그 국민들 중 상당수를 영화관으로 유인했을 법하다.

그런데도 어딘지 석연치 않다. 당장 반론이 터져 나올 만도 하다. 우선, "권력 풍자적인 내용에 중, 장년층 관객까지 가세한 결과"라는 대목은 왠지 '인-과Cause & Effect' 관계가 지나치게 순진하게 연결된, 설득력 빈약한 진단인 감이 없지 않다. 〈태극기 휘날리며〉에서 〈살인의 추억〉에 이르는 예들이 웅변하듯, 500만 '장'[2] 이상의 대박을 터뜨리려면 영화의 핵심 고객층인 10대 후반에서 20대 후반의 청소년 층만 움직여서는 안 된다는 것쯤은 널리 알려진 바다. 시쳇말로 '미션 임파서블' 이랄까. 그 수치는 30대는 말할 것 없고, 4~50대 나

2) 박스 오피스 발표 시 흔히 '명'으로 계산하는 것이 관례이긴 하나, 중앙일보 기사에 적시되어 있듯, 특정 영화를 반복 관람하는 관객들이 결코 적잖을 거라는 사실을 감안할 때, 판매 티켓 수를 가리키는 '장'으로 표기하는 게 더욱 정확할 것이다. 그러나 환기를 시키기 위해 이 대목에서만 '장'으로 했을 뿐, 다른 데서는 '명'이라는 관례를 따랐다.

아가 그 이상 연령층의 관객들도 움직여야만 도달 가능한 탓이다. 따라서 유독 〈왕의 남자〉에만 중, 장년 층 관객이 몰린 것처럼 말해서는 곤란하다. 내 주변을 보더라도 〈왕의 남자〉가 유난히 중, 장년층을, 나아가 노년층까지도 많이 움직인 듯 하긴 하지만.

하물며 그들이 움직인 주된 이유가 "권력풍자적인 내용" 때문인 듯 말하는 건 한국 관객들의 영화보기 성향을 고려하지 않은 무심한 진단일 공산이 크다. 〈그때 그 사람들〉(임상수)이 적시하듯, 그 어느 연령층이건 간에 우리네 관객들은 전통적으로 '권력 풍자'에 인색하게 반응해 왔다. 지금도 여전히 권력 풍자를 생명으로 하는 블랙 코미디가 우리 영화에서 미답 · 미발전 장르인 것은 두말할 것 없고, 국내외 그 어느 경우를 막론하고 국내 박스 오피스에서 주목할 만한 큰 성공을 거둔 적이 거의 없다는 것이 그 증거다. 정색하고 따진다면 있을 수도 있겠지만, 내 기억에 딱히 남아 있거나 쉬이 떠오르는 예가 없기에 하는 말이다.

그럼에도 연산조의 삼각 (장생-공길-연산) 혹은 사각 (장생-공길-연산-녹수) 러브 스토리가 당대의, 더 나아가 오늘날의 보편적 권력을 향해 던지는 비판 · 조롱, 다시 말해 풍자가 〈왕의 남자〉 흥행 신드롬에 큰 기여를 했으리라는 점을 인정하지 않을 수는 없다. 그러므로 이렇게 말해야 하지 않을까. 그동안 좀처럼 한국 관객들을 움직이지 못했던 권력 풍자라는 제재 혹은 주제가 이 영화에서 비로소 결정적으로 약발이 먹혔다고. 그것이 영화라는 텍스트를 넘어서 연극, 출판 등 여타의 상호 텍스트들에, 아울러 정치권의 패러디 공방이나 동성애 담론 등 우리 사회와 연관된, 더 큰 콘텍스트에 크고 작은 긍 · 부정적 영향을 미치고 있는 〈왕의 남자〉의 주요 영화 역사적 의의 중 하나

아닐까, 라고…….

상기 기사에 대한 또 다른 반론은 "최대 수십 회씩 반복 관람을 하"는 '폐인'은 〈왕의 남자〉에만 있는 건 아니라는 점이다. 문득 지난해 말 언론 매체를 통해 보도되기도 한 '형사 폐인들'이 떠오른다. 그들은 1만 6천에 달한다는 카페 '형사 중독'을 중심으로 〈형사Duelist〉를 열광적으로 성원하며 입소문에 앞장섰다. 심지어는 비록 제한된 규모이긴 하나 없는 시간 · 비용 · 열정을 죄다 쏟으며 막 내린 영화의 재상영에 견인차 역할을 수행했다. 〈형사〉의 흥행 성적표는 그러나 초라하기 그지없었다. "대한민국 최고의 스타일리스트 감독"이라는 이명세가 한국 영화계 최고 라이징 스타 강동원을 위시해 〈다모〉, 〈색즉시공〉 등 인기 드라마 · 영화의 히로인 하지원, 명실상부한 국민배우 안성기까지 기용해 〈인정사정 볼 것 없다〉 이후 6년 만의 화제작을 내놓았건만, 120만대의 관객밖에 동원하지 못한 것. 그것도 숱한 비판, 비난을 받으면서 말이다.

〈형사〉만이 아니다. 얼마 전엔 〈왕의 남자〉 못잖은 수준급 작품성에도 70만도 채 되지 않는 흥행 성적을 올리고 종영된 '청연 폐인들'을 중심으로 〈청연〉(감독 윤종찬) 재상영에 박차를 가하고 있다는 보도가 있었다. 이렇듯 어지간한 화제작들엔 으레 '폐인들'이 동반되기 마련이다. 폐인들의 입소문이 흥행에 주요 변수로 작용할지 여부는, 따라서 '케이스 바이 케이스'인 셈이다.

사실 개인적으론 '왕남폐인들'은 말할 것 없고 일반 관객의 호의적 입소문Word of Mouth이 〈왕의 남자〉 흥행에 무시 못할 흥행 요인으로, 아니 그 신드롬의 으뜸 핵심 인자로 작용했으리라고 보고 있다. 〈왕의 남자〉 개봉 2주차에 모 지방 일간지 내 고정 개인 칼럼을 통해 밝힌 바 있지만, 입소문이 영화 흥행의 주요 변수로 등장·부상한 건 물론 어제 오늘의 일은 아니다. 영화 마케팅의 다양화[3], 인터넷의 일상화 등과 맞물리며 입소문은 서서히 영화 흥행의 주요 수단이 되어 갔고, 최근 들어 급물살을 타면서 흥행의 으뜸 변수로 자리 잡았다. 바야흐로 흥행, 특히 대박의 관건은 폐인들만이 아닐 대중 관객들의 '입소문' 인 것이다.

그 단적인 예가 다름 아닌 〈왕의 남자〉다. 지난해 12월 13일 매체 시사를 통해 첫 선을 보이기 전까지만 해도, 영화가 113만여 명을 불러들이며 박스 오피스 1위를 차지하는 기염을 토하리라 예상한 이들은 그다지 많지 않았을 것이다. 당시 화제의 초점은 온통 바로 다음날, 무려 서울 115개, 전국 540개 스크린에서 선보일 곽경택 감독, 장동건 이정재 이미연 주, 조연의 〈태풍〉으로 쏠리고 있었다. 그리고 〈왕의 남자〉보다는 같은 날 선보일 〈청연〉에 외려 더 큰 관심이 몰리고 있었다. 많은 이들을 낙담시킨 〈청연〉의 초라한 흥행 성적표에 대해선 그냥 넘어가기로 하자. 아니나 다를까, 〈태풍〉은 〈태극기 휘날리며〉가 지니고 있던 개봉 첫 주 최고 기록인 177만 명을 넘어 180만여 명이라는, 〈왕의 남자〉가 감히 넘볼 수 없는, 제목 '태풍' 에 부응하는 초대박 흥행세를 과시했다. 수치로만 치자면 1,000만 고지를 넘볼 영화는 〈왕의 남자〉가 아니라 〈태풍〉이었다. 적어도 외양적으로

3) 혹 마케팅과 입소문이 무슨 연관이 있는지 의아해 할 분들도 있을 것이다. 하지만 개봉 전후 이른바 '알바생' 들을 대거 동원, 인터넷 등을 통해 해당 영화에 대한 입소문을 퍼뜨려 인위적으로 흥행에 개입한다는 것은 알 만한 사람들은 다 아는 주요 마케팅 수단이다. 구체적 비용을 얼마나 쓰는지는 잘 모르지만, 상당 액수를 알바생 동원에 할애, 지출하는 것으로 전해진다. 며칠 전에는 그와 관련된 인터뷰를 모 방송 매체에서 한 적도 있는데, 그 이유와 역기능 등에 관한 것이었다.

는 그랬다.

그러나 속내는 판이하게 달랐다. 문제의 입소문이 영화의 운명을 완전히 갈라놓을 터였던 것이다. 12월 5일 매체 시사 이후 〈태풍〉은 온갖 악평의 태풍 속으로 휘말리기 시작했다. 2004년 2학기 동국대 문화예술대학원 수업에서 강사와 수강생 인연으로 만난 적 있는 이정재의 3년 만의 출연작이라는 사적인 이유 외에도, "반짝 스타라는 굴레를 훌훌 떨쳐내고 진정한 배우로 비상하기 위해 안간힘을 쓰고 있는 장동건이나, 상대적으로 작은 비중에도 아랑곳없이 출연해 영화에 어떤 균형감을 부여해 준 이미연의 멋진 선택·분투가 참으로 아름답고 소중하게 다가서" 기도 하는데다, "이른바 한국형 블록버스터도 충분히 성공할 수 있다는 사실을 웅변하는 사례로서도 손색이 없다고 보고 있" 으며, "비록 극적 치밀함은 결여되었지만, 한국을 넘어 아시아를, 나아가 세계를 향해 행진·도약하는 한국형 블록버스터의 새 모델을 제시했다고 판단" 해 난 비교적 영화를 호의적으로 평했으나, 대개는 아니었다.

어느 영화 전문 주간지 20자 평을 보니 혹평 일색이었다. "공은 들였지만, 아귀가 맞지 않네" (김봉석, ★★★). "크게 지은 집, 허전한 세간" (김은형, ★★1/2). "국익과 신파가 태풍의 핵이었구먼. 찜찜할 따름" (박평식, ★★★). "질감 약한 볼거리, 메아리 없는 메시지" (이동진, ★★1/2.) "국수주의 계곡에 스스로 갇힌 블록버스터의 욕망" (이성욱, ★★1/2). "국제적 스케일에 한번 놀라고, 인물의 전형성에 두번 놀란다" (황진미, ★★★1/2…). 평점은 5개 만점에 2개 반에서 3개 반까지 받았으니 무난했으나, 평의 속내는 거의 '재앙' 에 가까웠다. 소위 전문가들과 일반 관객들의 평가가 반드시 일치하는 건 아니나, 그저 화끈하게 웃겨만 주면 일정 정도의 성공이 보장되곤 하는 코미디와는 달리, 진지한 드라마인 〈태풍〉으로선 이 정도 악평이라면 말 그대로 '태풍' 이 기다리는 것이나 다름없었다.

아니나 다를까, 〈태풍〉은 초강력 마케팅이나 막강 배급력 등에 힘입어 달성한 기록적 개봉 스코어가 무색하게도 2주차에 같은 날 선보인 피터 잭슨의 걸작 〈킹콩〉에 박스 오피스 1위 자리를 내주더니, 3주차엔 〈왕의 남자〉란 복병에 완전히 무릎을 꿇으며 하강 곡선을 타기 시작했다. 그러더니 1,000만은커녕 그 반인 500만 고지도 결국 넘지 못하고 400만을 겨우 넘긴 채, 개봉 6주만에 박스 오피스 10위 순위에서 밀려나고 말았다. 결과론이요 후일담이라고 할지 모르겠으나 결국 〈태풍〉은 입소문이라는 암초 앞에서 처연히 좌초한 셈이다. 그리고 '광역 개봉' 을 축으로 굴러가고 있는 한국 영화 산업의 어떤 구조라는 관점에서 판단컨대, 〈태풍〉의 때 이른 난파는 일찌감치 예견된 것이었다. 무엇보다 〈태극기 휘날리며〉의 개봉 첫 주말 객석 점유율이 63.2%였던 데 반해 〈태풍〉은 고작 43.2%로 무려 20%나 낮았다는 사실이 그 지표였다.

반면 〈왕의 남자〉는 〈태풍〉과는 상반된 길을 걸었다. 매체 시사 직후 영화 관계자들을 중심으로 "좋다", "최고다", "죽인다" 따위의 상찬 · 극찬이 입에 입을 타고 퍼져나가기 시작했다. 그 시사회에서 영화를 본 한 후배 평론가는 강의 때문에 시사회에 참석치 못한 내게 전화를 걸어, 영화 평론 데뷔 1년 동안 본 영화 중 단연 최고라며 흥분된 톤으로 그 감흥을 전하기도 했다. 그 평가들은 〈태풍〉보다는 무려 230여 개 이상 적은, 304개[3]의 스크린으로 이룩한 주목할 만한 개봉 스코어로 보란 듯 입증되었다. 개봉 2주차부터는 일반 관객들의 광범

위한 입소문을 타면서 날이 가면서 개봉관 수가 증가하고 그에 비례해 티켓 판매가 늘어나는 흔치 않은 '이상 기류'를 연출하기 시작했다. 그리고는 〈청연〉 같은 경우는 100만 선도 넘지 못하고 몰락했는데, 1,000만 고지를 목전에 두고 있다. 내친 김에 〈태극기 휘날리며〉까지 넘을 기세를 과시하면서…….

영화 흥행에서 입소문이 갖는 절대적·상대적 중요성을 강변했지만, 〈왕의 남자〉 신드롬이 입소문에 의해서만 설명될 수 있는 건 아니라는 것쯤은 굳이 부연할 필요는 없으리라. 그렇다면 〈왕의남자〉가 촉발시킨, 전례를 찾기 힘들 만큼의 호의적 입소문은 어디서 연유한 것일까? 지난 2000년 〈이爾〉란 제목으로 첫 선을 보인 김태웅 원작, 연출의 연극부터가 비평적·대중적으로 큰 인기를 끌었다는 상호텍스트적 요인이 영화의 흥행에 무시할 수 없는 호재로 작용했을 것이다. 최근 만난 영화사 백두대간의 대표이자 〈아름다운 시절〉의 감독인 이광모 씨는 그 당시 이미 연극에 혹해 영화화를 하려고 애썼으나 끝내 성사시키지 못했다고 했다. 그는 〈왕의 남자〉의 최석환[4] 같은 시나리오 작가만 있었다면, 백두대간에서 영화화했을 거라며 아쉬워했다.

연극 〈이〉를 봤거나 설사 보진 못했더라도 원작에 대해 알고 있는

---

3) 다른 자료에 의하면 256개라고도 하지만, http://www.film2.co.kr의 박스 오피스 집계 자료에 의거해 이 수치를 따랐다.

4) 1990년 후반부터 선후배 사이로 알고 지내온 그는 전문 시나리오 작가는 아니었다. 그는 이것저것 해보다 되는 일이 없어 마지막 심정으로 시나리오를 썼는데, 그것이 그 자신은 물론 이준익 감독에게도 성공의 열매를 맛보게 해준 〈황산벌〉이었다고 사석에서 밝혔다. 그 다음 육상효 감독의 〈달마야 서울 가자〉를 썼으나 전작의 재미를 보진 못했다. 그러다 〈왕의 남자〉로 만루 홈런을 때린 것이다.

이들은 아마도 영화를 봤을 게다. 연극과는 또 다른 맛을 지니고 있는 영화에 매료된 그들은 영화 또한 연극 못지않게, 아니 그 이상으로 좋다고 입소문을 냈을 게다. 그 입소문은 원작에 대해 모르고 영화를 본 나 같은 이들이 내는 입소문과 결합해 기대 이상의 시너지 효과를 발휘했을 게다. 영화적 재미나 감흥이 여간 강하질 않기 때문이다.

제목부터가 흔치 않은 호기심을 유발시키는 영화를 1월 초 동네 멀티플렉스에서 보면서 난, 〈왕의 남자〉가 국산 대중 영화가 걸어야 할 길을 걸은 교과서적 텍스트라고 여겼다. 우리나라 대중 관객들이 관람 영화 선정 시 가장 중시하는 최우선 요인이 '스토리'[5]라는데, '왕의 남자' 라는 제목과 극 설정부터가 기막히게 그에 부응한다. '왕의 여자' 도 아닌, '왕의 남자' 라고? 도대체 어떤 남자일까? 상기 언급한 지방 일간지 칼럼에서도 밝혔듯, "……그 남자, 공길 역의 이준기는 그 역할을 연기하기 위해 태어났다고 해도 과언은 아닐 중성적 · 여성적 매력을 그야말로 '치명적' 으로 풍긴다. '옴므 파탈Homme Fatale' ―'치명적 남자' 쯤으로 옮겨지면 제 격일 불어다―공길/이준기의 매력은 영화 플롯의 주동력인 연산(정진영)- 공길- 장생(감우성)의 삼각관계에 결정적인 극적 설득력을 제공한다. 뿐만 아니라 시각적으로도 완벽해 영화 속으로 맘껏 빨려들게 하는 강력한 흡인력을 부여한다."

5) 영화진흥위원회가 2005년 12월 한 달 동안 전국 6대 도시(서울 부산 대구 인천 광주 대전)와 경기도 거주 만 14세 이상 49세 이하 대한민국 남녀 1,800명을 대상으로 실시한 조사(대행 : 현대리서치연구소) 발표한 '2005년 정기 관객성향 조사 결과' 에 의한 것이다. 스토리에 이어 '주변 사람들의 영화평', '영화관의 위치' 등이 거론되었는데, 목하 투자의 최우선 요인인 스타 캐스팅이 3위 안에 들지 않았다는 것을 주목할 것.

그 밖에 "……육갑(유해진), 칠득(정석용), 팔복(이승훈) 그리고 신하 처선(장항선) 등 조연급 캐릭터들과 출연진의 빼어난 성격화와 호연 등이 공길/이준기와 완벽한 조화를 이루며 영화보기의 맛을 한결 북돋운다는 것 또한 아무리 강조해도 지나치지 않을 영화의 주요 덕목이다." 그와 연관해서는, 얼마 전 호주에서 신혼여행 중인 감우성이 미용실에서 작성해 출국 전 맥스무비 회원들을 위해 보냈다는 〈왕의 남자〉의 흥행 요인 분석에서도 명백히 드러난다. 다른 세 명의 주연 연기자와 이준익 감독, 음악감독 이병우 등에게도 공을 돌린 그는 조연 배우들의 빛나는 역할을 놓치지 않은 것이다.

"연기 좀 한다는 사람들의 실력은 깻잎 한 장 두께 차이일 뿐이다. 난 최소한 연기자들에 대해선 칭찬에 인색한 편이지만 이번 작업에서 만난 조연배우들은 정말이지 깻잎 머리가 잘 어울리는 분들이다. 그리고 중요한 건 연기는 화합이지 경쟁이 아니다. 간혹 만나게 되는 남을 죽여야 내가 산다는 확고한 철학을 가지고 있는 연기자를 볼 때마다 안쓰럽지만 이번만큼은 모두가 자신의 위치를 알고 화합의 의미를 알고 있었다…"

경쟁이 아닌 화합이라……. 처음 읽을 땐 스쳐 지나갔던 '화합' 이란 낱말이 불현듯 눈길을 잡아끈다. 그래, 긴장감 물씬 풍기는 극 전개 속에서도 시종 만끽할 수 있었던 그 조화미, 그 안정감, 그 만족감 등은 연기자들 사이에서, 나아가 영화의 거의 모든 층위에서 100% 가까이 어우러진 그 화합에서 비롯된 것이었으리라. 영화를 보는 내내, 그리고 지금도 여전히 "완벽하다" 며 감탄에 감탄을 거듭하고 있는 플롯의 그 출중한 호흡 · 리듬이나 피사체를 포착 · 묘사하는 카메라의 근접도proximity도 그 화합으로 인해 가능했던 것이리라.

〈청연〉에서 알 수 있듯, 대중 영화의 작품성과 완성도가 반드시 흥행에서의 성공을 보장하는 건 아니다. 〈투사부일체〉에서 알 수 있듯, 외려 그렇지 않은 경우가 허다하다. 그러나 〈왕의 남자〉의 기념비적 성공의 1등 공신은 단언컨대 그 만만치 않은 수준의 작품성이요, 그 작품성을 기반으로 한, 전례 없는 대중적 만족도요, 거기서 비롯된 호의적인 너무나도 호의적인 입소문이다. 대중적 만족도와 입소문에서 그동안 내가 경험한 최대치다. 박찬욱 감독의 〈올드 보이〉와, 봉준호 감독의 〈살인의 추억〉을 능가한다.

〈왕의 남자〉 신드롬에서 〈태극기 휘날리며〉나 〈실미도〉와는 다른 영화역사적 의의를 감지하는 건 그 때문이다. 감우성은 이렇게 역설했다. “서론이 길었다. 흥행 요인이 뭐냐구? 당연히 관객이지. 뒤에서 열심히 홍보해 주신 관객 여러분을 생각하면 정말 감동이다. 자꾸 눈물이 난다. 관객과 배우가 서로 감동을 주고받는 경우가 몇 년에 한 번 나올까? 관객의 소리를 듣고 마음을 읽어야 흥행도 예측 가능한 일임을 요새 극장 앞을 지나가는 개들도 안다”, 라고. 여느 때 같으면 “웃기고 있네. 잘난 척 하자는 게 아니라, 관객이란 존재가 늘 그렇게 신뢰할 수 있지 않다는 것쯤은 상식 아닌감” 하며 피식거릴 수도 있겠으나 이번만은 도저히 그럴 수 없다. 비록 〈왕의 남자〉가 예상을 훌쩍 넘는 대박을 터뜨리고 그로 인해 다소 소모적인 논쟁마저 네티즌들 사이에서 벌어지고 있다지만, 가장 바람직한 이상적 형태의 자발적 · 능동적 관객성이 드러났다고 판단되기 때문이다.

〈왕의 남자〉 이전만 해도 나는 한국 영화가 1,000만 고지를 돌파하려면 분단 이데올로기에 기대지 않으면 안 될 거라는, 그렇기에 다분히 민족주의적 국민감정 · 정서에 호소하거나 비판적이든 옹호적이든 국가 이데올로기를 건드려야 할 거라는 등의 막연한 선입견을 품고 있었다. 그 선입견은 보란 듯 부서지고 말았다. 게다가 영화는 〈태극기 휘날리며〉처럼 사은 행사라는 명분으로 가격 할인이라는 대대적 이벤트를 통해 좀 더 많은 관객을 유인하고자 하지도 않았다. 〈친구〉처럼 지역성에 호소하지도 않았다. 작위적 단체 관람을 하고 있다는 소식도 들리지 않고 있고…….

글을 마무리해야 할 이 시점에서 그러나 주요한 단서를 하나 달아야겠다. 지금까지 개진한 내 논의는 '대중영화' 라는 한계 내지 범주 내에서만 적용되는 거라는 것이다. 가령, 그 한계를 벗어나 절대적 기준으로 바라보면 영화는 15세 이상 관람가 영화의 한계를 한 치도 벗어나지 못한, 다소 싱겁거나 시시한, 무례함을 무릅 쓰고 막말을 한다면 심지어는 비겁한 영화로 치부, 비판 받을 수도 있을 터이기 때문이다. 영화는 분명 장생과 공길, 연산 세 연인 사이의 삼각관계를 다루는 '동성애 영화' 를 의도했음에도 그 동성애 코드를 심하다 싶으리만치 억압한다. 변죽만 울린다고 할까. 동성애자들의 평가 여부를 떠나, 〈로드 무비〉(김인식)나 〈브로크백 마운틴〉(이안) 등을 떠올릴 이들로서는 〈왕의 남자〉가 일반 대중 관객들에게 부담을 주지 않기 위해 너무나도 조심한 게 아니냐며, 볼멘 불만을 피력할 수도 있을 게다. 실제로 영화가 폭발적 흥행세를 계속 이어가자, 지나친 기대 탓인지 그런 비판을 하는 이들이 보이고 있다. 그런 비판은 연산과 녹수(강성연) 간의 관계 묘사에서도 거의 그대로 적용된다. 훨씬 더 농탕하게 그려져야 할 법한데, 영화가 비주얼적으로 기대에 현저히 못 미친다는 것 등이다.

어찌 보면 비판을 위한 비판인 듯도 하지만, 만든 이들로서는 경청

해야 할 비판일 것이다. 시나리오 작가 최석환과의 사석에서 그런 의견을 피력했더니, 동의한다고 답한다. 그런 비판의 장은 그러나 또 다른 장에서 펼쳐야 하지 않을까 싶다.

강우석 영화의 '여성성 부재'에 대하여
—〈실미도〉와 〈공공의 적〉을 중심으로

1. 들어가는 말

강우석 감독은 자타가 공인하는 한국 영화계의 명실상부한 최대 실력자다. 신뢰성 여부를 떠나, 그는 《씨네21》이 지난 9년 간 실시해 온 '충무로 파워 50' 설문 조사에서 단 한 번도 거르지 않고 연속으로 1위 자리를 지켜왔다. 그렇기에 각종 언론 매체에서 '절대 권력자'니 '황제'니 따위의 다소 과장 섞인 거북살스러운 표현으로 칭해도 그다지 낯설게 보이지 않는 게 현실이다.

개인적으로는 한때 그런 절대 권력이 내키지 않아 애써 그 파워를 깎아내리려고도 했지만, 그래 어쩌다 참여한 위 설문 조사에서 그 순위를 다소 내려 잡기도 했지만, 그런 나마저도 지금은 그 권력을 당연한 양 인정하고 있는 게 사실이다. 실례로 지난 2월 국내 경제 전문지 《이코노미스트》에서 실시한 '문화산업 파워리더 톱7'를 묻는 설문에서 주저하지 않고 그를 1위로 뽑기도 했다.

흔히 얘기되듯 '파워' 를 남성적인 그 무엇으로 간주—물론 편견일 수 있다—한다면 '여성성[1] 부재' 로서 강우석 감독의 남성적 · 가부장적 권력은 그의 영화들, 특히 사상 최초로 1천만 고지를 넘는 역사적 위업을 달성한 〈실미도〉(2003)와 전작 〈공공의 적〉(2001)에서 뚜렷이 드러난다. 〈봄 여름 가을 겨울 그리고 봄〉같은 예외가 있긴 하나, 김기덕 영화와 조우할 때마다 기다렸다는 듯 그 반여성성 등을 들어 온갖 크고 작은 비판(혹은 비난?)의 화살을 쏘아 대곤 했던 이 땅의 평론가들, 특히 페미니즘적 여성 평론가들은, 그러나 강우석의 영화들에 대해서는 거의 침묵으로 일관했다. 어쩌면 그의 영화들이 김기덕의 영화들보다도 더 심각한 반여성성을 드러낸다고 할 수 있을 법도 하건만. 도대체 어찌된 영문일까?

이 소고의 문제 의식은 다름 아닌 위 의문에서 출발한다. 그러나 이 글은 이 땅의 페미니즘 비평에 시비를 걸고자 하는 식의 메타비평은 아니다. 그보다는 그 동안 상당 정도 간과 · 무시되었다고 판단되는 강우석 영화에서의 여성 부재를 짚어 보고, 나아가 그 부재가 혹시 반여성성 내지 여성 혐오의 어떤 징후로 해석될 수 있지 않을까를 고민해 보려는 작은 시도이다.

2. 몸말

아주 드물게 가해지는 의혹을 의식해서인지 강우석 감독은 〈실미

---

1) '여성' 다음에 괄호 안에 '성' 을 굳이 넣는 까닭은 여성이란 낱말이 지닌 함의를 확장시키기 위해서다. 이하의 '여성 부재' 를 표현을 쓸 경우 '성' 자를 생략한 것으로 가정한다.

도〉 개봉 후 가진 어느 인터뷰에서 자신은 결코 여성 혐오자가 아니라고 강변한 적이 있다. 구체적 예로 〈실미도〉에서 강인찬(설경구)이 엄마 사진을 가슴에 품고 기회 있을 때마다 꺼내 보는 설정 등을 들면서. 그 의도를 액면 그대로 받아들이겠다는 건 아니나, 사실 그 진술을 굳이 부인하고 싶지는 않다. 〈투 캅스〉(1993) 같은 예외도 있긴 하나 데뷔작 〈달콤한 신부들〉(1988)에서 〈생과부 위자료 청구 소송〉(1998)에 이르는 일련의 필모그래피를 들여다보면, 그에게 반여성성 혐의를 덧씌우기 곤란한 것도 사실이다. 〈생과부 위자료 청구 소송〉 같은 예는 반여성적이기는커녕 페미니즘적 가능성까지도 읽어낼 수 있을지도 모른다. 그래서일까, 솔직히 그의 근작들에서 두드러지는 여성 부재를 빌미로 그것이 노골적으로 감독의 여성 혐오증으로 해석된다고 주장하고 싶진 않다.

그럼에도 시선을 상기 최근작 두 편에 한정시키면 그런 혐의로부터 전적으로 자유롭지 못한 것 또한 사실이다. 다시한번 풀어 말하면 그 속에서 뚜렷이 드러나는 여성 부재는 반여성적 혹은 여성 혐오적 징후로 읽힐 가능성이 없지 않은 것이다. 하지만 그 징후를 읽기 전에 그 부재가 함축하는 또 다른 함의들을 짚어 보는 과정이 필요할 듯하다.

2—1 현실 반영으로서 여성 부재

페미니즘 운동 등에 힘입어 지난 수십 년에 걸쳐 상당 정도 크고 작은 변화가 일긴 했지만, 현실 속에서 여성은 여전히 부재하거나 억압되고 있다. 가령 맞벌이 부부의 경우, 집안일은 여전히 여성의 몫이기 십상이다. 물론 그 정도가 예전에 비해 현저히 약화된 감이 없지 않으나 말이다. 심지어 여성이 더 많은 수입을 벌어들여 실제적인 가장 역할을 할 때조차도 사정은 크게 다르지 않다. 때문에 훌륭한 직장 여성은 초인이지 않으면 안 된다. 직장에서는 유능한 커리어우먼이어야 하고, 집안에서도 자상하고 현명한 엄마요 아내이어야 한다.

그건 곧 여성들이 단지 성적인 차이로 인해 남성들보다 더 많은 노동을 해야 한다는 것을 뜻한다. 그런데도 그 만큼의 합당한 권력은 주어지지 않는다. 불공평하게도. 극소수의 예외가 있긴 하나, 전통적으로 권력은 남성의 전유물인 양 간주, 행사되어 왔기 때문이다. 따라서 여성 부재는 강우석 영화에서만의 특징은 아니다. 영화가 으레 일정 정도 현실을 반영한다는 점을 잊지 않는다면, 그 부재는 새삼스러운 현상은 아니다. 이 땅의, 아니 이 세상의 절대 다수 영화들이 그 부재를 드러내고, 나아가 당연시하는 게 부인할 수 없는 현실이다. 그렇기에 비단 강우석만이 아니라 대다수 남성 감독의 영화들, 그것도 일부 소수 영화들에서의 여성 부재를 반여성성의 징후로 읽어내려는 것은 어쩌면 견강부회식 무모한 시도일지도 모른다.

2-2 감독의 취향 · 지향으로서 여성 부재

여성 부재는 또한 단순한 감독의 작가적 취향 · 지향의 결과일 수도 있다. 진부한 말이지만, 남녀 불문하고 인간의 성gender적 관심과 지향은 다양할 수밖에 없다. 같은 남성이라도 남성중심적일 수도 있고 여성중심적일 수도 있다. 또는 뚜렷한 성적 지향을 드러내지 않으면서 중성적일 수도 있으며, 때론 양성적일 수도 있다. 따라서 여성중심적 사고와 언행을 보이지 않는다고 해서 그것이 곧 반여성적이거나 여성 혐오를 의미하는 것으로 볼 수는 없다. 가령 김기덕의 영화들에서는 대체적으로 여성 캐릭터가 그 중심에 놓인다. 하지만 거의 예외 없이 그녀들은 남성들에 의해 강간당하거나 폭력적으로 취급당한다. 때문에 그 함의와 상관없이 그의 영화들과, 나아가 감독 그리고 자연인 김기덕은 반여성적 인물로 간주되거나 혹은 오해되기도 한다. 지독할 정도로 여성중심적이건만.

반면 박찬욱 감독의 영화에는 여성이 중심에 놓이지 않는다. 〈복수는 나의 것〉과 〈올드 보이〉에 이은 복수 3부작 완결편 〈친절한 금자씨〉에서는 여성을 복수의 주체로 전격 내세운다지만, 적어도 지금까진 그랬다. 여성 캐릭터는 남성 캐릭터에 비해 늘 비중이 약한 편이었다. 양적으로나 질적으로나. 그의 여성 캐릭터 중 가장 긍정적인 캐릭터인, 〈공동경비구역 JSA〉의 이영애 캐릭터마저도 남성 캐릭터들에 비하면, 특히 송강호와 신하균이 분한 북한군 캐릭터들에 비하면 입체성 · 복합성에서 현저히 떨어진다.

그렇다고 박찬욱의 여성 비중심성 내지 주변성을 들어 그를 반여성적 감독이라 규정할 수 있을까. 보는 이에 따라 다르겠지만, 그렇다고 한다면 무리일 공산이 크다. 그는 그저 여성 세계보다는 남성적 연대와 관계에 더 많은 관심을 피력할 뿐인 것이다. 그 점은 강우석의 경우도 크게 다르지 않아 보인다. 결국 관건은 감독이 선호하는 제재나 주제인 셈이다. 다시 말하면 제재나 주제가 남성적이라 할지라도, 감독이 딱히 반여성적이라거나 여성 혐오적이기 때문에 그런 남성적 제재나 주제를 선호하는 거라고 단정지을 순 없다는 것이다.

〈실미도〉와 〈공공의 적〉에 시선을 고정시켜 보자. 극 설정 상 두 영화는 여성이 들어설 자리가 비좁을 수밖에 없다. 영화의 소재부터가 그렇다. 따라서 그 두 영화에서의 여성 부재는 반여성성의 징후라기보다는 제재와 주제 선택이 낳은 필연적 결과인 것이다. 만약 두 영화에 여느 영화들처럼 여성의 비중이 크다면, 외려 선정적이거나 작위적이란 비판을 듣게 될지도 모른다.

2—3 극적 효과 · 장치로서 여성 부재

여성 부재가 제재와 주제의 선택의 결과라면, 극적 효과 측면에서도 그것은 당연한 귀결일 수밖에 없다. 으레 여성은 부재하거나 억압되어야 한다. 안타깝더라도 말이다.

다소 새삼스럽긴 하지만, 논지 전개 상 두 작품의 간단한 시놉시스를 들여다보기로 하자. 우선 〈실미도〉. 근 40명에 달하는 등장인물 중 그나마 중심 인물이라 할 강인찬은 남파 고정간첩으로 재판 받던 아버지가 월북한 이후 연좌제에 걸려 정상적(?) 사회생활을 할 수가 없다. 폭력 조직의 행동대장으로 뒷골목을 전전하던 그는 살인미수죄로 수감되고, 사법 당국은 사형을 선고한다. 그런 그 앞에 정체불명의 중년 사내가 나타나서는 "나라를 위해 칼을 잡는다면 연좌제를 풀어주고 새 삶을 보장하겠다"는 믿기 어려운 파격적 제안을 한다.

그 제안을 받아들여 바로 사형 집행일에 풀려난 그는 인천의 한 작은 부둣가에 다다른다. 거기엔 이미 상필(정재영), 근재(강신일), 찬석(강성진), 원희(임원희), 원상(엄태웅), 민호(김강우) 등 각양각의 사내들이 모여 있다. 그들 31명은 그저 새 삶이 주어진다는 약속만 믿고는 실미도에서 훈련병으로서의 새 삶을 살게 된다. 그들 앞에 예의 중년의 사내가 다시 나타난다. 또 한 명의 중심 인물인, 실미도 684 부대의 교육대장 최재현 준위(안성기)다. 그는 31명의 훈련병들에게 "너희의 임무는 김일성의 목을 따오는 것이다"라는 한 마디 말을 남기고 사라진다. 그리고는 곧 이어 총알이 날아들고, 냉정하기 짝이 없는 조 중사(허준호)의 지휘 아래 그들의 혹독한 지옥 훈련은 그렇게 시작된다…….

이쯤만 소개해도 여성 캐릭터들이 들어설 자리가 부재할 수밖에 없다는 사실이 자명해진다. 인찬의 사형선고 때 딱 한 차례 잠시 모습을 비춘 후 사진 속 이미지로 몇 차례 더 등장하는 인찬의 어머니와 섹스에 굶주린 훈련병 2명에 의해 무방비 상태로 강간당하는 인근 무의도의 여선생, 말미에 인질로 죽을 고생을 하다 풀려나는 어린 소녀와 어머니, 그리고 얼굴조차 제대로 나오지 않는 어느 여학생 등이 전부다. 이들은 한마디로 소도구에 지나지 않는다. 주체성은 고사하고 어떤 뚜렷한 인격적 흔적조차 찾아보기 힘들다.

〈공공의 적〉은 또 어떤가. 그 속에서의 여성 부재는 〈실미도〉 못지않다. 어느 모로는 훨씬 더 철저하다. 영화는 지독히도 마초적인 두 사내, 강철중(설경구)과 조규환(이성재)을 중심으로 전개된다. 아시안 게임 은메달리스트로 경찰에 특채된 지 12년이 된 중견 형사 철중은 말이 형사지 하는 짓이 영락없는 깡패다. 여느 깡패와 다른 점은 삶을 향한 분노 외에도 체념이 몸에 배었다는 것이다. 그가 불가항력의 극한 상황에서도 늘 당당할 수 있는 것도 실은 그 분노와 체념 덕이다. 한편 규환은 겉으론 출중한 외모를 자랑하는 잘 나가는 펀드 매니저지만, 속은 깡패 같은 철중도 치를 떠는, 희대의 악당 캐릭터다. 살인을 밥 먹듯 하는 것만으로도 모자라 돈 때문에 아버지와 어머니를 무자비하게 난도질해 살해하는 천인공노할 패륜아다.

둘은 어느 비오는 날 한밤중에 우연히 부딪히고 한바탕 주먹질과 칼질을 주고받는다. 철중은 잠복 근무 중 배탈이 나 하는 수 없이 전봇대에서 큰일을 본 뒤고, 규환은 부모를 살해하고 난 뒤다. 그로부터 일주일 뒤 무차별 난자 후 부패한 규환 부모의 시체가 발견된다. 단서는 없다. 시체를 무심히 보던 철중에게 문득 빗속에서 한바탕 대결을 벌였던 우비의 사내가 떠오르고, 짚이는 게 있어 대조해 보니 철중이 분노를 삭이며 보관했던 칼과 사체에 새겨진 칼자국이 일치한다.

철중은 펀드 매니저 조규환을 만난다. 그리고는 직감적으로 느낀다. 그가 살인자임을. 하지만 단서는 역시 없다. 철중은 단지 심증만으로 미행에 취조, 구타 등 온갖 방법을 동원해 증거를 잡으려 하나 번번이 실패한다. 물론 규환도 가만히 당하고 있지는 않는다. 돈과 권력은 그의 편인 것이다. 그는 자신의 '빽'을 이용해, 철중의 보직을 빼앗는다. 그러던 중 또 다시 노부부 살해와 동일한 수법의 살인 사건이 발생하고 사건은 점점 더 미궁에 빠진다. 두 마초의 싸움은 점점 극단으로 치닫고, 결국 물러설 수 없는 최종 대결이 벌어진다.

역시 여성 캐릭터들이 들어설 틈이 보이질 않는다. 오랜 전 무장 강도에 의해 처를 잃은 철중은 도통 여자에 관심이 없다. 기껏 한다는 게 수퍼 여인과 500원짜리 생수 한 통을 놓고 신경전을 벌이는 게 고작이다. 처에 대한 사랑 때문은 아닌 거 같은데, 규환 역시 여자엔 철중 못지않게 관심이 없다. 그 외모에 그 지위라면 여자 관계가 복잡할 성도 싶은데 전혀 그렇지 않다. 여직원과의 관계도 직장 상사 이상도 이하도 아니다. 처와는 그 흔한 섹스 한 번 하질 않는다. 그럴 바엔 차라리 자위를 하는 편이다. 정말이지 지독한 마초들이다.

이와 같은 극적 효과에도 불구하고, 〈실미도〉와 〈공공의 적〉에서의 여성 부재를 반여성적 징후로 해석하려는 것이 과연 온당한 처사일까.

2—4 흥행 요인으로서 여성 부재

문득 이런 의문이 찾아든다. 혹 여성 부재 내지 억압은 오늘날 수많은 영화인들의 최대 목표인 흥행의 주된 요인이 아닐까 하는 엉뚱한 의문이. 근자의, 보다 구체적으로 〈쉬리〉가 한국 영화 흥행사의 새 장을 연 1999년 이후의 기록[2)]을 일별해 보면, 한결같이 남성 중심적 내지 남성 주도적 영화들이, 다시 말해 여성 부재적이거나 여성 억압적 영화들이 으레 박스 오피스 1위를 차지해 왔기에 하는 말이다.

당장 〈쉬리〉부터가 그렇다. 중원(한석규)과 명현(김윤진) 사이의 러브 스토리(?)가 영화에 일말의 멜로 분위기를 가미시키긴 하나, 그건 어디까지나 구색용 양념에 불과하다. 명현의 타자아인 이방희는 역할 면에서는 전형적 남성적 캐릭터의 그것이다. 게다가 북한군 리더인 박무영(최민식)에 초점을 맞추면 영화의 남성성은 주도적이다 못해 압도적이 된다. 영화에서 가장 매혹적 캐릭터인 그는 카리스마와 강인함 따위로 대변되는 남성성의 진수(?)를 맘껏 과시한다.

2000년 1위작인 〈공동경비구역 JSA〉에 대해서는 이미 간단히 언급했으니 넘어가자. 2001년 1위작 〈친구〉는 어떤가. 극히 폭력적일 뿐 아니라 마초적인 너무나도 마초적인 작품 아니던가. 막말로 거기서

2) http://www.kofic.or.kr/ 한국 영화 흥행순위(서울 기준)를 참고로 한 것이다.

의 여성은 오로지 '보지 소유자' 로서만 기능을 할 뿐이다. 그 이상도 그 이하도 아니다. 그녀들에게 주체나 인격이란 어휘들은 사치품에 지나지 않는다. 그 얼마나 지독한 마초성인가. 비단 〈친구〉만이 아니다. 이른바 '조폭 영화 광풍' 이 이 사회를 강타했던 그 해, 박스 오피스 상위 톱 10[3]을 보면 2위작 〈엽기적인 그녀〉와 10위작 〈번지점프를 하다〉 정도를 제외하면 온통 남성성 일색이다.

조폭 광풍이 현저히 누그러든 2002년 역시 상황은 별반 다르지 않다. 뜻밖의 대박을 터뜨리며 흥행 2위를 기록한 이정향 감독의 〈집으로...〉같은 예외가 있긴 하나, 1위작 〈가문의 영광〉부터 〈색즉시공〉(3위), 〈공공의 적〉(4위), 〈광복절 특사〉(5위), 〈2009 로스트 메모리즈〉(6위), 〈몽정기〉(8위) 등에 이르기까지 여전히 남성주도적이다.

그런 점에서 2003년은 단연 주목할 만하다. 탈-남성성 내지 친-여성성의 가능성이 상당 정도 제고되었다고 할까. 2위작 〈동갑내기 과외하기〉를 비롯해 3위작 〈스캔들-조선남녀상열지사〉, 5위작 〈장화, 홍련〉, 그리고 단순히 여성중심적인 차원에 머무는 데 그치지 않고 본격 페미니즘 영화의 가능성을 확인시켜 준 8위작 〈싱글즈〉에 이르기까지 여성주도적 작품들이 대거 박스 오피스 순위를 장식한 것이다. 그래도 여전히 1위는 남성 영화라 할 〈살인의 추억〉의 몫이다. 여로 모로 한국 영화사에 빛날 그 문제작에도 여성의 흔적은 좀처럼 찾아보기 힘들다. 주로 강간 · 살해의 대상에 불과하며 그나마 비중 있게 등장하는, 박두만 형사(송강호)의 처(전미선)마저도 기껏해야 전

3) 나머지 순위작을 밝히면, 3위 〈신라의 달밤〉부터 〈조폭 마누라〉, 〈달마야 놀자〉, 〈두사부일체〉, 〈킬러들의 수다〉, 〈무사〉, 〈화산고〉 순이다.

시용이나 구색용, 심하게 말하면 위안용에 지나지 않는다. 페미니즘 관점에서 보면 말 그대로 문제점 투성이인 것이다.

여기에 지독히도 마초적인 한국형 블록버스터들인 〈실미도〉와 〈태극기 휘날리며〉가 나타나 1천만이라는, 불가능할 것만 같았던 고지를 거푸 돌파한 것이다. 2003년 한국 영화의 부분적 탈 남성성을 완전히 초토화시키면서 말이다. 결국 여성 부재는 흥행 대박의 어떤 조건인 건 아닐까. 적어도 현 한국 영화와 연관해선.

나이브하게 산술적으로 말해 이 세상의 반은 여성이며, 영화 관객 또한 반은 여성인데 도대체 왜 이런 일이 벌어지는 걸까. 혹 로라 멀비 같은 고전적 페미니스트의 주장처럼, 여성 관객들도 남성의 시선으로 영화를 보며 영화 속 남성 캐릭터들에 전격 동화하기 때문인 걸까. 아닐 텐데 말이다.

자, 그렇다면 강우석 영화의 여성 부재는 그만의 문제는 아닌 셈이다. 기회 있을 때마다 중요한 건 관객의 반응이요 관객과의 승부지 언론이나 평론가들의 평가가 아니라고 강변하는, 다시 말해 소위 작품성이 아니라 대중성, 아니 까놓고 말해 흥행성이 영화의 최종 목표인 감독으로서 흥행 동기로서 여성 부재를 적극 활용하는 건 하등 이상할 게 없으리라. 외려 영악하다 못해 현명하다고 칭찬해야 하는 건 아닐까. 그렇다면 왜 그의 영화에서의 여성 부재를 문제 삼는 걸까. 나는…….

2–5 반여성성 혹은 여성 혐오로서 여성 부재

순진하게 말해, 물론 더 나은, 평등한 세상을 위해 여성을 향한 그

간의 왜곡된 관점·태도가 필수불가결하다는 건 두말할 나위 없을 터. 비록 남성인데다 페미니스트라고 하기엔 더더욱 곤란해 한계는 분명하겠지만. 내가 문제 삼고자 하는 건 양적 비중이 아니라 그 부재가 드러나는 양상·방식이다.

아무리 페미니스트라 할지라도 어떤 영화에서 여성이 주인공이 아니라는 이유만으로 그 영화를 비판, 비난한다면 그건 설득력을 띠지 못할 게 뻔하다. 페미니스트들이 요구하는 것도 양적 균형은 아니리라. 문제는 여성이 묘사되는 방식이리라. 비남성으로서 여성이 아니라 진정한 여성으로서의 여성이 관건이리라…

〈실미도〉를 보자. 주로 사진 속에 등장하는 인찬의 어머니에 대해선 더 이상 논하지 않으련다. 하지만 강간당하는 여선생의 묘사를 세심히 들여다보면, 반여성성의 징후가 엿보인다고 하지 않을 수 없을 성싶다. 영화 내내 31명의 실미도 훈련병 중 그 누구도 그 흔한 애인 한번 상상하거나 추억하는 걸 보여 주지 않던 영화가 왜 느닷없이 강간 시퀀스로 가는 건지 이해하기 힘들지만, 그럴 수 있다고 치자. 극적 효과를 위해서였으려니 볼 수 있으니까. 게다가 또 다른 흥행 제왕 강제규 감독과의 대담에서 강우석 감독은 "촬영 전 자료 조사할 때 강간, 훈련, 사고사, 탈출병 학살 이야기 같은 걸 들으면서 진저리를 쳤고, 얘기 듣다가 자른 적도 있다" 지 않는가. 그러니 영화에서의 강간 시퀀스는 한번쯤은 들어갔어야 한다고 치자.

하지만 두 명의 강간범/훈련병에게 강간을 하는 동안 자신들이 왜 강간을 하게 되는지 그토록 장황하게 감상적으로 변명하게 하면서도, 강강 당하는 여선생에겐 왜 한 마디의 저항의 발언—물론 입을 틀어막혔기에 하기 힘들었을 수는 있다—기회를 허용하지 않는 건지, 그 선택을 이해하기 힘들다. 그 선생 역시 그들의 강간 동기에 전적으로 동의했던 걸까. 그렇기에 그렇게 무력하게, 순순히 강간을 당하기만 한 걸까. 거기서 그치지 않는다. 강간 당할 때는 상투적 신음 외에는 이렇다 할 몸부림을 치지 않는 그녀가, 강간범들이 궁지에 몰려 끝내 서로를 죽이기로 하고 한 사람이 다른 한 사람을 칼로 찌르자 공포의 비명을 내지르는 것 아닌가. 그녀에겐 자신이 강간 당하는 것보다 그 강간범들이 죽는 게 더 고통스러웠던 걸까. 내가 〈실미도〉에서 보이는 여성 부재를 여성 혐오의 어떤 단서로 읽을 수 있지 않을까, 보는 건 거의 전적으로 그 설정 때문이다. 다분히 과잉 해석의 위험이 없는 건 아니지만.

〈공공의 적〉에 시선을 주면 그 혐의는 더욱 강해진다. 아들에 의해 남편과 함께 살해 당하는 규환 모에 대해선 역시 그냥 넘어가련다. 내 관심의 대상은 규환의 처다. 그녀는 2시간 10여 분의 영화를 통틀어 딱 두 차례, 규환을 소개하는 도입부에 한 번, 그리고 말미에 한 번 나온다. 그것도 아주 잠시. 그런데 영화는 〈실미도〉의 여교사와 마찬가지로 그녀에게 일체의 발언 기회를 허용하지 않는다. 아주 자극적이며 노골적인 자위 행위 장면을 통해 규환을 소개하는 첫 대목에서는 아예 얼굴조차 정면으로 보여 주지 않고 측면으로만 보여줄 따름이다. 그녀는 애초부터 영화에 부재하는 것이다.

무심코 넘어갈 수도 있을 그녀의 부재에 도저히 잊을 수 없는 강한 인상—우스꽝스럽게도 개인적으로 영화에서 가장 기억에 남는 건 그 부재다—을 받은 건 그녀를 다루는 영화의 방식이 너무나도 잔인해서였다. 내 판단엔 규환의 가식성·악마성을 부각시키고 관객들에게 더 큰 충격을 주기 위해서라도 규환의 현 가족사를 좀 더 강조했더라면 하는 바람이 있었다. 어차피 18세 관람 등급 영화인데다 도입부에 그처럼 센 자위 행위 장면까지 들어 있기에 규환이 처와 섹스하는 장면쯤은 들어가지 않을까, 싶었다. 설사 섹스리스 부부라 할지라도. 심지어 영화는 그녀와 아들이 대화하는 기회마저도 일체 허용하지 않는다. 아무리 영화가 철중과 규환 두 캐릭터를 중심으로 간다고 하지만, 그래 2시간 10여 분의 비교적 긴 상영 시간도 짧을 순 있다곤 하지만, 해도 해도 너무 한다 싶었다. 그래 영화를 보는 내내 그녀에 대한 지독한 무시가 뇌리를 떠나지 않았다. 단언컨대 그건 내가 기억하는 가장 지독한 여성 무시이자 부재였기 때문이었다. 그 부재를 혹시 강우석 감독 영화의 반여성성의 징후로 읽을 수 있지 않을까, 의문을 품은 건 바로 그때였다. 이 글의 단초 역시 그때 제공된 것이고…….

강우석의 여성 부재를 문제시하는 건 물론 나만은 아니다. 〈공공의 적〉 때만 해도 그 부재를 간과, 무시했던 평론가들이 〈실미도〉에 이르러서는 드디어 그 부재를 직접적으로 걸고 넘어진다. 반갑게도. 그 중 한 명이 소장 여성 평론가 권은선이다. 그는 "'김치 블록버스터' 속에 그녀들은 없었다"라는 아티클[4]에서 "〈실미도〉와 〈태극기 휘날리며〉를 지지할 수 없는 이유" 중 하나로 그 부재를 전격적으로 들고 있다. 역사 인식의 척박함과 더불어 바로 젠더 정치학의 함의를 문제점으로 제기하는 그는 이 남성 중심적 두 블록버스터가 "……여성의 재현 자체를 봉쇄하면서 대단히 비성찰적이고 단순 논리적인 차원에서 여성을 그들이 돌아가야 할 고향으로 은유화한다. (중략) 이 남성

4) 《씨네21》 443호(3월 16일 자) 92~3쪽 참고. 인용문에서는 '비성철적인' 이라고 쓰여 있지만 '비성찰적인' 의 오기로 판단되어 필자가 자의로 고쳤음을 밝힌다.

중심적 서사에서 여성들은 온전히 고향인 어머니를 가리키기 위해 그 구체적인 몸을 상실한 채 사진 속의 이미지로 박제(〈실미도〉)되거나 육체에서 언어를 박탈(〈태극기 휘날리며〉) 당한다. 또는 시대의 야만성을 재현가기 위해 처참하게 강간당하거나(〈실미도〉의 여교사) 매춘을 의심 받는다(〈태극기 휘날리며〉)의 약혼녀. 영화의 서사는 육한 역사를 가진 '어머니 대 창녀' 라는 이분법적 남성 판타지의 양극단을 널뛰기할 뿐 구체적인 여성들을 재현하지 않는다. 그러나 정적 야만의 시대를 표현하기 위해 도구화되고 타자화된 이 강간당하고 매춘을 의심받는 여성들은, 바로 그 시대적 야만성의 폭력의 구조 혹은 회로 속에서 여성들이 가장 취약한 위치에 있다는 사실, 그리고 동시에 남성적인 전쟁 메커니즘과 그것을 다루고 있는 전쟁 서사가 얼마나 젠더화되어 있는지, 얼마나 성화된 폭력과 은유에 의지하고 있는지 역설적으로 보여주고 있다"고 단언한다.

3. 나가는 말

불현듯 내 문제 제기가 과연 타당한 건지 하는 회의가 찾아든다. 혹 평론가 특유의 트집잡기는 아닐까 하는 자문도 해 본다. 정신 대 육체의 이분법, 종국에 가서는 남성 대 여성이라는 이분법 자체를 지양하

---

5) 엘리자베스 그로츠 지음, 임옥희 옮김, 『뫼비우스 띠로서 몸』, 도서출판 여이연, 1994/2001

6) 태혜숙, 『탈식민주의 페미니즘』, 도서출판 여이연, 2001

는 '육체 페미니즘'[5]이 등장하고, 탈식민주의 페미니즘[6]이 주장되는 판국에 페미니즘 초창기의 문제들에 지나지 않는 여성 부재로써, 그것도 남성이라는 생래적 한계(?)를 내포한 채, 페미니즘적 논지를 전개시킨 것이 얼마나 쓸모가 있는 것인지 확신할 수가 없다. 따라서 이 소고는 소박한 문제 제기로서의 가치 외에는 거의 아무런 효용이 없는 글일 확률이 높다. 현재의 나로선 좀더 본격적이고 체계적인 문제 제기가 나오길 기대할 수밖에 없을 것 같다.

시네마테크 단상

새삼 시네마테크 문제를 고민해 본다. 그 계기는 10여 년 역사를 자랑하는 시네마테크 문화학교 서울이 그 유명한 혹은 악명 높은(?) 정기 상영회 '사업'을 중단했다는 현실이다. 우연히 만난 관계자의 전언에 따르면, 내부 운영과 관련된 내적 요인과 격변한 영화 환경이라는 외적 요인이 함께 작용해 내린 고육지책적 결정이란다. 문화학교 서울은 시네마테크 협의회 멤버로서 대신 서울 아트시네마를 중심으로 한 기존의 시네마테크 영화제의 기획 · 주관에 주력하겠다는 것이다. 출판 · 강의 등 기존 사업도 물론 지속시킬 것이며. 적어도 남은 올해는 그럴 거라고 했다.

100호를 한 호 앞두고 눈물의 폐간을 맞이해야 했던 월간 《키노》의 운명을 떠올리면 실상 그다지 충격적 소식은 아닌 것이다. 내막이야 어찌 되었건 그 결정은 시의적절한 감이 없지 않기 때문이다. 무슨 뚱딴지 같은 소리냐고? 불난 집에 부채질하기냐고? 설사 그렇더라도 하는 수 없다. 작금의 영화 환경이 다분히 게릴라적인 성격이 농후했던 그 단체의 변화를 강력히 촉구했을 테니까 말이다. 지난 1991년 출범 이래 수많은 시네필Cinephile들을 양산해 온 그 곳도 이제는 더 이상 그 변화를 거스를 수는 없을 터이기에 하는 말이다.

엄밀히 말해 문화학교 서울이 정식 시네마테크였던 적은 없었다. 영화의 개념이 아무리 확장되었다 할지라도, 또 아무리 '죽이는' 작품들을 예의 정기 상영회에서 보여줬다 할지라도, 조악하기 짝이 없는 화질과 사운드의 비디오테이프—그 강력한 매력에도 불구하고 내가 그곳을 거의 찾지 않은 주된 이유다—를, 그것도 대개는 저작 관련법과 연관해 법적으로는 불법 내지 탈법으로 마구 틀어 대던 곳을 시네마테크라고 할 수는 없는 노릇이었다. 기껏해야 제일 잘 나가던 비디오테크에 지나지 않았던 것이다.

그러나 이 땅의 숱한 시네필들에게 그곳은 시네마테크나 다름없었다. 그들에겐 그곳이 학습의 장으로 시네마테크였던 것이다. 돌이켜보면 개인적 선호나 인정 여부를 떠나 그건 사실이었다. 부산 등 몇몇 국제 영화제를 비롯해 국내에서 개최되는 크고 작은 각종 영화제들에 의해 결정적으로 위협을 받기 전까지만 해도, '유사' 혹은 '준' 시네마테크로서 문화학교 서울의 역할과 위상은 가히 절대적이라 해도 과장은 아니었다. 그와 흡사한 다른 곳들이 도저히 넘볼 수 없는 영향력을 행사해 오면서 그 출신 평론가와 기자 등 각종 분야에 종사하는 '영화인' 들을 배출해 온 것이다. 그들에게 문화학교 서울은 지금의 40~50대 중견 영화인들에게 1970년대 말과 1980년대 초반, 프랑스 · 독일 문화원 등 몇몇 문화원이 했던 중차대한 역할을 1990년대 이래 줄곧 수행해 온 것이다.

현장은 말할 것 없고 학계, 평론계 등에 몸담고 있는 중년의 영화인들은 거의 예외 없이 '문화원 세대' 다. 문화원은 20대 시절 그들에게 온갖 영화적 자양분을 공급한 가장 소중한 원천이었다. 오해의 소지가 농후하니만큼 내 얘기로 국한하자. 단언컨대 난 문화원 없는 나를 상상조차 할 수 없다 해도 절대 과언이 아니다. 일찍이 초등학교 시절부터 미성년자 관람 불가 영화마저도 거리낌 없이 보곤 했던, 까질 대로 까진 조숙한 내게 이 세상에 그 동안 체험했던 영화들과는 판이하게 '다른' 영화들이 존재한다는 사실을 깨우쳐 준 것도 다름 아닌 프랑스 문화원이었다. 윌리엄 와일러의 〈벤허〉나 〈바람과 함께 사라지다〉, 〈자이언트〉 등 할리우드 명작을 보면서 별 다른 감흥을 느끼지 못하곤 했던, 그래 혹시 난 비정상이 아닐까 심각히 고민하곤 했던 내게 그곳은 새로운 깨달음과 가르침을 듬뿍 안겨 준 영화 학교요 성전이었다. 그리고 연애와 사랑, 섹스의 공간이었다. 고백컨대 난 학교는 말할 것 없고 가족보다도 더 그곳에 열중, 탐닉했다.

그곳을 통해 난 장 르누아르(〈게임의 규칙〉이 내 영화 베스트 1위작이다)를, 로베르 브레송(〈무셰트〉가 2위작이다)을, 모리스 피알라(〈반 고호〉가 3위작이다)를 접하며 감동 · 열광 · 숭배……에 빠져들었다. 장-뤽 고다르를 비롯해 프랑수아 트뤼포, 클로드 샤브롤, 자크 리베트, 에릭 로메르 등 이른바 프랑스 누벨 바그 5인방과 처음으로 만나고 그들의 대표작들을 두루 섭렵했음은 물론이다. 그 유명한 알랭 레네의 〈히로시마 내 사랑〉, 〈지난 해 마리엥바드〉나 마르그리트 뒤라스의 〈인디아 송〉, 알렝 로브-그리예의 일련의 대표작들(〈트랜스-유럽-익스프레스〉, 〈거짓말 하는 남자〉, 〈에덴 그 이후〉……)을 보며 그 난해함에 기죽곤 했다. 그리고 지금도 장 폴 벨몽도, 잔 모로 주연의 〈모데라토 칸타빌레〉의 그 감동적 피아노 솔로 선율을 잊지 못하고 있다. 프랑스 문화원은 결론적으로 내 인생의 제2의 고향이며 제1의 영화 고향이었다.

나를 이른바 '영화 스터디'의 세계 속으로 안내한 (그 이후 세월이 흘러 나를 영화 평론의 길로 접어들게 한) 곳은 정작 독일 문화원이었다. 뉴 저먼 시네마의 간판 라이너 베르너 파스빈더의 〈에피 브리스트〉를 그곳에서 본 뒤, 이제 더 이상 공부를 하지 않은 채 영화를 본다는 것이 불가능하다는 걸 확연히 깨닫고는 미친 듯이 영화를 '공부'하기 시작했던 것이다. 현 부산 영화제 월드 시네마 담당 전양준 프로그래머가 리더였던 동서영화연구회라는 스터디 그룹에서였다. 이정국 감독을 위시해 정재형 동국대 영화과 교수 등이 그때 함께 공부했던 영화 동료들이다. 독일 문화원을 통해 난 파스빈더 외에도 베르너 헤어초크 (〈아귀레, 신의 분노〉), 폴커 쉴뢴도르프 (〈양철북〉 등) 뉴 저먼 시네마 기수들의 대표작들을 접했다.

이쯤에서 특별히 강조해야 할 사실이 하나 있다. VCR이 아직은 보편화되기 이전인 당시 나/우리는 그 모든 영화들을 스크린을 통해 봤다는 것이다. 그것도 무료(독일 문화원) 내지 5백원이라는 당시 물가 수준으로 퍽 저렴한 입장료(프랑스 문화원)밖에 지불하지 않은 채. 내게 그것은 더할 나위 없는 축복이었다. 10여 년 후의 문화학교 세대들이 무척 부러워했을, 반면 나로 하여금 적잖이 우쭐하게 하곤 했던 커다란 지복!

그로부터 20여 년의 세월이 흐른 지금은 어떤가? 자국 영화 시장 점유율이 몇 해 째 연속 40% 이상을 줄곧 유지하고 있고, 각종 크고 작은 영화제들을 통해 문화·예술로서 영화들이 마치 홍수처럼 우리를 에워싸고 허우적거리게 하고 있는 요즘 말이다. 놀랍게도, 유감스럽게도 예의 프랑스 · 독일 문화원 같은 시네마테크적 공간은 거의 없다. 시네마테크 부산을 제외하고는.

부산 등 국내의 국제 영화제들은 엄밀히 시네마테크와는 별 상관없으니 논외로 치자. 그래도 매달 눈이 휘둥그러지게 하는 '죽이는' 영화제들이 매달 열리는 서울 아트시네마는 시네마테크가 아니냐고 주장할지도 모르겠다. 하지만 그건 철저한 오해다. 그곳은 시네마테크하고는 전혀 상관이 없는 상업적 공간인 탓이다. 그곳은 상당히 센 대관료—때문에 영화를 보려면 편당 5천 원 상당의 꽤 부담스러운 관람료를 내야만 한다—를 받고 일회성 축제의 장에 불과한 영화제에 공간을 대여해 주는 것에 지나지 않는다. 그러니까 시네마테크라면 절대적으로 요청되는 반복과 축적이 부재하는 소모적 공간인 것이다.

부산처럼 별도의 공간을 확보하지 않는 한, 개인적으로 판단컨대 이곳 서울에서 시네마테크로서 가능할 법한 거의 유일한 공간은 영상자료원이라는 것이 확고한 내 생각이다. 비록 교통이 다소 불편하고 시설도 낙후하지만 그곳에 딸린 두 개의 시사실은 시네마테크로서 그다지 손색이 없다. '영화 보관소Film Archive'이자 '영화 도서관Film Library'이니 만큼 최적의 공간임이 틀림없다. 물론 영상자료원은 주로 옛적 국내 유명 배우들의 대표작들을 중심으로 한 일종의 회고전을 오랜 동안 정규적으로 개최해 오고 있다. 일부 시네마테크적 기능을 수행해 오고 있는 것이다. 하지만 그것들이 폭넓은 관심을 끌어내지 못한, 다분히 관습적 요식 행사가 된 지 오래라는 것쯤은 주지의 사실이다.

그렇다면 지금부터라도 당장 영상자료원에서 시네마테크 사업을 시행해야 하는 건 아닐까? 도대체 왜 그런 저비용의 공간을 나누고 그보다 몇 배, 몇십 배의 고비용이 요구되는 공간에서, 관객들에게 적잖은 비용 부담까지 주어 가며 하는 것일까? 여러 가지 선결되어야 할 문제점들이 즐비하리라는 것쯤은 잘 안다. 하지만 그런 문제점들은 함께 풀어 나가면 된다. 물론 말처럼 쉽지 않겠지만.

영상자료원에 그럴 인력이 없으니 만큼 기존의 시네마테크 협의회 같은 단체와 협력해 하면 된다. 협의회 역시도 고비용의 그 공간을 계속 고집할 것이 아니라 좀 더 저비용의 공간을 확보해 모두에게 한층 덜 부담스러운 시네마테크 운동을 펼치는 쪽으로 나가야 한다. 반복과 축적을 동반한 학습의 장이 아니고선 진정한 시네마테크 세상이 열린다는 건 불가능하기 때문이다. 이젠 시네마테크를 새로운 눈으로 바라봐야 한다. 우리 모두 그 가능성을 모색, 추진해야 한다. 20여 년이 또 지난 미래 이 시점에도 이런 문제가 계속 대두되지 않게 하려면…….

영화계 양극화에 대하여

최근 우리 사회의 주요 화두로 대두된 양극화 현상은 영화에서도 물론 예외가 아니다. 아니, '빈익빈 부익부' 라는 표현으로 대변될 그 현상은 영화 분야에서 특히 더 심한 것이 부인할 수 없는 현실이다. 목하 한국 영화 산업이 워낙 양적 호황을 누리고 있는 터라, 그 호황의 이면에 드리워진 그늘 또한 여간 짙지 않기 때문이다. 투자에서 제작-배급-상영-수용/소비에 이르는 영화 산업의 전 단계에 걸쳐 양극화 현상은 더욱 심화되고 있는 것이다.

당장 떠오르는 영화계 양극화의 우선적 예는 해가 거듭되면서 가파르게 상승하고 있는 스타 연기자들의 몸값이다. 영화 규모에 상관없이 적잖은 주연급 스타들의 몸값이 수억[1]을 호가하곤 한다는 것은

1) 그렇다고 이 수억이 무조건 터무니없다고 주장하려는 건 아니다. 그보다는 40억 원 전후의 국산 영화 평균 제작비나 기여도에 비해 상대적으로 낮은 출연료를 받기도 하는 다른 스타급이 아닌 출연자들의 몸값 등을 감안할 때, 그것이 때론 과한 액수라는 지적 내지 비판을 받을 수도 있다는 말을 하고 싶을 따름이다.

널리 알려진 바 대로다. 수억을 안겨 주더라도 캐스팅만 되면 더 바랄 게 없겠다는 제작 관계자들의 하소연이 심심치 않게 들린다. 이런 추세라면 스타 한 명을 모시기 위해 울며 겨자 먹기로 10억 원 이상을 줘야 하는 날이 머지않아 도래할지도 모를 일이다. 설상가상 일부 스타의 경우엔 일정 흥행 스코어를 넘으면 출연료 외에 로열티를 지급받거나, 해당 스타가 소속된 회사가 공동 제작자로 버젓이 등재되기도 한다. 어느 모로는 스타 파워를 빌미로 한 가진 자의 횡포일 수도 있으나, 스타를 향한 수요가 공급에 비해 워낙 높은 탓이다.

주지하다시피 연평균 80편 가량 제작되는 현 상황에서 영화를 제작하고자 하는 곳은 수백 개에 달하며, 심지어는 1천 개가 넘는다고도 한다. 그들 모두가 한 편이나마 제작해 내려면 10년 이상의 기간이 소요되는 셈이다. 하지만 투자사에서 선호하는 스타들은 그 수가 극히 한정되어 있다. 한 예로, 2005년 박스 오피스 2위작인 〈말아톤〉[2]이 쇼박스(주)미디어플렉스에 의해 투자 받기 전, 그 숱한 투자 거절들의 주 이유가 조승우가 주연이기 때문이었단다. 그때만 해도 조승우는 적잖은 투자사들의 기피 대상이었던 셈이다. 흥미롭지 않은가.

게다가 그 스타들 중 적잖은 수가 연 제작 편 수 중 상당수를 만들어 내는, 일부 힘 있는 메이저 제작사들의 작품들 쪽으로 기울어지기 십상이다. 그러니 힘없는 신생 · 영세 제작사들의 경우, 투자의 최우선 조건인 스타 캐스팅을 위해서라면 시쳇말로 사활을 걸지 않을 도리가 없다. 스타/매니지먼트사의 요구를 거의 그대로 수용하면서라도 말이다.

---

2) 서울 기준이며 전국 기준으로는 〈가문의 위기-가문의 영광 2〉에 이어 3위였다.

이런 고액의 몸값 홍정은 그러나 일부 잘 나가는 스타급 연기자들에게만 해당되는 사항이라는 것쯤은 굳이 강변할 필요가 없을 터. 과거에 비해 상황이 한결 호전되었겠지만, 지금도 여전히 작금의 한국영화 호황으로부터 소외된 연기자들이 수두룩하리라는 것이다. 몸값 홍정은커녕 출연만이라도 할 수만 있다면 감지덕지일 연기자들이 즐비하리라는 것이다. 영화의 얼굴들인 연기자들이 그럴진대, 여타 대다수 스태프들이야 더 이상 말해 무엇 하겠는가! 스타 연기자들의 몸값을 둘러싼 양극화보다 개인적으로 한층 더 심각하게 여겨지는 것은 배급 · 상영을 둘러싸고 벌어지고 있는 양극화다. 2000년 〈공동경비구역 JSA〉를 계기로 이른바 '광역 개봉Wide Release' 이 대세가 되면서, 홍행성 높은 한 편의 영화가 적게는 전국 스크린 수[3]의 5분의 1에서 많게는 3분의 1까지 차지하는 것이 관행이 되었다. 따라서 어지간한 화제작들은 보통 3~400개 사이, 좀더 센 화제작들은 400개 대, 〈태극기 휘날리며〉나 〈태풍〉 같은 초대형 화제작들은 500개 이상의 스크린을 장악하곤 한다. 그 또한 언제 어느 영화가 600개, 나아가 700개 이상의 스크린을 점령할지 모를 일이다.

그에 반해, 수십 개는 고사하고 전국 10개도 스크린을 잡지 못하는, 아니 서울에서 겨우 서너 개 관, 극심한 경우는 단관 상영에 만족해야 하는 영화들도 적잖은 게, 호황 속 우리 영화계가 처한 엄연한 현실이다. 그것도 대개는 광화문 시네큐브나 동숭동 하이퍼텍 나다, 종로 시

3) 영화진흥위원회 자료에 의하면 2000년 720개, 2001년 818개, 2002년 977개, 2003년 1,132개, 2004년 1,451개, 2005년 1,634개다. 더욱 자세한 정보를 원하면 http://www.kofic.or.kr/을 참고할 것.

네코아 등 예술성 짙은 영화들을 주로 소개하는 극소수 영화관에서 말이다. 그 사실만으로도 가슴 아프건만, 어떤 영화는 그보다 조금 더 센, 다른 영화들과 교차 상영되는, 가슴 시리도록 초라한 신세를 면하지 못하기까지 한다.

구체적 예를 들어보자. 개봉 첫 주 무려 166만여 명을 동원하는 기염을 토하며 화려한 선을 보인 〈투사부일체〉가 개봉 2주차를 맞이한 2006년 1월 25일 현재, 전국 4백 수십 개 스크린을 차지한 채 설 연휴 흥행 전쟁에 돌입한다. 한편, 600만 선을 넘어 700만 고지를 향해 질주 중인 〈왕의 남자〉는 개봉 5주차인데도 3백 수십 개의 스크린을 고수하며, 〈투사부일체〉와의 한판 승부를 벌일 참이다. 반면, 2005년 칸 영화제 황금종려상 수상에 빛나는, 벨기에 다르넨 형제의 수작 〈더 차일드〉는 시네큐브 단 한 개 관에서 '쓸쓸히' 상영된다. 지난 2004년 바로 그 영화제에서 〈올드 보이〉가 황금종려상도 아닌, 그보다 한 단계 아래 격인 심사위원 대상을 거머쥐었다고 그렇게들 난리(?)쳤던 사실을 기억한다면 아이러니라 하지 않을 수 없을 성싶다.

또 2005년 칸 영화제 황금카메라상과 선댄스 영화제 심사위원 특별상 등을 거머쥔 미란다 줄라이의 사려 깊은 관계의 드라마 〈미 앤 유 앤 에브리원〉은 2003년 선댄스 관객상, 각본상, 연기상 등을 휩쓴, 〈미 앤 유 앤 에브리원〉 못지않게 감동적인 관계의 드라마 〈스테이션 에이전트〉와 나란히 하이퍼텍 나다에서 역시 외롭게 상영된다. 참, 〈미 앤 유 앤 에브리원〉은 CGV 강변 인디 상영관에서도 상영된다니 그나마 조금은 덜 외롭다고 해야 할지도 모르겠다. 그에 비하면, 일본 영화 〈메종 드 히미코〉는 시네코아를 비롯해 명동 CQN, CGV 강변과 상암, 부산 서면의 인디 상영관에 이르는, 전국 다섯 개 스크린에서 상영된다니 무척 행복한 편이다. 〈조제, 호랑이 그리고 물고기들〉로 국내에서도 잔잔한 반응을 일으켰던 이누도 잇신 감독의, 게이 공동체 내지 연대에 관한, 나아가 그 공동체를 통해 인간에 대한 보다 폭넓은 이해 · 관심을 요청 · 역설하는 감동의 휴먼 드라마.

문득 이런 의문이 밀려든다. 이보다 더 극심한 양극화가 어디 또 존재할까. 아마, 없을 거다. 오죽하면 '배급 전쟁'이라 하겠는가. 최근 〈홀리데이〉 상영을 둘러싸고 CJ엔터테인먼트와 롯데시네마 사이의 세勢 싸움으로 인해 빚어졌던 한바탕 해프닝은 그야말로 그 전쟁의 한 사례에 지나지 않는다. 수면 위로 부상하지 않아 그렇지, 그런 사례는 비일비재해 왔다. 앞으로도 그럴 테고.

상기 사례 외에도 영화계 양극화는 그야말로 수두룩하다. 그 가운데 아주 미묘한 것은 감독들을 둘러싸고 형성된 양극화다. 가령, 박찬욱, 김지운, 곽재용 등 소수 스타 감독들에겐 연출 의뢰가 줄줄이 밀려드는 반면, 상당수 감독들에겐 연출 기회를 잡는다는 게 하늘의 별따기라는 것이다. 대개는 흥행성이 부족 · 결여되었거나, 투자 · 제작사들이 그 감독들을 다루기 수월치 않다는 '낙인' 등으로 인해서다. 노장은커녕 영화 산업의 중추 격인 중견 감독들이 부족해지는 결정적 이유다. 그것은 곧 소모적 신인들이 필요 이상으로 양산된다는 것을 뜻한다. 재능 있는 신인의 등장이 반가우면서도 마냥 좋아할 수만은 없는 건 무엇보다 그 때문이다.

영화계 양극화는 심지어 영화 산업 권력과 거의 무관한 평론계에서조차도 발견된다. 고정 지면 원고건 인터뷰건 이러저런 심사건, 소위 잘 나가는 평론가들과 그렇지 않은 평론가들 사이의 차이는 상기 감독의 양극화 못지않게 심각한 게 현실이다. 유감스러운 건, 해마다 적잖은 신예들이 배출되는 감독들의 세계와 달리 국내 평론계에서는 새로운 수혈이 좀처럼 이뤄지지 않는다는 것이다. 으레 그 얼굴이 그 얼굴이다. 최근 그 양상에 다소 변화가 일기 시작했지만, 어떤 평론가는 대한민국 대표 평론가로서 지난 10 수년 간 부동의 영향력을 행사해 왔다. 비공식 정보에 따르면, 모 영화 전문 주간지에서 그에게 지급하는 원고료는 다른 필자의 원고료보다 무려 세 배 이상 높다고 한다. 지면 배정에선 말할 것 없고. 다른 필자는 한두 쪽도 할애 받기 힘든데 반해 그는 대여섯 쪽은 물론이고 때론 10쪽 이상을 할애 받기도 한다. 이만하면 가히 '평론 권력' 이라 한들 과언이 아닐 터.

이렇듯 영화계 양극화는 두 손가락으로 다 세기 힘들 정도다. 최근 가장 눈길이 가는 양극화는 국내 언론 매체와 일반 관객들 사이에서 뚜렷이 드러나고 있는, 다분히 맹목적 · 일방적으로 비쳐지기도 하는 한국 영화를 향한 선호와 외국 영화에 대한 상대적 무관심 · 무시다. 제 아무리 대단한 할리우드 블록버스터라도 우리나라에만 오면 상대적으로 초라한 신세로 전락하기 십상이기에 하는 말이다. 단적인 예가 지난 해 박스 오피스 종합 톱 10에서 무려 7편이 국산 영화였는데, 그것도 상위 4위까지가 죄다 우리 영화였다는 것이다. 그에 대해서는 그러나 좀더 섬세한 관찰, 묘사가 필요한 만큼 이쯤에서 넘어가련다.

그렇다면 목하 더욱 심해지고 있는 영화계의 모든 양극화를 다소나마 감소, 저지시킬 수 있는 묘안이 있을까? 현실적으로는 "거의 없다"는 게 내 솔직한 판단이다. 그럼에도 각론에서 아주 미미하나마 변화의 움직임은 일고 있는 것이 사실이다. 그리고 좀더 유의미한 변화 내지 개선을 일궈 내기 위한 시도는 끊임없이 이뤄져야 한다.

당장 영화 산업을 말로만이 아니라 명실상부하게 산업적 관점으로 접근해야 한다. 그러기 위해 최우선적으로 이뤄져야 할 변화는 맹목적으로 스타 캐스팅을 요구하는 투자사들의 관행이 재고, 시정되어야 한다는 것이다. 〈왕의 남자〉, 〈웰컴 투 동막골〉, 〈말아톤〉, 〈마파도〉 등 적잖은 실례에서 입증되었듯, 한국 관객들은 영화를 선택할 때 전통적으로 스타에 크게 좌우되지 않아 왔다. 지금도 마찬가지다. 영화진흥위원회가 현대리서치연구소에 의뢰해 조사, 발표한 '2005년도 영화 관객 성향 조사 결과 보고서 요약' 에서도 그 점은 분명히 드러났다. 영화 관람 주요 동기는 "보고 싶은 영화가 있어서" 36.5%, "타인이 권유해서" 19.5%, "기분 전환/시간 보내기" 13.4% 등이며, 관람 영화를 선정 할 때 가장 중요한 요인으로는 "영화의 스토리", "주변 사람들의 영화평", "영화관 위치" 등의 순서로 답했다는 것. 그 중요성이 없는 건 결코 아니겠으나 스타 캐스팅이 영화 선택의 우선적 요인은 아닌 것이다.

그런데도 현실은 전혀 그렇지 않다. 여전히 스타 캐스팅에 심하다 싶으리만치 집착한다. 얼마나 지독한 모순인가. 당장 이 관행만 다소 변한다 해도 한국 영화계는 큰 변화를 이룰 수 있을 것이다. 스타 의존도가 그만큼 감소함에 따라, 스타에 대한 과도한 수요가 줄어들 것이며 그 결과 스타들의 몸값도 조정 국면에 접어들 수 있을 것이다. 다름 아닌 그것이 시장 논리인 것이다. 그렇게만 된다면 제2의, 제3의 〈왕의 남자〉들을 우리는 더욱 자주 접하게 될 수 있지 않을까.

그 못지않게 중요한 것은 관객들이 다양한 채널을 통해 관객으로서 볼 권리를 더욱 강하게 요구하는 것이다. 멀티플렉스 본연의 목적이 관객들에게 더욱 다양한 영화들을 소개, 관람하게끔 하는 것인 만큼 그 요구를 더욱 적극적으로 펼쳐야 한다. 그 요구는 물론 더욱 다양한 영화를 찾아 관람하는 실천과 결부, 병행되어야 한다. 텅 빈 상영관인 채로 멀티플렉스 측에 다양한 영화를 틀어 달라고 요구하는 건 무리인 탓이다. 물론 배급 · 상영 측이 먼저 나서 관객들의 볼 권리를 조금이나마 더 충족시키고자 노력한다면 금상첨화일 터이다. 시네큐브, 하이퍼텍 나다, 시네코아, CGV 일부 인디 상영관 등의 유의미한 시도처럼 말이다.

그것이 공존, 공생의 길이다. 그렇지 않을 경우, 한국 영화 산업은 언제 어떻게 총체적 저항에 직면할지 모른다. 과거 할리우드가 그랬던 것처럼, 독과점으로 질주하고 있는 한국 영화계가 법의 적극적 개입으로 강제 재편되는 것이 결코 '미션 임파서블' 만은 아닌 것이다.

이 외에도 제언들은 얼마든지 더 던질 수 있다. 하지만 지금으로선 상기 서너 가지 제언만으로 만족하련다. 사실 그 제언만도 현실화되기가 거의 불가능해 보이니까 말이다.

한국의 영화제들

—소규모 영화제의 현황

먼저 질문부터 던져 보자. 국제용이건 국내용이건, 또 장편이건 단편이건 간에, 우리나라에서 열리는 영화제Film Festival는 도대체 몇 개나 될까? 확실히는 모르겠다. 그저 수십 개 정도쯤 되지 않을까, 추측할 따름이다. 혹시 해서 공적 신뢰성 측면에서 가장 참고할 만한 영화진흥위원회 공식 사이트(www.kofic.or.kr)에 들어가 '영화 네트워크', '국내 영화제' 란을 클릭해 봤다.

우선 국제 영화제부터 보자. '광주국제영화제' 부터 'EBS 국제다큐멘터리페스티벌', '대전국제영화제', '동아·LG국제만화페스티벌', '부산국제영화제', '부산아시아단편영화제', '부천국제판타스틱영화제', '서울국제노동영화제', '서울국제만화애니메이션페스티벌', '서울국제실험영화페스티벌', '서울국제청소년영화제', '서울넷&필름페스티벌', '서울여성영화제', '서울퀴어영화제', '아시아나국제단편영화제', '전주국제영화제', 그리고 '제천국제음악영화제' 에 이르기까지 총 17개가 올라 있다.

그렇다면 국내 영화제는 몇 개나 될까? 클릭해 보니, '고딩영화제', '대구단편영화제', '대한민국대학영화제', '대한민국청소년영화제', '레스페스트디지털영화제', '미쟝센단편영화제', '서울독립영화제', '서울실험영화페스티벌', '서울환경영화제', '십만원비디오페스티벌', '여성영화인축제', '인권영화제', '인디다큐페스티벌', '인디비디오페스티벌', '인디포럼', '장애인영화제', '청소년영상페스티벌', '춘천애니타운페스티벌', '한국영화축제'에 이르기까지 총 19개다.

영화진흥위원회 사이트에 정식 등재되어 있는 영화제 수가 이 정도면 '실제로' 열리고 있는 영화제 수가 얼마나 될지 장담할 자신이 없다. 당장 서울아트시네마에선 몇 해 전부터 거의 매달, 한두 차례의 영화제가 정규적으로 기획·개최되고 있다. 이 글을 쓰고 있는 2005년 8월도, 그곳에선 시네마테크문화학교 서울 주최로 영화와 혁명 특별전(7월 27일~8월 15일)이 열리고 있다. "해방 60주년, 광주항쟁 25주년을 맞아 혁명의 역사 속에서 태어난 영화의 역할을 되짚는" 취지에서, '프랑스 68혁명 시기의 영화'와 '일본의 1960, 1970년대 언더그라운드 영화', '한국의 광주항쟁을 소재로 한 영화들'을 상영하는 것이다.

서울만이 아니다. 서울아트시네마처럼 자주는 아니더라도, 부산시네마테크에서도 심심치 않게 영화제를 열어 왔다. 2005년 7월 26일부터 8월 11일까지는 루이스 브뉘엘 회고전—같은 회고전이 16일부터 23일까지 서울아트시네마에서도 열린다—이 열렸다.

내친 김에 몇몇 영화제 사례를 더 소개해 보자. 목하 서울시청 앞 광장을 비롯한 서울 시내 공원에서는 '좋은영화감상회'라는 이름하에, 한여름 밤의 영화 축제가 한창이다. 서울시가 꾸려 온 이 영화 축제는 올해로 10회를 맞이해 프로그램과 야외 상영 공간을 대폭 늘렸다는데, 개막작 〈간 큰 가족〉과 폐막작 〈거칠마루〉를 비롯해, 16편의 국내외 영화를 총 30회에 걸쳐 상영한다고 한다.

서울이나 부산 등 대도시만이 아니다. 피서 철을 맞이해 피서지에서 열리는 이색 영화제들도 한둘이 아니다. 당장 강원도 피서지의 대명사라 할 속초에서는 '2005속초호러영화페스티발' (7월 27일~8월 15일)이 한창이다. 여름 해수욕장과 설악산을 찾아 속초를 찾아가는 피서객들을 위해 한화콘도 프라자랜드에서 국내외 호러영화 55편을 상영한다는데, 눈길을 끄는 건 주최와 후원 단체의 면면이다. 국내 영화계에 끼치는 매체 영향력 면에선 둘째가라면 서러워 할 영화 전문 주간지 《씨네21》이 주최하고, 속초시와 한겨레신문사는 말할 것 없고 부산국제영화제, 미쟝센단편영화제, 광복60주년기념사업추진위원회, 한화국토개발(주) 등 쟁쟁한 기관들이 후원을 하는 것 아닌가.

한편, 전북 부안 부안성당에서는 8월 12일부터 14일까지 3일 간, 환경을 주제로 제2회 부안영화제 '여성과 환경-아줌마 지구를 지켜라' 가 열린단다. 아줌마들이 직접 제작한 공모작 5편과 국내 영화 16편, 해외 영화 3편 등 환경과 여성의 연관성에 대해 함께 고민할 수 있는 작품들로 구성됐단다. 아울러 영화제 기간, 피자매연대는 '대안 달거리대 상설 체험관' 을 운영한단다.

강원도 강릉시 정동진 정동초등학교에서는 어느덧 올해로 7회 째를 맞는 정동진 독립영화제가 5일부터 7일까지 열렸단다. 지난 6월과 7월에 열렸던, 제4회 미쟝센단편영화제와 리얼판타스틱영화제에서 소개된 단편 영화들이 다수 상영되었다는데, 〈가리베가스〉(김선민 감독), 〈남자다운 수다〉(홍덕표), 〈산책〉(최지영), 〈종이비행기〉(권상준), 〈핵분열 가족〉(박수영 · 박재영), 〈흡연 모녀〉(유은정) 등 14편의 영화가 매일 저녁 8시부터 무료로 상영되었단다.

뿐만이 아니다. 발제자는 난생 처음 듣건만 벌써 9회째를 맞이한다는 태백산 쿨 시네마 페스티벌이 18일까지 강원도 태백산 도립공원 당골 광장과 황지 연못 등에서 열리고 있단다. 이 영화제의 특징은 유명 영화와 대중음악 등이 어우러지는 대중적 행사라는 점이라는데, 〈스타워즈 에피소드3-시스의 복수〉, 〈배트맨 비긴즈〉, 〈사하라〉, 〈킹덤 오브 헤븐〉 등 할리우드 블록버스터를 비롯해, 〈간 큰 가족〉, 〈서터〉 등 한국과 아시아 최신 영화들이 선보인단다. 대니 정 영화음악 콘서트와 재즈 보컬리스트 서영은 콘서트 등 대중음악 행사도 함께 진행되면서 말이다.

영화제 리스트는 얼마든지 늘어날 수 있다. 상기 예들처럼 대중 지향적이지 않은, 이른바 마니아용 영화제들 역시 적잖이 열리고 있다. 한 예로, 서울 중앙시네마에서는 '애니광 구출! 상영 작전'의 프로그램으로 8월 1일부터 9월 1일까지 스코틀랜드 태생 캐나다 천재 애니메이터인 노먼 멕라렌 특별전과 한국 독립 애니메이션 상영전이 한 주씩 번갈아 열리고 있다. 그밖에도 서울유럽영화제, 서울프랑스영화제, CJ아시아인디영화제 등 다분히 소수 열혈 영화 팬들을 노리는 유의미한 영화제들이 나름대로 크고 작은 주목을 끌며 열리고 있다.

최소 한두 번쯤 들어봤을 법한 영화제가 이 정도라면, 이 땅에 과연 얼마나 많은 영화제들이 존재하고 있는지 짐작하기조차 쉽지 않을 터. 어쩌면 수십 개가 아니라 1백 개 이상, 아니 수백 개가 될는지도 모른다. 다른 나라 사정에 대해서는 아는 바가 별로 없어 다소 조심스럽긴 하지만, 대한민국을 가히 영화제의 나라요 천국이라 한들 과장만은 아닐 것 같다.

주목해야 할 사실은 이와 같은 '영화제 붐'이 불과 10년도 채 되지 않는 짧은 기간 안에 이뤄졌다는 것이다. 주지하다시피 적잖은 기대와 우려 끝에 부산국제영화제가 출범한 1996년 이후부터 말이다. 기억하는가, 부산국제영화제 출범 그 다음 해에 부천국제판타스틱영화제가, 2000년엔 전주국제영화제가 출범할 때 이 좁은 땅덩어리에 국제 영화제가 3개나 있을 필요가 있냐는 요지의 비판과 비난이 여기저기서 봇물처럼 터져 나왔다는 사실을.

전주 다음 해에 광주국제영화제가 출범할 때 역시 예외가 아니었다. 그 비판과 비난은 물론 지금도 여전히 일각에서 줄곧 제기되고 있다. 그래 어느 영화제가 언제 중단될지 모른다는, 다소 앞서가는 소문도 심심치 않게 나돌고 있다. 그런 마당에 지난해 대전에서는 막상 개최되었는지 여부도 제대로 알려지지 않은 채, 또 하나의 도시 명을 내건 국제 영화제가, 올해는 제천에서 '국제'라고 내세우기에는 초라하다고 할 수밖에 없을 지극히 작은 규모로 또 하나의 국제 영화제가 출범했다. 비록 '어린이'라는 한정이 뒤따르긴 하지만 경기도 고양에선 제1회 고양국제어린이영화제가 오는 19일부터 엿새간 펼쳐진다. 그리고 언제 어떻게 도시 명을 내세운 또 다른 국제 영화제가 탄생할지 모르는 국면이다.

명색이 도시 명을 내건 국제 영화제를 둘러싼 상황이 이럴진대, 국민적 관심의 강도 등에서 절대적으로 불리하다고 밖에 할 수 없을 '소규모' 내지 '소형' 영화제에 대해 새삼 논의한다는 것이 도대체 무슨 소용, 무슨 의미가 있을까, 싶기도 하다. 게다가 올 첫 닻을 올리는 아우내영화제는 겨우 10편 남짓한 국내외 개봉작과 상영작들로 꾸미면서, 거창하게 '국제' 영화제를 표방하고 있으니, 정색하고 따지고 든다면 기가 찰 노릇이라 한들 무례하다고 힐난할 수는 없을 법하다.

영화제의 성패는 그러나 결코 규모에 의해 좌지우지되는 건 아니라는 것쯤은 굳이 강변할 필요는 없으리라. 칸 영화제가 세계 최대 권위를 자랑하고, 부산이 탄생 10년도 채 되기 전에 일찌감치 아시아 최고 국제 영화제로서 자리 잡았으며, 나아가 세계 굴지의 여타 영화제들과 어깨를 나란히 하게 될 만큼 급성장한 건 규모 때문은 아니었다. 그보다 더 중요한 건, 영화제의 목표요 정체성이요 차별성이요 방향성 등 아니었는가.

그와 연관해, 또 영화제의 미래와 연관해 개인적으로 가장 눈길이 가는 '소규모' 영화제는 제1회 제천국제음악영화제다. 위에서 "'국제' 라고 내세우기에는 초라하다고 할 수밖에 없을 지극히 작은 규모" 라고 했는데, 놀라지 마시라, '물 만난 영화, 바람난 음악' 이라는 캐치프레이즈를 표방한 그 영화제는 장 · 단편 포함 총 6개 섹션에서 불과 40여 편의 영화를, 그것도 상당수는 이미 여러 채널을 통해 선보이는 바 있는 영화를 상영한단다. 그런데도 국제 영화제란다. 과거 전주나 광주를 떠올린다면, 으레 '궁색한 너무나도 궁색한' 영화제를 향한 힐난이 강도 높게 쏟아져 나올 성도 싶다. 아니면 지난 해 대전 영화제 때처럼 전적인 무관심이 주어지든지…….

하지만 현실은 정반대다. 예상을 뛰어넘는 큰 관심이, 나아가 적잖은 호의가 영화제에 쏠리고 있다. 좋은 예가 《씨네21》의 보도 기사다. 2주 전 호에서 극히 얇은 영화제 카탈로그를 부록으로 제공한 바 있는 그 잡지는 이번 주 515호 (08.09~08.16)에서 "음악이 있기에 영화는 더 아름답다"는 표제 하에 극히 우호적으로 영화제를 소개하고 있다. "제천 TTC 영화관과 청풍 호반, 시민회관에서 8월 10일부터 닷새 동안 열리는 이번 행사는 특화된 테마에 충실하면서도, 휴양지 휴가철에 걸맞은 대중적인 프로그램을 내세운, 흔치 않은 지역 영화제로서 차분한 첫발을 내딛게 된다"라면서 말이다.

워낙 소규모인데다 첫 번째인지라 비록 2쪽밖에 할애하진 않았음에도 영화제를 비교적 상세히 소개하는 잡지는 호의 넘치는 소개를 이어간다. 아무리 눈을 씻고 찾아 보려 해도 이 좁은 땅에서 국제 영화제가 지나치게 많은 거 아니냐는 식의, 예의 반감 · 적의 등을 발견할 순 없다. 도대체 어떻게 된 일일까. 그새 갑자기 영화제가 아무리 많아져도 상관없어지기라도 한 걸까. 과연 그 호의의 주된 이유는 무엇일까…….

물론 그 이유는 위에 이미 제시되어 있다. 그 첫째가 "특화된 테마"다. 다름 아닌 '음악 영화제Music & Film Festival' 라는 것. 비록 '음악 영화Musical Film' 만을 선보이는 건 아니지만 제천 영화제는 음악과 영화와의 관계를 각별히 중시하며 음악에 방점을 찍는다는 점에서 다른 국제 영화제들에 결여된 특성화를 획득하는 데 성공했고, 바로 그 특성화가 영화제를 향한 호의에 결정적 작용을 한 것이다.

그와 관련해 《씨네21》의 또 다른 대목을 그대로 옮겨 보면, 역시 여간 호의적인 게 아니다.

"음악 영화제라는 타이틀에 걸맞게 음악과 영화를 결합한 이벤트 '원 썸머 나잇' 도 매력적이다. 청풍랜드 호반 야외무대에서 영화를 감상하고, 그 여운을 간직한 채로 라이브 공연의 열기에 취하면 된다.

이상은, 강산에, 언니네이발관, 이한철, 블랙홀, 클래지콰이 등 개성 있는 뮤지션의 음악이 사흘 밤 동안 흘러넘칠 예정"이란다.

"휴양지 휴가철에 걸맞은 대중적인 프로그램"이 그 호의의 두 번째 이유다. 사실 도처에 대중 영화들로 넘실대고 있는 현실에서 일종의 해방구 역할을 해야 할 영화제마저 대중적 프로그램으로 채워져야 하느냐는 것은 논란의 여지가 많은 문제인 것만은 분명하다. 그럼에도 국내의 대다수 국제 영화제들이 명백히 대중을 목표로 하면서도 지나치게 마니아용 영화들을 대거 포진시킴으로써, 다분히 대중 취향을 지닌 상당수 영화제 관객들의 크고 작은 원성을 사온 것 또한 부인할 수 없는 현실이다.

시간적 · 예산적 · 인력적 요인 등 여로 모로 선택의 여지가 없었을 수도 있었겠지만, 그렇게 봤을 때 청풍 호반을 비장의 무기로 내세운 영화제가 '휴양지 휴가 철에 걸맞은 프로그램'으로써 여타 국내 국제 영화제와는 다른 가벼움으로 관객에게 한 발 다가서는 방향으로 나가기로 한 결정은 그 간의 여느 후발 영화제가 하지 못했던 '굿 초이스'이지 않나 싶다.

"흔치 않은 지역 영화제"라는 것 또한 그 무엇보다 중요한 호의의 주요 이유다. 흔히 간과되곤 하지만 그 어떤 국제 영화제도 지역적 토대 없이는 탄생 · 성장 · 성숙하는 것은 불가능하다. 칸 주민들이 영화제 기간 중 이뤄지는 도심 크롸젯 거리 봉쇄를 수용 · 용인하지 않았다면 프랑스 칸 영화제가 오늘 날 세계 제1의 국제 영화제로 자리잡고 있지는 못했을 것이다. 부산국제영화제 역시 매한가지다. 부산 시민들의 적극적 성원 · 협조가 없었다면 영화제가 그렇게 빨리 세계 굴지의 국제 영화제로 급성장하는 건 요원한 꿈에 지나지 않았을 것이다.

부천이, 전주가, 광주가 부산에 뒤지는 것은 비단 프로그램의 수준이나 예산 등에서만은 아니다. 유감스럽게도 상당수 그 도시 시민들은 자기 도시에서 열리는 국제 영화제를, 부산 시민들과는 달리, 적극 지지 · 성원하는 게 아니라 마치 강 건너 불구경하듯 방관하곤 해 왔다. 아니, 방관은 그래도 나은 편이다. 일시적으로 교통 흐름을 방해한다는 등의 이유로 택시 기사들은 영화제를 헐뜯고 욕하기 일쑤다. 단지 자기네 구미에 맞지 않는다고, 심지어 어렵게 출범하고 어렵게 항해하고 있는 영화제를 앞장서 난파시키려 난리치는 이들도 없지 않다.

그 책임은 물론 우선적으로 영화제 주최/주관 측이 져야 한다. 설사 국제 영화제라 할지라도 지역성을 기반으로 해야 한다는 전제를 무시하고, 국외와 다른 지역 손님 모시기에 급급하거나 단지 국제용이란 이유만으로 엉뚱한 정체성과 방향성을 고집함으로써 지역 시민들로부터의 소외 · 외면을 자초해 온 것이 사실이니까 말이다. 따라서 이 땅의 국제 영화제들은 지금부터라도 지역성과 국제성을 어떻게 조화시켜 나갈 것인가를 심각하게 고민하고 그 해결책을 강구해야만 한다. 그렇지 않고선 영화제의 미래를 호언할 수 없다.

그런 점에서 제천 영화제가 아주 초라하다고는 하나, '물 만난 영화, 바람난 음악' 이라는 캐치프레이즈에 걸맞은, '친-자연적 친-환경적' 영화들을 주로 선정 · 포진시킨 건 지역 영화제로서의 운명을 잊지 않았다는 사실을 증명하는 '베터 초이스' 였다. 그럼으로써 그들은 제천이란 지역적 한계를 외려 영화제의 으뜸 장점으로 전환시키는데 성공한 것이다.

비록《씨네21》기자는 구체적으로 거론하진 않았지만, 위 세 가지 이유 못지않게 중요한, 개인적으로는 가장 중요하다고 판단되는 호의의 또 다른 결정적 이유는 '초라한', 시선을 틀어 달리 말하면 '소박한' 제천 영화제의 규모다. 이미 언급했듯, 총 6개 섹션 40여 편으로 구성되었다는 제천 영화제는 국제용으로 내세우기엔 창피할 정도로 작은 규모다. 대개는 1백 수십 편에서 2백편 이상이 되기 마련인 대다수 국내 국제 영화제와 비교하면 그것은 국제 영화제라고 부르기조차 낯간지럽다. 치명적 약점이라 할 만큼, 너무나도 규모가 작다고 할까.

그럼에도 현실에서는 치명적 약점이긴커녕 으뜸 장점 중 하나로 비치고 있다. 왜 그럴까? 그 까닭은 무엇보다 이 땅에 존재하는 기존의 국제 영화제들이 지나치게 비대해진 것이 아닐까 하는 우려 탓일게다. 그 동안 이곳의 숱한 국제 영화제들을 경험하면서 발제자 역시 그런 불만으로부터 자유로운 적이 좀처럼 없었다. 한국 제1의 국제 영화제로서 모든 면에서 여타 영화제들이 넘보기 힘든 부산국제영화제야 그렇다고 치자. 그 영화제를 향한 과도한 의식 탓일까, 하지만 다른 국제 영화제들이 과도하다시피 많은 시간·비용 등을 써 가며 편수에 그토록 집착하는 것을 지켜보면서 이해하기 힘들어 하곤 했던 게 사실이다.

제천 영화제는 그런데 겨우 40여 편으로 국제 영화제를 한단다. 처음엔 하도 한심해 기가 막혔으나, 곰곰이 다시 생각해 보니 그건 발상의 전환일 수도 있었다. 엿새 간 열심히 봐 봤자 고작 십수 편밖에 보지 못할 뿐 아니라, 혹할 만한 음악 행사들이 기다리고 있다지 않은가. 또 올해는 비록 소박하게 시작하더라도, 해를 거듭하면서 그 수를 서서히 늘려 가면 되지 않겠는가. 그렇다면 제천 영화제의 그 소규모는 결코 부끄러워해야 할 그 무엇이 아니다. 차라리 영화제의 '베스트 초이스' 라고 할 수도 있었다.

제천국제영화제 막이 내린 뒤, 과연 어떤 평가가 나올지는 좀더 두고 봐야 한다. 그 평가 여부에 관계없이 그러나, 이번 첫 번째 제천 영화제의 출발은 소규모 영화제가 나아가야 할 어떤 방향, 어떤 미래를 제시했다는 것이 내 결론이다. 대규모 영화제 역시 스스로를 되돌아봐야 할 어떤 계기를 제시하기도 했고.

문제는 규모가 아니다. 그보다 더 중요한 관건은 영화제로서의 특화된 정체성 · 차별성 · 방향성이요, 흔히 대중성이라 칭해지는 적절한 관객성이요, 언제든 국제성과 조화될 수 있는 탄탄한 지역성인 것이다. 바야흐로 우후죽순처럼 난립하고 있는 숱한 영화제들 가운데 결국은 그런 전제들을 충족시키는 영화제만이 비로소 미래가 주어질 것이다. 당연히 아우내영화제라고 예외일 수는 없을 것이다.

한국형 블록버스터의 흥행 양상에 대하여

—〈내츄럴 시티〉와 〈태극기 휘날리며〉를 중심으로

1

이 소고는 〈퇴마록〉(1998)을 계기로 등장한 이래 줄곧 우리 영화계의 핫이슈였던 소위 '한국형 블록버스터'의 흥행 양상, 정확히는 흥행 향상에서 드러난 차이를 〈내츄럴 시티〉(감독 민병천)와 〈태극기 휘날리며〉(강제규)를 중심으로 고찰해 보려는 작은 시도이다. 적잖은 텍스트들 가운데 굳이 그 두 작품을 선정한 까닭은, 흥행 레이스에서 '대참패'와 '초대박'이란 극히 상반된 결과를 낳은 그 두 화제작이 한국형 블록버스터에 대한 그 간의 상투적 논의에 어떤 근본적 수정 내지 변화를 요청한다고 판단되기 때문이다.

필자는 이 소고를 통해 〈내츄럴 시티〉의 흥행 대참패가, 흔해 얘기되듯 개연성이 결여된 내러티브 설정과 전개 등 텍스트(내재)적 요인들에서 비롯되었다기보다는, 오히려 장르와 스타 등과 연관된 관객 요인들에서 주로 기인했다는 주장으로 나가려 한다. 그리고 다름 아닌 〈태극기 휘날리며〉의 기념비적 대기록을 그 주장의 결정적 근거로 제시하려는 것이다.

2

본격적 논의를 펼치기 전에 도대체 한국형 블록버스터란 무엇이냐, 그 한국형 블록버스터란 것이 블록버스터의 원형이라 할 할리우드 블록버스터와는 또 뭐가 같고 다르냐 따위의 문제를 우선 짚어야 할 성싶다. 그에 대한 합의가 확실히 이루어지지 않은 터라 불필요한 오해가 발생할 수 있으며, 따라서 필자의 개념 규정과 전제에 대한 사전 이해가 따르지 않는다면 필자의 논지 자체가 성립되지 않을 수도 있기 때문이다.[1)]

미국 할리우드 고유의 현상이었던 블록버스터Blockbuster는 주지하다시피 흥행 대박을 터뜨린 영화를 가리킨다. 그 기준은 이른바 광역 개봉Wide Release을 개시하면서 뉴 할리우드 · 블록버스터 시대를 개막시킨 스티븐 스필버그의 〈죠스〉(1975) 이후로 계속해 1억 달러다. 30년이 다 된 지금도 여전히. 그것은 새 기준이 될 법한 2억 달러가 그만큼 달성하기 어려운 목표라는 걸 시사한다.

블록버스터는 아울러 거대한 제작비를 투하한 (초)대형 영화를 가리키기도 한다. 대체로 지극히 화려한 외양을 띠기 마련이며, 상영 시간도 상대적으로 긴 편이다. 때문에 화려하기 그지없는 특수 효과

---

1) 필자는 지난 수년 간 이 문제에 대한 견해를 여러 지면에 수차례 밝혀 왔다. 이 소고의 주장은 따라서 그 동안의 견해를 집약, 요약한 것이다. 그 중에서도 특히 한국문화예술진흥원에서 매달 발간하는 월간지 《문화예술》 2002년 9월 호 "한국형 블록버스터, '삐딱하게' 들여다보기"를 토대로 요약했음을 밝힌다.

Special Effects; SFx나 (초)특급 월드 스타, 대규모 스케일의 웅장한 음악 등 '보고 들을 거리', 즉 스펙터클이 단연 강조된다. 그것은 곧 블록버스터들은 으레 플롯·스토리 등 내러티브적 요소보다는 시청각적 요소를 상대적으로 더 중시하기 십상이란 걸 함축한다. 대개 할리우드 블록버스터의 내러티브 수준이 낮은 주된 이유다. 가능하면 폭넓은 관객층에 소구하기 위해 그 눈높이를 초등학교 고학년생이나 중학생 정도에 맞추기 때문이랄까. 당장 〈스타워즈〉 시리즈를 떠올려 보라. 그 환상적 스펙터클에 비해 내러티브는 얼마나 유치한지를…….

이렇듯 블록버스터를 논할 때 흥행 수익과 투여 비용 중 어느 쪽을 강조하느냐에 따라 논의의 방향이 결정된다. 할리우드 블록버스터는 전통적으로 수익 측면을 강조하는 쪽이다. 겨우 3만 5천 달러밖에 들이지 않은 〈블레어위치〉(1999) 같은 극 저예산 영화가 북미 지역에서만 1억 4천여 만 달러를 벌었다고 블록버스터로 간주되는 건 그래서다. 반면 한국형은 정반대다. 거의 전적으로 제작비 요인이 중시된다. 수익 측면은 거의 무시되는 것이다. 따라서 수익 여부에 따라 성공한 블록버스터와 실패한 블록버스터로 나뉜다.

우리 식으로 치면, 〈블레어위치〉는 결코 블록버스터로 간주될 수 없다. 〈실미도〉(강우석)와 〈태극기 휘날리며〉 이전까지 한국 영화사상 최대 흥행작이었던 〈친구〉를 비롯해 지난 2001년 흥행 돌풍을 일으켰던 일련의 초대박 흥행작들, 즉 〈엽기적인 그녀〉, 〈신라의 달밤〉, 〈조폭 마누라〉 등도 보통은 블록버스터로 칭해지지 않는다. 마케팅적으로도 그렇게 포장된 적도 없고. 제작비가 상대적으로 낮아서이기도 하지만, 블록버스터하면 떠오르는 화려한 SFx 등 그에 걸맞는 외양이 결여되어서다. 외양으로만 치면, 한국형 블록버스터 시대를 활짝 열어 제친 강제규 감독의 〈쉬리〉(1999)와는 대조적으로, 〈쉬리〉의 역사적 흥행 기록을 1년 몇 개월 만에 갈아 치운 박찬욱 감독의 〈공동경비구역 JSA〉도 블록버스터라 부르기 곤란한 게 사실이다. 감독 자신도 강변했듯, 영화는 스펙터클보다는 드라마에 단연 큰 비중을 부여했기 때문이다. 마케팅적으로는 블록버스터로 포장, 홍보되긴 했지만 말이다.

이쯤 되면 자연스레 한국형 블록버스터의 정의가 내려진 셈이다. 볼거리와 들을 거리, 즉 스펙터클을 앞장세우며, 여타 영화들보다 훨씬 더 많은, 대개는 몇 배쯤은 많은 제작비를 투하한 대형 작품이라고 말이다. 이때 중요한 건 스펙터클과 제작비 사이에 놓인 '과and/&' 이다. 필자의 요지는 아무리 많은 제작비가 투입되었다 하더라도 그에 합당한 스펙터클이 부재하면 한국형 블록버스터라 할 수 없다는 것이다. 그 역도 마찬가지고.(참고삼아 밝히면 이것은 일반적 정의가 아니라 필자 개인의 독자적 정의다.)

당장 반론이 제기될 수 있다. 한국형 블록버스터 중에서도 스펙터클보다는 드라마를 좀 더 우선시하거나, 여타 예들보다 상대적으로 드라마를 중시하는 예가 존재하지 않느냐고? 그 동안 필자는 그 가능성을 인정하지 않아 왔다. 하지만 이 글을 쓰는 지금, 그 가능성을 인정하지 않을 수 없을 성싶다. 바로 〈실미도〉란 구체적 · 예외적 사례 때문이다. 감독도 역설했듯, 거의 모든 면에서 한국형 블록버스터의 전형이라 할 법한 영화는 촌스럽고 초라한 외양을 일부러 강조하고 상대적으로 드라마를 더 부각[2)]시키기 위해 안간힘을 쓰지 않았는가. 그 점은 드라마보다는 때깔 좋은 스펙터클 구현에 훨씬 더 큰 공을 들인 〈태극기 휘날리며〉와 비교해 보면 극명하게 드러난다. 그렇게 볼 경우, 감독의 바람에는 상관없이 〈공동경비구역 JSA〉도 한국형 블록버스터라 칭하기에 손색이 없어 보인다.

3

주지하다시피 〈내츄럴 시티〉는 장선우 감독의 〈성냥팔이 소녀의 재림〉이나 정윤수 감독의 〈예스터데이〉, 백운학 감독의 〈튜브〉 등 여타 한국형 블록버스터들처럼 흥행에서 대재앙을 맞이했다. 영화진흥위원회 제공 연도별 흥행 순위 집계에 따르면, 2003년에 겨우 86,531명(서울 기준)으로 37위라는 초라하기 짝이 없는 성적을 거두는 데 그친 것이다. 〈실미도〉에 맞먹는, 75억 원이란 거액의 순제작비[3]에다 기획부터 완성까지 무려 5년의 세월을 바쳤다는 사실 등을

2) 〈실미도〉의 흥행 요인에 대해서는 그야말로 다양한 의견이 쏟아졌다. 가령, 영화 전문 사이트 《FILM2.0》(www.film2.co.kr)과 인터넷 포털 사이트 《다음》이 2004년 1월 2일부터 9일까지 온라인 폴을 통해 실시 발표한 조사 결과에 따르면, 전체 투표자 4천805명 중 48.32%에 해당하는 2천322명의 네티즌들이 '실화를 근거로 한 스토리'를, 41.54%에 해당하는 1천996명이 설경구 · 안성기를 비롯한 출연 배우들의 열연을 주된 흥행 요인으로 꼽았다. 반면, 많은 영화 전문가들이 다른 그 어떤 요인들 못지않게 중시한 '마케팅과 배급력'과 '강우석 감독의 연출력'을 꼽은 수치는 각각 281명(5.85%)과 206명(4.29%)에 지나지 않았다. 인터뷰마다 감독이 그토록 강조했던 드라마는 전적으로 무시한 것이다. 물론 '실화를 근거로 한 스토리'를 드라마로 볼 수도 있겠지만. 그에 반해 필자는 상기 네티즌들과는 달리, '실화를 근거로 한 스토리' 자체보다는 그 스토리가 얼마나 효과적 · 감동적 · 인상적으로 구성, 형상화되었는가 여부, 다시 말하면 효과적 플롯 내지 드라마투르기가 〈실미도〉 흥행의 으뜸 요인이라 여기고 있다. 예나 지금이나. 그 다음으론 서울 80개, 전국 300여 개에 달하는 엄청난 스크린을 장악—〈태극기 휘날리며〉의 수치는 이보다 훨씬 상회해, 전국 450여 개 스크린에서 개봉되었고 최고 때는 510여 개였다—했다는 배급 · 상영 등 텍스트 외적, 즉 콘텍스트적 요인을 들련다.

고려하면, '대재앙' 이란 표현도 외려 모자란 감이 없지 않다. 도대체 그 대재앙의 주된 요인들은 무엇이었을까?

이미 한국영화평론가협회 발간 연간지 《영화평론》[4]에서도 상술한 바 있지만, 사실 난 개봉(2003년 9월 26일) 전 언론 시사회에서 영화를 보기 전까지만 해도, 영화를 향한 각별한 기대를 품고 있었다. 몇 해 전 시나리오 집필 과정에서 초고 단계의 시나리오를 읽고는 드라마에 푹 빠졌었기 때문이었다. 우선은 성격화characterization가 인상적이었다. 결국 상당 부분 수정되었지만, 플롯도 제법 인상적이었다. 유지태와 이재은 등 출연진에게도 호감이 갔다. 시나리오를 읽으면서 그 둘을 상상했으니까. 감독의 데뷔작 〈유령〉(1999)을 토대로 판단컨대, SF 영화에 필수적일 남다른 시청각 효과에 대해서도 신뢰할 만했다. 그래 그 정도의 내러티브라면 충분히 터질 만하다는 느낌이 강하게 들었다.

실은 그 정도가 아니었다. 영화를 향한 기대는 2003년을 기해 마침내 한국 SF 영화의 신기원이 열릴 거라는 근거 없는 확신으로까지 나아가게 했다. 연초 모 일간지에서 2003년 최대 기대작 한 편만 뽑아달라는 요청에 주저하지 않고 〈내츄럴 시티〉를 추천한 건 그래서였다. 〈살인의 추억〉 등 다른 작품을 추천한 사람들을 내심 비웃어가면서까지. 물론 지독한 오판이었다. 평론가로서 안목을 의심해도 할 말이 없을 완전한 판단 착오.

---

4) "최근 한국영화의 장르 진화에 대한 일고찰", 《영화평론》(2003, 제 15호), 2004

3) 하지만 감독은 《씨네21》 김봉석 기자와의 인터뷰에서 다음과 같이 말했다. "물론 큰 액수이긴 하지만 이 영화를 제대로 만들기엔 터무니없이 적은 자본이다. 이런 말 하고 싶진 않지만 제한된 예산이며…… '초극저예산 SF 영화' 다."

단도직입적으로 물어보자. 그렇다면 비단 필자만이 아니라 적잖은 이들이 큰 기대를 걸었던 〈내츄럴 시티〉가 참패한 결정적 이유가, 흔히 말해지는 바대로 "때깔은 좋은데 이야기가 영 아니"어서였을까? 상기 실패한 대다수 한국형 블록버스터들의 실패 때도 어김없이 제시되었던 상투적 이유 말이다. 물론 지나친 기대에도 불구하고 영화를 비교적 호의적으로 본 필자 역시 영화의 극적 호흡 · 리듬에서 성공하지 못했다고 여긴다. 그림보다는 상대적으로 드라마에 더 큰 비중을 두려 했다는 감독의 의도에도 아랑곳없이, 영화에서는 비주얼 혹은 스펙터클이 드라마를 압도하면서 의도치 않은 역효과가 발생한 게 사실이다.

그럼에도 극적 리듬을 따지질 않고, 지나치다 싶으리만치 현실적 개연성 · 설득력 따위에 집착하면서 내러티브 자체를 문제 삼으며 크고 작은 트집을 잡는 온갖 논의들에는 동의하기 힘들다. 아니, 동의하고 싶지 않다. 2080년이란 가상의 SF적 미래에서 벌어지는 인간과 사이보그 간의 러브 스토리를, 그 러브 스토리를 먼발치서 바라보며 주체하지 못하는 질투에 빠지는 한 여인에 대한 이야기를, 결국은 간접적으로나마 그 세 캐릭터의 희미한 3각 관계를 보여주는 SF 멜로담을 2003년 현재의 관점에 입각해 바라보면서, 개연성 결여 운운하는 것 차제가 그다지 설득력 없는 억지 해석으로 다가선다고 할까.

그 상투적 비판 혹은 비난을 지켜보면서 개인적으로 가장 안타까웠던 건 평자들의 진단 · 평가에서 도저히 그 어떤 문학적 · 영화적 상상력이나 일말의 관용을, 나아가 오락으로서건 문화로서건 아니면 고매한 예술로서건 어떤 텍스트에 기본적으로 요구되는 최소한의 예의조차도 발견할 수가 없었다는 사실이다. 다시한번 강조컨대 영화는 근 80년 뒤의 먼 미래를 배경으로 펼쳐진다. 무단 이탈 사이보그 제거 요원인 주인공 R(유지태 분)이 절대고독 속에서 허우적대다 일주일 뒤면 수명이 끝날 사이보그 댄서 리아(서린)에게 첫눈에 반하고, R이 그 사랑을 위해 목숨까지 바친다는 것은 내러티브상의 전제다. 따라서 그 전제는 현실적 설득력 여부를 떠나 엄연한 전제로서 인정 · 수용되어야 한다.

현실에서는 그러나 대개의 평자들이, 아울러 관객들 역시, 그 전제조차 인정하지 않으려 했다. 유감스럽게도. 그러면서 그림은 좋은데 이야기가 영 엉망이라고 비판하기 급급했다. 아울러 계속 '왜들'을 물고 늘어졌다. 도대체 왜 R이 리아를 그토록 사랑하는 거냐고, 왜 그는 하찮은 사이보그를 위해 목숨을 거는 거냐고 등등 집요하게 따졌다. 작정하고 그렇게 따지고 들자 치면 그 '따짐'으로부터 살아남을 수 있을 영화가 과연 얼마나 될 거라고. 지금 이 순간, 궁금해진다. 칸 심사위원 대상에 빛나는 박찬욱 감독의 〈올드 보이〉가 살아남을까? 2003년 박스 오피스 1위를 차지하면서 한국 범죄 스릴러 장르의 새 장을 연, 봉준호 감독의 〈살인의 추억〉이 살아남을까? 이창동 감독의 〈오아시스〉는? 글쎄, 답할 자신이 없다. 그렇다면 영원히 불가능할 것만 같던, 820만에 달하는 〈친구〉의 대기록을 거푸 깨부수며 1천만 고지를 넘은 역사적 두 한국형 블록버스터 〈실미도〉와 〈태극기 휘날리며〉는 어떨까…….

4

논지에 맞춰 〈태극기 휘날리며〉에만 한정해 보자. 〈친구〉와 〈실미도〉의 대기록을 동시에 깨부수면서 한국 영화 역대 최고 흥행작 자리에 등극한 영화는 과연 그 흥행 기록에 걸맞은 내러티브를 지닌 걸까. 한국 전쟁을 배경으로 한 그 지독한 형제애에 적잖은 관객들이 감동의 눈물을 흘렸다고는 하지만, 영화의 내러티브 자체는 그다지 새롭지도, 남다른 눈길을 끌만 하지도 않은 게 사실이다. 오죽하면 '기의 없는 기표' 라는 등의 치욕적 진단까지 나돌았겠는가.

각별한 주목 거리는 그 대작을 다름 아닌 〈쉬리〉의 강제규 감독이 장동건과 원빈이란 톱스타들을 기용해, 물경 147억 5천만 원이란 한국 영화 사상 최대 순제작비[5]를 투하해 빚어냈다는 것이었다. 그리고 〈실미도〉의 300여 개 스크린쯤은 우습다는 듯, 전국 1,200여 개 스크린 중 40%에 가까운, 450여 개의 스크린[6]에서 대대적으로 개봉되었다는 것이었다. 결국 영화는 〈실미도〉를 비롯한 그 이전의 모든 국산 영화들을 물량적으로 압도할 만반의 준비가 갖춰져 있던 셈이다. 달리 말하면 〈태극기 휘날리며〉의 기념비적 대성공에는 텍스트 내적인 요인들보다는 테스트 외적인, 즉 콘텍스트적인 요인들이 더 큰 기여를 한 것이다.

그렇다고 〈태극기 휘날리며〉의 내러티브 설정과 구조가 여느 실패한 한국형 블록버스터처럼, 도저히 묵과할 수 없는 목불인견의 저수준이라는 의미는 결코 아니다. 아무리 박하게 봐도 평균 이상의 수준은 된다는 게 중평이었다. 금기의 소재를 끄집어낸 것이 주효했다는 〈실미도〉와는 달리, 스펙터클한 전쟁 안에 가족애란 보편적인 주제

5) 매체마다 다소 차이가 나는데, 난 강제규 감독이 EBS 방송에서의 인터뷰 때 필자에게 밝힌 액수를 기준으로 삼았다.

6) 영화 개봉 후 그 수치는 외려 늘어났는데, 최고 때는 510여 개에 달하기도 했다.

를 담아낸 것이 좀처럼 극장을 들르지 않는 중장년 관객층에게까지 어필했다는, 수긍하지 않을 수 없을 평가도 있었다.[7] 그것은 곧 〈태극기 휘날리며〉가 텍스트 내적으로도 대박의 조건을 상당 정도 겸비하고 있었음을 뜻한다. 필자의 요지는 그런 텍스트 내적 요인만으로는 〈태극기 휘날리며〉의 경이적 대흥행 기록을 충분히 설명할 수 없다는 것이다. 그리고 그 논리는 〈내츄럴 시티〉의 실패에도 고스란히 적용되리라는 것이다. 다시 말하면 내러티브 구조 등의 텍스트 내적 요인만으로 그 실패를 설명하려는 건 온당치 못한 처사라는 것이다.

필자는 여태껏 한국형 블록버스터의 고질적이며 치명적 문제점은 그림, 즉 스펙터클에 있는 게 아니라 내러티브에 있다고 주장해 왔다. 그래서 흥행 성공을 위해서는 시청각적 스펙터클의 구현 못지않게, 아니 그 이상으로 드라마의 효과적 구축에 한층 더 많은 노력을 쏟아야 한다고 역설해 왔다. 관건은 결국 이야기라면서. 당장 〈실미도〉등의 예가 그 사실을 웅변해 주지 않는가. 〈태극기 휘날리며〉의 초대박 성공을 목격하고 난 지금, 하지만 필자는 그 주장을 전격적으로 수정하지 않을 수 없다. 다 틀린 건 아니지만, 그 주장은 절반만 맞는 거라고 말하지 않을 수 없다. 다시 말해 내러티브적 요인은 필자의 생각만큼 그렇게 절대적이지 않다는 것이다. 그렇지 않고는 〈태극기 휘날리며〉의 그 '이상 성공'(?)을 도저히 이해할 수가 없어서다.

사실 〈태극기 휘날리며〉에 주어진 평가 중에는 호평보다는 악평이 우세했다. 가령, 평론가 변성찬은 "하나의 '사건'이 된 〈태극기 휘날

7) 이와 관련해서는 "관객 천만 시대 어떻게 볼 것인가"라는 제하의 《씨네21》 442호(3월 2일자)의 특집(52~63쪽)이 집중적으로 조명하고 있다.

리며〉에서 두려움을 느끼는 이유"를 피력한 글[8]에서 "시대착오적 남성주체와 영화 산업의 영리한 만남"을 집중적으로 파고든다. 그 글에서 변씨는 "눈앞에서 죽어가는 약혼녀 영신(이은주)의 죽음에도 흔들리지 않던 진태(장동건)가, 동생 진석(원빈)의 죽음에는 절망 끝에 태극기를 버리고 인공기를 택하게 된다"며, 간접적으로 내러티브상의 심각한 모순·균열을 지적한다. 그가 원래 말하고자 했던 바는 "형제애/부성애=전근대적인 '가문'의 논리"라는 것이었지만 말이다.

'듀나'라는 타이틀의 평자, 혹은 평자들은 〈태극기 휘날리며〉를 볼 때 주목해야 할 점이 분단 상황을 다룬 주제나 내용이 아니라 양질의 전쟁 영화로서의 가치라고 못 박는다. "강제규의 가장 중요한 목표는 스필버그의 〈라이언 일병 구하기〉와 견줄 만한 또는 능가할 만한 전쟁 영화를 만드는 것이다. 그것도 될 수 있으면 남들의 도움을 빌리지 않고 우리만의 손으로"라면서. 좀 더 심하게 말해 그는 〈태극기 휘날리며〉가 "〈라이언 일병 구하기〉의 짝퉁 영화"며, "아류라는 사실은 부인하기 어렵다"고까지 단언한다. 그로써 그는 "강제규의 할리우드 콤플렉스"를 맹공한다. 영화의 "기술적 성취도는 놀랍다"는 그는 단 한 대목에서도 내러티브와 관련해서는 어떤 인정도 하지 않고 있다.[9] 흥미롭지 않은가?

감독이 연출을 하면서 가장 심혈을 기울인 것 역시 몇 차례에 걸친 전쟁 스펙터클이다. 한국 역대 최고 제작비가 투입된 까닭도 당연히 그래서다. 그 점은 감독 스스로도 EBS와 인터뷰할 때 필자에게 특별

8) 《씨네21》 440호(2월 24일자) 98~99쪽

9) 같은 잡지 100~101쪽

히 강조하기도 했다. "역시 액션이야말로 세계 공통의 보편적 언어"라면서. 결국 한국전쟁이란 역사적 비극과 그 안에서 펼쳐지는 감동의 형제애는 최적의 '액션 툴'로써 완벽하게 작용한 셈이다. 100%를 넘어 120%, 아니 어쩌면 그 이상으로. 오해의 소지가 다분한 그 발언에서 필자는 한국의 대표적 상업 영화 감독으로서 강제규의 영악함을 발견한다. 그리고 그 영악함을 높이 평가하지 않을 수 없을 법하다. 상기 변성찬씨가 느꼈던 일말의 두려움과 아울러.

5

이제 이해 가는가. 필자가 왜 〈내츄럴 시티〉의 실패를 설명하면서 〈태극기 휘날리며〉를 끌어들였는지 그 이유를. 취향보다는 다수를 따르려는 한국 사회 집단의 불안 심리라든가, 우리도 할리우드만큼 할 수 있다는 사실을 과시하고픈 새로운 민족주의라든가, 부재하는 아버지에 대한 애증의 그림자라든가, 한국민 특유의 집단 콤플렉스 등의 콘텍스트적 요인들[10]을 들면서 〈태극기 휘날리며〉의 성공을 분석할 수 있겠지만, 여기선 생략하련다. 대신 〈내츄럴 시티〉가 왜 그렇게까지 대참패를 당했는지 비내러티브적 요인, 즉 콘텍스트적 요인을 통해 짚어 보기로 하자.

우선 배급과 상영 조건에서 〈태극기 휘날리며〉에 비해 현저히 뒤떨어졌으리란 것은 새삼스레 강조할 필요가 없을 터. 필모그래피, 지

10) 《씨네21》 442호의 "관객 천만 시대 어떻게 볼 것인가" 특집 중 고려대 강사로서 활발한 자유 기고 활동을 펼치고 있는 남재일의 글(60~63쪽) 참고할 것.

명도, 현실적 파워 등 감독 요인에서도 민병천과 강제규는 비교의 대상은 아니다. 민 감독이 언짢아 해도 하는 수 없다. 한마디로 미들급과 수퍼헤비급과의 대결이라 할 법하다. 스타 요인에서도 비교가 허용되지 않는다. 미안한 말이지만 〈올드 보이〉 이전의 유지태는 장동건이나 원빈의 상대가 되기엔 역부족이었다. 연기력에선 그다지 꿀릴 게 없는 이재은이나 〈로드 무비〉의 신예 서린 역시 관객 동원력에서는 무시해도 좋을, 스타와는 거리가 먼 연기파 배우들이다. 결국 이 영화가 내세울 건 우리 영화로서는 여전히 불모지나 다름없는 SF 영화라는 장르 요인 정도였다. 멜로드라마라는 요인은 별다른 도움이 안 될 터이고. 그런데 그 할리우드 고유 장르에 한국 관객들이 과연 얼마나 '동動' 했던가?

예나 지금이나 그 반대인 게 현실이다. 전통적으로 우리나라 관객들은 국적을 불문하고 SF 영화에 상대적으로 인색한 반응을 보여 왔기 때문이다.[11] 〈해리 포터〉나 〈매트릭스〉 시리즈 등 예외가 있긴 하나, 지금도 여전히 그렇다고 해도 큰 무리는 아니다. 그 인색함을 보여주는 단적인 예가 〈스타 워즈〉 시리즈다. 미국에서는 '신화'가 되어버린 그 역사적 시리즈가 정작 이곳에선 번번이 죽을 쓰기 일쑤였다. 네 번째 이야기부터 출발한 〈스타 워즈〉를 비롯해 〈제국의 역습〉(1980), 〈제다이의 귀환〉(1983)에 이르는 첫 번째 삼부작 가운데 그 어느 것도 이 땅에서 큰 재미를 본 적은 없다. 다시금 신화를 만들면서 세계적 센세이션을 야기 시킨 〈스타 워즈 에피소드1: 보이지 않는

11) 이하 SF 영화에 대한 논지는 《영화 평론》, "최근 한국영화의 장르 진화에 대한 일고찰"을 수정, 보완했음을 밝힌다.

위험〉(1999)이나 〈스타 워즈 에피소드2: 클론의 습격〉(2002) 역시 그 요란한 화제성에 비해 이곳에서는 상대적으로 조용히 막을 내렸다. 실제로 지난 1971년 이래 연도별 국내 개봉 외국영화 흥행 리스트를 일별해 보면, 우리네 관객들의 SF를 향한 인색함이 뚜렷해진다. 1984년 〈이티〉(55만9054명)나 1988년 〈로보 캅〉(45만9359명) 같은 극소수 예외를 제외하곤, SF 영화가 흥행 정상을 차지한 적이 거의 없다. 심지어 위 두 SF마저도 오로지 스펙터클로만 승부를 걸곤 하는 여느 그렇고 그런 SF 영화들과는 커다란 차별성을 띠고 있다. 상대적으로 드라마의 두께가 퍽 두터웠던 것이다.

〈노틀담의 꼽추〉(개봉 1971년, 26만 8,593명)부터 〈포스트맨은 벨을 두 번 울린다〉(1982년, 40만 8,446명), 〈사관과 신사〉(1984년, 55만 9,054명) 〈킬링 필드〉(1985년, 92만 5,994명) 〈아마데우스〉(1986년, 47만 5,755명) 〈플래툰〉(1987년, 57만 6,924명) 〈귀여운 여인〉(1990년, 39만 5,371명), 168만 3,263명이란 당시로선 경이적 스코어를 수립한 〈사랑과 영혼〉(1991년), 〈원초적 본능〉(1992년, 97만 180명), 그리고 무려 226만을 동원하는 대기록을 수립한 〈타이타닉〉(1998) 등에 이르기까지 예외가 거의 없다. 개인적 선호 여부에 무관하게, 한결같이 강한 드라마성 작품들이었다. 더욱이 그들 중 대다수는 멜로물이었다.

최루성 멜로물에 불과한 듯한 〈사랑과 영혼〉이 1990년대 SF 영화를 대표하는 걸작 중 하나인 〈터미네이터2〉를 무려 70만 명 가까운 큰 차로 제압했다는 사실이 믿어지는가? 하긴 전 세계 박스 오피스에서도 그 멜로물이 5억 1,700만 달러(역대 29위 기록이다)를 벌어들여 100만 달러도 채 되지 않는 근소한 차이로 그 SF 걸작을 추월하고 있긴 하다. 하지만 그다지 잘 만들었다고도 할 수 없는 실베스터 스탤론 주연의 범작 산악 영화 〈클리프행어〉가 112만 가까운 관객들 불러 모으며, 한국 영화 산업 발흥의 결정적 견인차 역할을 한 스필버그의 〈쥬라기 공원〉을 5만 500여 명의 차로 물리치고 1993년 최대 흥행작—우리 영화 사상 최초로 100만 선을 돌파한 〈서편제〉의 기록은 103만5741명이었다—권좌에 등극했다는 사실이 이해가 가는가? 참고삼아 말하면, 두 할리우드 블록버스터가 거둔 전 세계 흥행 성적은 도저히 비교가 되질 않는다. 세계적 명성을 자랑하는 영화 전문 인터넷 사이트 www.imdb.com의 박스 오피스 집계에 따르면, 2004년 현재 〈쥬라기 공원〉은 9억 2,000여 만 달러를 긁어모아 역대 6위라는 대기록을 보유하고 있는 반면, 〈클리프행어〉는 '고작' 2억 5,500만 달러—아직도 여전히 할리우드 블록버스터의 기준이 1억 달러라는 점을 감안하면, 이 역시도 물론 결코 만만한 액수가 아니라는 것쯤은 굳이 강변하지 않아도 될 것이다—밖에 벌어들이지 못해 역대 169위에 머물러 있을 따름이다. 또 북미 지역 기준으로 겨우 3,460만 달러밖에 벌어들이지 못한, 오리엔털리즘에 감상적 휴머 드라마 〈킬링 필드〉가 무려 2억 4,237만여 달러(역대 33위 성적이다)나 벌어들인 스필버그의 그 유명한 블록버스터 〈인디아나 존스〉를 11만 7,000여 명이라는 작지 않은 차이로 물리쳤다는 사실은 어떤가?

이쯤에서 오해하지 말라는 당부를 해야겠다. 〈내츄럴 시티〉를 논하면서 이렇게 장황하게 외국 영화들의 사례를 나열한 까닭은 우리 관객들의 영화 보기의 어떤 성향을 강변하기 위해서라는 걸 말이다. 필자는 〈내츄럴 시티〉의 참패가 영화 자체의 요인들 못지않게 유독 드라마에 강한 집착을 보여 온 한국 관객들의 성향 · 기질에서도 적잖이 기인했으리라는 것이다. 다시 말하면 한국 관객들의 SF 장르를 향한 유서 깊은 낯설음과 불관용성 등이 한국 SF 영화의 성장, 발전에 치명적 장애물로 작용했으리라는 것이다. 예나 지금이나 이 땅의 관객들은 스펙터클보다는 드라마에 더 무게중심을 두며 영화를 감상, 평가해 왔기에 하는 말이다. 〈태극기 휘날리며〉 등의 예가 보여주듯, 근자에 들어 제법 큰 변화를 보이고는 있으나 말이다.

결국 관건은 관객 요인인 것이다. 〈태극기 휘날리며〉는 여러 가지 텍스트 내외적 요인들이 시너지 효과를 적절히 발휘해, 레이몬드 윌리엄즈가 말한 관객의 '감정의 구조'에 적중한 거고 〈내츄럴 시티〉는 실패했다고 할까.

6

마치 〈내츄럴 시티〉를 옹호하고 〈태극기 휘날리며〉는 비판하는 듯이 비쳤을지는 모르겠다. 만약 그렇게 비쳤다면 그건 전적으로 필자의 부족한 필력과 논리 전개 탓이라는 걸 분명히 해야겠다. 필자 역시 거의 모든 면에서 〈태극기 휘날리며〉가 〈내츄럴 시티〉보다는 한 수쯤은 위라고 보고 있어서다. 그럼에도 〈내츄럴 시티〉가 한국 SF 영화의 수준을 한두 단계쯤은 업그레이드시켰다고 말하지 않을 수는 없지만.

필자의 결론은 한국 관객이 보여 온 SF 장르에 대한 어떤 불편함 내지 생경함이 〈내츄럴 시티〉가 맞이한 대참패의 주요 요인이라는 것이다. 따라서 그 간 그 실패 요인을 내러티브 측면에서만 찾으려 했던 그간의 시도는 재고되어야 한다는 것이다. 그 근거가 내러티브적으로는 압도적 인상과 감동을 안겨 주지 못했으면서도, 〈실미도〉에 이어 상상을 초월하는 대기록을 수립한 〈태극기 휘날리며〉다. 〈태극기 휘날리며〉는 그로써 대박이 유일한 목표인 한국형 블록버스터의 모델이 된 셈이다. '포스트-내츄럴 시티들' 은 따라서 〈태극기 휘날리며〉를 적절히 벤치마킹해 예의 실패를 재연하지 않도록 노력해야 한다. 그것이 언젠가 우리에게 성공적으로 다가올 한국 SF 영화가 살 길이다. 지난해 〈살인의 추억〉의 성공으로 스릴러 장르가, 〈스캔들-조선남녀 상열지사〉과 〈황산벌〉의 성공으로 (퓨전) 스크린 사극 장르가 이 땅에서도 마침내 그 활로를 찾은 것처럼…….

관객은 왕이 아니다

이 글은 관객 비판을 향한 첫 걸음이다. 더욱 엄밀히는 무소불위의 권력을 누리고 있는 관객의 권위에 흠집을 내고, 그 위상을 다소 약화시키려는 '불순한' 시도다. 관객에는 물론 필자도 포함된다. 비판의 화살은 고로 우선 필자를 향한 것이다. 결국 이 글은 관객으로서 필자 자신의 반성과 성찰로부터 출발한 셈이다.

여기서의 관객은 흔히 정신분석학에서 강조되는 관람 주체subject로서의 '동질적' 관객spectator—이 주제는 더욱 전문적이며 다른 차원의 접근이 필요하므로 다음 기회에 다루어져야 할 것이다—보다는 실재할 뿐 아니라 성 · 계급 · 인종 등 각종 요인에 의해서 세분화되는, 극히 다양하고 '이질적' 관객audience을 의미한다. 필자가 영화평론가이니 만큼 그 주 대상은 물론 영화 관객이지만, 연극 관객, 더 넓게는 문학의 독자까지도 함축한다. 그로 인해 영역 침범 내지 월권 등의 비난이 가해진다면 감수하겠다.

비판은 영화의 호불호好不好를 결정짓는 데 중심 역할을 하는 관객의 즐거움, 즉 쾌快, Pleasure와 불쾌不快, Displeasure의 문제를 집중 논함으로써 이루어질 것이다.

일개 영화평론가 주제에 감히 관객을 비판하고 그 권위에 흠집을 낸다? 영화가 지향하는 최종 목표지이자 그 존재 근거일 수 있는 관객을. 무슨 권한으로. 무슨 자격으로. 소비자중심주의consumerism 입장에서 보면, 관객은 왕 아닌가. 소비자가 왕이듯이. 그런데 그 왕을 비판하겠다고. 어불성설 아닌가. 월권 아닌가. 관객에게 더 많은 권한과 재량권을 부여하려는, 도도한 시대의 흐름에도 정면 위배되는 무모한 짓 아닌가. 게다가 그 무엇보다 오락적 요소가 강한 영화에서 관객이 쾌를 추구하는 건 당연하지 않는가. 그런데 쾌와 불쾌를 통해 관객을 비판하겠다니 도대체 무슨 심산인가.

그럴 수 있다. 많은 이들이 그렇게 생각할지도 모르겠다. 한편으로는 필자 또한 그에 동의한다. 프랑스 문화 이론가 롤랑 바르트가 일찍이 『텍스트의 즐거움』(1973)을 노래한 데서도 알 수 있듯, 쾌는 분명 영화를 비롯한 예술의 주요 덕목이자 기능이다. 영화 이론가들이 쾌의 문제에 그렇게 집착한 까닭도 그래서이다. 관객은 어두컴컴한 공간에서 스크린 위에 투사되는 움직이는 이미지를 보면서 이미 이러저런 쾌를 맛본다.—정신분석학에서는 이것을 관객과 영화 속 인물들 사이에 발생하는 2차 동일시identification 이전에 일어나는 1차 동일시라 한다.— 관객은 또한 일련의 사건이 논리적 연관성을 띠고 전개되다 종국에 가서는 말끔히 해결되는 사실주의적 내러티브에서도 커다란 쾌를 얻는다. 이른바 '고전적 할리우드 영화'가 그토록 오랜 동안 전 세계에 걸쳐 폭넓은 인기를 구가한 것도, 다름 아닌 그 쾌 덕분이라는 것이 정설(?)이다.

관객의 중요성만 해도 그렇다. 관객의 급부상, 즉 '관객의 탄생' 은 영화가 본격적으로 진지한 연구 대상으로 등장한 1960년대 초반까지만 해도 상상조차 할 수 없었다. 구조주의 시대요, 작가주의의 시대인 당시만 해도 관객은 '들러리' 에 지나지 않았다. 장 루이 보드리로 대변되는 '장치 이론apparatus theory' 에 따르면, 수용자인 관객은 텍스트에 의해 비로소 '구성되는constructed' 미약하고 수동적인 존재에 불과했다. 관객은 텍스트의 표면에 머무르면 안 되었고 심층 구조를 탐색, 발견해야 했다. 자신의 독자적인 의견을 피력하거나 해석을 내세우기 보단, 창작 주체인 작가의 숨은 의도를 발견해 수용하지 않으면 안 되었다. 그것이 순리였고 정석이었다.

그러던 차에 상황이 급반전된 것이었다. 지난 1960년대 후반, 한스 로베르트 야우스로 대표되는 구 서독 콘스탄츠 학파에 의해 이른바 수용 미학—수용 이론 혹은 수용 연구라고도 한다. 미국에서는 특별히 독자 반응 비평으로 발전했다—이 주창되면서, 또 바르트에 의해 '저자의 죽음' 이 천명(1968)되면서, 그간 배후에 가려져 있던 문학의 독자는 전면에 나서기 시작했다. 줄곧 문학 연구로부터 직·간접적 영향을 받아 온 영화 연구 분야에서도 곧이어 관객 문제는 주요 쟁점이 되었다. 1970년대를 거치며 영화 연구의 핵심 세력으로 부상한 영화-정신분석학은 주체의 시선과 욕망의 문제에 천착함으로써, 관객의 중요성을 결정적으로 제고시켰다. 비록 주체로서의 관객성spectatorship에 집착함으로써 실제 관람객viewer으로서 관객과 관련된 문제들은 도외시했지만. 정신분석학·기호학·마르크시즘 등의 세례를 듬뿍 받은 페미니즘과, TV 등 언론 매체로부터 출발해 영화로 그 영역을 확장시켜나간 문화 연구는 정신분석학의 연구 성과를 더욱 발전시키거나 전복시키며 역사적 · 현실적으로 존재했고 존재하는 관객에 더욱 큰 관심을 기울였고, 그로써 관객의 중요성을 한층 더 부각시켰다. 1980년대 이후로는 데이비드 보드웰, 노엘 캐롤 등의 인지론자들이 가세하면서 관객 문제는 영화 연구에서 절대적 이슈가 되었다. 여전히 실제 영화 관객에 대한 연구는 충분치 않은 게 현실이지만 말이다.

관객은 이제 더 이상 텍스트의 들러리가 아니게 된 것이다. 관객이 텍스트에 의해 구성되는 것이 아니라 텍스트를 완성시킨다고 간주되었다. 관객을 전제로 하지 않고 작가와 작품을 논하는 것은 무의미한 작업이 되었다. 관객이 없으면 작가도, 작품도 부재하는 것이었다. 작가의 의도를 관객에게 강요하는 일도 자연히 불가능해졌다. 관객의 자유로운 해석 앞에 의도 따위는 무력해졌다. 작가이건 텍스트이건 이제 관객 앞에선 목소리를 낮추고 고개를 숙여야만 되었다. 관객은 감히 도전하기 힘든 막강한 권력을 획득하기에 이른 것이다. 늘 즐겁게 해야 하고 비위를 맞추어야 할 신적인 존재가 되었다고나 할까.

관객의 위상이 이렇게 격상됨에 따라 전통적으로 무시 · 홀대 당해온 대중 영화의 위상도 덩달아 높아졌다. 그에 발맞추어 영화를 소비주의적 관점에서 바라보는 접근이 강조되기 시작했다. 다시 말해 영화가 관객의 '소비' 의 대상으로 본격적으로 다루어지기 시작한 것이다. 따라서 관객의 중요성은 더욱 높아진 것이다. 영화의 대중성을 고려할 때 대중 영화가 좀 더 광범위한 소비 문화로 통합된 것은 어찌 보면 당연했다. 특히 페미니즘에서는 1980년대 들어 소비 공정을 텍스트와 관객, 콘텍스트 사이의 능동적인 타협과 상호작용 행위로서 강조했다. 그들은 영화 연구는 그간 소비의 역사적 · 문화적 조건들을 고려하지 않은 채 영화 텍스트를 분석하는 데만 치중해 왔다고 불만을 토로한다. 영화가 소비되는 콘텍스트를 배제하고 주제를 논하는 건 불충분하다는 것이다.

이처럼 중요한 관객성 문제는 1970년대 들어 본격적 이론화의 길을 걷기 시작했다. 그러나 현실에선 영화의, 특히 영화 산업의 목적은 늘 관객에게 '쾌'를 제공하는 것이었다. 어떤 식으로든 관객을 즐겁게 함으로써 가능한 한 많은 관객을 동원하고, 큰돈을 벌어들이는 것이 지상과제였다. 그것은 곧 비단 산업으로서 영화뿐만 아니라 제도institution · 매체 · 사회적 행위social practice로서 영화의 삶 자체가 애초부터 관객에 의해 규정되고 좌지우지되었다는 사실을 의미했다. 1백5년여 전, 움직임의 환영을 현실화시키고자 무던히 노력했던 수많은 과학자와 기술자들, 발명가들에 의해 그저 과학과 교육의 보조물로서, 일시적 신기한 구경거리novelty로서, 대중오락의 한 방편으로서 출현한 영화가, 에디슨과 뤼미에르 형제, 조르주 멜리에스 등 영화 선구자들의 확신에 찬 예상—구경거리로서의 진기함이 가시면 영화도 곧 그 수명을 다하리라는—을 보기 좋게 깨뜨리며, 20세기를 대표하는 오락 · 산업 · 예술의 총아로 급성장할 수 있었던 것도 모두, 관객의 열광적 성원 덕분이었다. 영화 역사에서 단 한 순간도 관객이 중요치 않은 적은 없었던 것이다.

관객이 느낄지도 모를 불쾌는 따라서 악덕이었다. 적어도 주류 · 대중 · 상업 · 오락 영화에서는 그랬다. 무슨 일이 있어도 관객을 기분 나쁘게 해서는 안 되었다. 할리우드가 낳은 거장 하워드 혹스는 1970년 시카고 영화제 관객과의 대화에서 그 원칙(?)을 다음과 같이 간결하게 천명했다.

"모든 장면을 훌륭한 장면으로 만들려고 해서가 아니라, 관객을 불쾌하게 하지 않으려 하기 때문이죠. 내가 괜찮은 장면 다섯쯤 만들고 관객을 불쾌하게 만들지 않을 수만 있다면, 그것은 매우 좋은 영화인 것이죠."

이렇듯 쾌와 불쾌는 소위 '좋은 영화'와 '나쁜 영화'를 구분하는 으뜸 요인이었다. 일반 대중 관객과 저널리즘은 그 기준에 근거해 영화의 호불호를, 더 나아가 좋고 나쁨을 판단했다. 심지어는 영화 전문가 집단인 비평계마저도 그런 관행을 따르곤 했다. 결국 "역겹다" 또는 "기분 나쁘다" 등의 단순한 한마디 평가는 어떤 작품이 나쁘다는 판결이었다. 그것은 곧 사형선고나 다름없었다.

그러나 과연 관객은 왕이고 최종심급인가? 쾌는 그렇다고 치자. 불쾌는 과연 반드시 악덕인가? 이러한 원론적 물음에서부터 필자의 문제의식은 출발한다. 결론적으로 필자의 대답은 "아니다"이다. 필자의 논지와 관련해 예술가와 관객의 관계에 대해 안드레이 타르코프스키가 『봉인된 시간』에서 밝힌 견해는 시사하는 바가 매우 크다. 그는 예술의 귀족적 속성을 강변하면서도 "민중이 이해하지 못한다"는 상투적 표현은 자신을 흥분시켜 왔고, "관객들을 실제로 주의 깊게 관찰해 보면, 우리 자신들보다 더 어리석지 않다는 사실을 확인하게 된다"고 밝히고 있다. 영화 예술가가 사실은 "자신의 재능을 발휘함으로써 동시에 민중에 봉사하라는 소명을 받은 민중의 대변자"라는 것이다. 그는 그러나 "관객이 마치 예술가를 심판하는 '최고의 재판관'인 것처럼 생각하지는 말아야 할 것이다"고도 덧붙인다. 도대체 관객들 중 누가 그런 심판관일 수 있냐고 반문하는 것.

이쯤 되면 타르코프스키가 관객을 얼마나 소중하게 여기는가, 굳이 강조하지 않아도 짐작할 수 있을 터이다. 관객들과의 만남과 이해를 갈망하지만, 그렇다고 관객의 취향을 의도적으로 따르거나 관객의 환심을 사려고 신경 쓰는 건 진정한 예술가로서 바람직한 자세가 아니라는 것이다. 필자는 솔직히 타르코프스키를 썩 좋아하지는 않지만, 이 점에선 전적으로 동의한다.—필자는 이 글을 쓰기 전에는 관객에 대한 그의 생각을 들어본 적도 읽어 본 적도 없다. 최근 출시된 〈거울〉을 다시 보면서 아주 우연히 그의 글을 읽게 되었는데, 필자의 생각과 너무 흡사해 놀라지 않을 수 없었다. 모르긴 몰라도 그의 『봉인된 시간』을 읽은 이들이라면, 필자가 그로부터 많은 걸 훔쳤다고 하지 않을까. 태양 아래엔 새로운 것이 없다더니만…….— 지금 이 순간, 그가 영화 역사의 몇 되지 않는 위대한 영화 예술가였음을 인정하지 않을 수 없다. 이런 의미에서 필자는 관객은 최종심급도 왕도 아니라고 믿는 것이다. 관객 역시 비판의 대상일 수 있다고, 아니 그 대상이어야 한다고 확신하는 것이다.

이쯤해서 필자가 왜 이처럼 무모할 수도 있는, 자칫 1회성으로 그칠 수도 있을 '삐딱한' 시도를 감행하려는지 그 배경을, 다소 상세히 밝혀야겠다. 솔직히 그 배경 속에 이 글의 논지가 거의 전부 담겨 있다고 해도 과언은 아니다. 그 이후에 전개될 이야기는 그 논지를 영화에 적용시킨 것에 지나지 않는 셈이다. 이 글이 관객 비판을 향한 첫걸음이라고 했지만, 사실 필자는 오래 전부터 이 기회를 노리고 있었다. 호시탐탐.

영화평론가라는 그럴 듯한 타이틀을 달고도 정작 부끄럽기 짝이 없는 잡문이나 쓰고 저널리즘 특유의 센세이셔널리즘에 편승, 있는 욕 없는 욕 먹어가며 '별표' 나 매기고 있지만 한시도 이때를 잊은 적이 없었다. 하지만 기회는 그렇게 쉽게, 빨리 오지 않았다. 명색이 평론가라고는 하지만 전문 비평이 아닌 저널리즘적인 대중적 글을 주로 쓰는 형편에, 관객을 비판한다는 건 과욕이었고 무리였다. 적당한 매체도 없었지만, 그건 핑계에 지나지 않았다. 실상은 자신도 없었고, 용기도 나지 않았다. 아직은 시기상조라는 생각도 떠나지 않았다. 그러던 차에 아주 우연히 그 기회가 필자를 찾아온 것이었다. 그토록 기다리고 기다리던 기회가. 별로 주저하지도 않고 응낙한 것은 그래서였다.

필자의 관객 비판을 향한 욕구는 그러나 평론 활동을 시작하기 훨씬 전인, 십수 년 전으로 거슬러 올라간다. 필자가 독문과 대학원에서 석사 논문을 쓰던 1985~6년으로. 당시 드라마를 전공하던 필자는 고민 끝에 막스 프리쉬를 논문 주제로 정했다. 독일 극문학의 거두이자 현대의 셰익스피어인 베르톨트 브레히트나, 그보다 대중적으로 좀 더 널리 알려진 프리드리히 뒤렌마트 대신 굳이 그를 논문 주제로 선택한 이유는, 무엇보다 그 특유의, 작가로서의 '개방성', 특히 독자에 대한 '열린' 태도에 끌렸기 때문이었다. 당시 독문학계에서는 프리쉬를 흔히 자아의 정체성을 추구하고 동경의 세계를 그리면서 개인의 실존에만 매달리는, 사회비판성 내지 정치성이 결여된 작가로 간주하고 있었다. 그렇지만 필자의 판단에 그는 오히려 그 누구 못지않게 작가의 사회적 책임을 중시하는 사회비판적 작가였다. 그 점 또한 필자를 끈 요인이었다.

스위스 태생의 극작가—〈만리장성〉이 국내에도 비교적 널리 알려진 작품일 듯하다—이자 산문작가—폴커 쉴뢴도르프의 〈사랑과 슬픔의 여로〉는 그의 소설 『호모 파베르』를 영화화한 것이다—인 막스 프리쉬는, 프리드리히 뒤렌마트와 더불어 세계 제2차 대전 이후의 독문학 발전에 지대한 공헌을 한 인물이다. 독일인이 아니면서도 그가 현대 독문학의 거목으로 인정 · 평가되는 까닭은, 일반적으로 독문학이 독일인 문학이 아니고 독일어 문학을 가리키기 때문이다. 전후 독문학에 끼친 프리쉬의 기여도는 워낙 커서 그를 연구하는 것은 비단 스위스 문학뿐 아니라 전후 독문학 이해에 주요한 역할을 하는 것이었다.

1933년 히틀러의 정권 장악과 더불어 독일은, 표현주의나 신 즉물주의Neue Sachlichkeit 같은 문화의 흐름은 일체 중단되고 암흑기에 빠져든다. 그 사이 독일 내에선 흔히 '내적 망명Innere Emigration' 이라 일컬어지는 작가군이 활동을 지속했지만, 대부분은 독일을 떠나 소위 '망명 문학Exilliteratur' 활동을 펼쳤다. 그 중엔 베르톨트 브레히트와 토마스 만 같은 대가들도 있었다. 그때 망명 작가들이 머물던 피난처 중 하나가 스위스였다. 중립국이었기에 히틀러의 영향을 직접 받지 않고 고유한 문화를 꽃피울 수 있었던 곳이다. 유럽과 세계 문학이 접촉할 수 있었고 내용적 · 형식적으로 비중 있는 스위스 문학이 가능했다. 중추적 작가들이 바로 뒤렌마트와 프리쉬였다. 프리쉬에게도 엄청난 영향을 준 브레히트도 동독으로 영구 정착하기 전 한때 그곳에 머물기도 했다. 그러한 상황에서 전후 독일 극문학의 추진력이 스위스에서 연유한 건 당연했다.

논문—「막스 프리쉬의 드라마에 나타난 사회 비판: 〈비더만과 방화범들〉과 〈안도라〉를 중심으로」—을 쓰면서, 필자가 강조한 연구 방향은 두 작품의 관객 관련성이었고, '관객 비판' 을 통한 사회 비판이었다. 필자는 "선입견 비판을 통한 사회비판의 모델"로서 〈안도라〉를 분석했고, 그에 앞서 '교훈 없는 교훈극'이라는 부제 하에 "시민사회와의 대결"을 다룬 〈비더만과 방화범들〉이 어떻게 관객 비판을 통해 사회를 비판하는가를 분석했다.

그것들은 끊임없이 관객에게 말을 걸고, 사회와 현실을 비판하도록 관객을 자극 · 도발한다. 관객의 심기를 불편하게 하고 불쾌하게 만드는 것. 관객의 의식 변화를 목표 · 지향하기 때문이다. 관객은 비판의 대상인 사회와 현실의 구성원이다. 그러므로 사회와 현실 비판은 곧 관객 비판이고, 관객 비판은 곧 사회 비판이다. 그러나 유감스럽게도 현실에서는 그렇지 않다. 실제 관객은 그 사실을 인식하지 못할 뿐 아니라, 인식하려 하지도 않는다. 연극이건 영화이건 작가가 캐릭터들을 통해 다른 사람을 조롱하거나 비판하면 대다수 관객들은 아주 즐거워하면서도, 그들과 자신들 사이에는 아무런 연관성이 없는 것처럼 생각하고 행동한다. 사실은 그 조롱과 비판이 그들 자신에게 향한 것인데도.

어디 프리쉬만 그럴까마는, 이처럼 '완고하고 무사태평한 관객' 앞에서 작가는 속수무책일 수밖에 없다. 아무런 교훈을 얻지 않으려 하고 변화를 거부하는 관객에게 교훈을, 변화를 강요할 수는 없는 일이기 때문이다. 그렇기에 프리쉬는 작가의 사회적 역할에 '회의'하는 것이다. 연극이 관객에게 교훈을 줄 수 있고 세계를 변화시킬 수 있다고 굳게 믿으며, 합목적적인 대안과 바람직한 사회상을 제시함으로써 사회 변혁에 기여하는 것이 작가의 임무라고 확신했던 브레히트와는 대조적으로. 그러나 그 회의는 결코 체념이나 포기로 추락하지는 않는다. 어떤 절대적 답안을 제시하지는 않더라도 끊임없이 질문을 하기 때문이다. 그에겐 특정한 해결을 담은 어떤 해답—그는 그것을 이데올로기로 간주한다—이 아니라 고정된 틀을 깨고 사고하게끔 하는 질문이 중요한 것이다.

바로 이 '질문하기'에 프리쉬가 보는 문학의, 예술의 기능이 존재한다. 즉, 직접 변화시키지는 못하더라도 이 세계를 '의문시 함'으로써 적어도 다른 모습으로 보이게 할 수 있고, 어리석은 우리 인간들의 의식을 어느 정도 변화시킬 수 있다고 믿는 것이다. 그에게 작가의, 문학의, 예술의 과제는 결국, "저항하는 비판자로 사회 속에 머물면서, 현실과 현실의 인습을 의문시하는 것, 항상 변화하는 현실을 보여주고 묘사함으로써 이데올로기를 파괴하는 것, 나아가서는 그럼으로써 더 바람직하고 자유스러운 사회가 생길 수 있도록 기여하는 것"인 것이다. 답보다 질문을 중시한다는 건 그 답이 작가에 의해 주어지는 것이 아니라 관객 스스로가 찾아야 한다는 걸 암시한다. 동시에 작가와 관객이 함께 찾아야 하는 걸 함축하고 있는 것이기도 하다. 여기서 프리쉬가 파트너로서 관객과의 소통Kommunikation을 얼마나 강렬하게 갈망하는지 짐작할 수 있다. 설사 그 성공적 실현에는 회의한다 하더라도.

그가 글을 쓰는 이유는 일차적으로, "글을 쓰기 위해서! 세상을 감내하기 위해, 자기 자신을 지탱하기 위해서, 살아남기 위해서"이다. 하지만 "유희 충동처럼 원천적인 소통에 대한 욕구" 또한 그 못지않은 주요 이유다. 소통에 대한 욕구는 인간이 무엇인지를 알고 싶은 욕구이며, 관객과의 대화 욕구이다. 소통 욕구가 글을 쓰게 하는 원동력이기에 그에게는 무엇보다 관객이 중요하다. 그는 관객을 '공중Oeffentlichkeit'이라는 특별한 용어로써 강조하며, 크게 세 범주로 나눈다.

이미 언급한 '완고하고 무사태평한' 즉 '무관심한' 관객 외에, '우호적'·'적대적' 관객이 그들이다. 이 세 부류 중 그가 가장 해롭다고 여기는 관객은 첫 번째 범주다. 그들은 아무 것에도 귀 기울이려 하지 않는다. 작가의 파트너가 될 생각도 하지 않는다. 작가가 무엇을 쓰던 그대로 방치한다. 단지 작가의 글을 소모할 따름이다. 도대체 작가를 진지하게 대하지 않는 것이다. 그들의 무관심 앞에서 문체는 조잡해진다. 아이러니는 천해지며 유머는 고사한다. 한편 둘째 범주의 관객 앞에선 작가의 문체는 친밀해지고 아름다우며 긍정적이 되나, 동시에 긴장감과 저항력이 없어지기도 한다. 작가에게 한편으론 도움이 되고 또 다른 한편으론 해가 되는 것이다. 따라서 작가로서 프리쉬가 가장 바람직하다고 간주하며 소망하는 관객은 세 번째 범주의 '적대적' 관객이다. 그들의 적대성이 오히려 작가의 문체를 신중하고 세련되게 해주는 것이다. 그들에 직면해서는 아이러니는 날카로워지고, 유머는 풍부해지는 것이다.

프리쉬의 관객 분류를 꼭 따라야 하는 건 물론 아니다. 얼마든지 다른 방식으로 구분할 수도 있고, 더 세분화시킬 수도 있다. 어감상으로나 의미상으로나 오해의 소지가 있는 만큼 편의상 그 용어를 바꿔 부르더라도 무방할 거다. 우호적 관객은 그냥 두더라도, 가령 무관심한 관객은 소극적·피동적 관객으로, 적대적 관객은 적극적·능동적·비판적 관객 정도로. 문화 연구의 선구자 스튜어트 홀의 분류를 따라도 좋을 거다. 그는 「부호화/해독encoding/decoding」(1980)이라는 논문에서 관객의 반응을 크게 세 가지 범주로 나누어 설명한다. '지배적'·'타협적'·'대항적' 독해로. 지배적 독해는 지배적 혹은 헤게

모니적 이데올로기 입장을 지니고 있는 텍스트의 '선호되는 의미 preferred meaning'를 무비판적으로 받아들인다. 뉘앙스나 의미의 차이가 다소 있을 수 있으나 프리쉬의 무관심한 관객의 태도에 해당되는 셈이다. 대항적 독해를 하는 이들은 반면, 텍스트가 제시하는 입장에 도전하면서 자신의 반대 의사를 분명히 나타낸다. 한편 가장 일반적이라고 주장되는 타협적 독해는, 두 독해 사이 어디선가 이루어지는 것이다.

어떻든 프리쉬의 관객 분류는 상당한 타당성과 보편성을 지니고 있다고 할 수 있다. 여기쯤에서 작가의 창착물을 해석 · 수용할 때 과연 어떤 태도를 취하는 게 바람직할 거냐는 물음을 던져 보자. 각양각색의 답이 나오겠지만, 필자는 단연 프리쉬가 제일 원하는 적대적 관객, 홀의 대항적 관객의 태도라고 답하련다. 그것이 진정한 관객의 태도이며, 그때 비로소 작가와 텍스트, 관객 3자 사이에 내등하고 공정한 관계와 소통이 이루어진다고 보기 때문이다. 현실적으로는 그러나 항상 한 가지 일관된 태도를 견지한다는 건 불가능할 것이다. 작가와 텍스트는 말할 것 없고 관객이 처한 상황과 여건, 심지어는 기분에 따라 그 태도는 수시로 변할 수밖에 없을 거다. 우리는 그렇고 그런 작가의, 그렇고 그런 허접한 텍스트들에 직면하면 대체적으로 아주 비판적이고 능동적이 되기 십상이다. 그 결점들을 신랄하게 난도질하곤 한다. 반면 심각하게 고민하거나 별다른 의미를 부여할 필요가 없는 탓에 소극적이고 수동적으로 대응할 수도 있다. 오히려 극도로 무심해 진다고 할까. 한편으로는, 큰 기대를 갖지 않고 여느 평범한, 즉 우호적 태도를 지닐 수도 있을 터이다.

다소 정도의 차이는 있겠지만, 이럴 경우 우리는 관객으로서 작가나 텍스트를 '깔보며', '우월한' 자세를 갖기 마련이다. 작가와 텍스트의 의도나 의미 따위에는 안중에도 두지 않는다. 마음 내키는 대로 해석하고 수용하면 그만이다. 어찌 보면 매우 타당하게 보인다. 의미는 언제나 관객과의 관계에 의해서만 생산되는 것이니까. 의미는 관객에 따라 늘 변화하며 다의적일 수밖에 없으니까. 어떤 텍스트이건 그 속에는 관객이 발견하지 않으면 안 될 핵심적 의미 같은 것이 존재한다는 식의, 예의 전통적인 미학적 텍스트 이해에서 중시되던 관념은 이미 폐기처분된 지 오래다. '이론'이 아니라 '이론들', '역사'가 아니라 '역사들'을 이야기하는 것처럼, 이제는 '의미'가 아니라 '의미들'을 말하는 것이 관례가 되었다. 의미들은 더 이상 텍스트의 본질적 속성이 아니라, 관객의 정신 활동의 산물이다. 관객들은 텍스트 속에 잠복해 있는 숨은 의미를 발견·인식하는 것이 아니라 그 의미를 창조해내는 것이다.

신나는 이야기다. 황홀하기조차 하다. 그러나 과연 관객은 항상 그렇게 우월하고 고압적 태도를 유지할 수 있을까. 과연 이론처럼 무제한적인 해석의, 수용의 자유를 행사할 수 있을까. 유감스럽게도 '아니다'. 천만의 말씀이다. 피동적 관객이라면 혹 그럴지도 모르겠다. 하지만 적어도, 비판적이거나 우호적 관객이라면 상당한 수준을 갖춘 작가나 텍스트에 직면해 위와 같은 식의 태도를 취하는 건 현실적으로 불가능할 게다. 정신 바짝 차리거나 조금은 더 긴장을 하게 될 터이다. 홀이 이야기대로 일종의 타협이 진행될 것이다. 만약 그 작가나 텍스트가 거장이거나 걸작일 때, 상황은 또 달라질 거다. 아무리 배포가 크고 출중한 능력을 지닌 관객이라 하더라도, 그런 경우 대개는 자신도 모르게 어느새 주눅 들어 있는 자신을 발견하게 될 것이다. 크건

작건 간에. 당혹스럽게도. 우월감은커녕 당당함마저 유지하기 힘들 거다. 자기만의 독자적인 해석은 어디 두고 그 의도를 탐색해 자기 것과 비교하기에 급급해질 거다. 비교 결과 의도와 자신의 해석이 일치하거나 엇비슷하면 우쭐해 하지만 어긋나면 낙담할 거다. 그 결과에 따라 자신의 실력이 좌우되는 것인 양.

부끄러운 얘기지만 영화평론가입네, 전문가 행세하고 있는 필자 역시 예외는 아니다. 겉으론 큰소리치며 내키는 대로 자유롭게 해석 · 평가하는 것 같지만, 속내는 그렇지 않다. 상당히 많은 텍스트 내 · 외적 요인들에 의해 많은 제약을 받는 것이다. 예를 들어 보자. 지난해 특별한 채널을 통해 작고한 세계 영화의 거목 스탠리 큐브릭의 유작 〈아이즈 와이드 셧〉을 보고 나서다. 기대가 너무 컸기 때문일까. 영화는 기대에 훨씬 못 미쳤다. 아니, 여러 모로 실망스러웠다. 영화의 중심 주제인 섹슈얼리디에 대한 관점도 진부했다. 젊고 매력적인 부부가 성적 일탈을 꿈꾸고 시도하나 실패하고 만다는 설정은, 지나치게 고답적이고 교훈적이었다. 도덕 영화를 보는 듯한 착각마저 들 정도였다. 미국에서 NC-17No Children under 17 등급을 모면하기 위해 일부 장면을 디지털 처리했다더니만, 소문난 잔치 먹을 것 없다고, 정작 그 묘사는 시시했다. 지난해 프랑스에서 화제의 센세이션을 불러일으키며 개봉되었고 올 1회 전주국제영화제에서 소개된 '프랑스판 감각의 제국' 〈로망스〉(감독 카테린 브레야)에 비하면, 조족지혈이고 애들 장난에 지나지 않았다. 저 악명 높은 큐브릭의 문제작 〈시계태엽장치 오렌지〉(1972)에 비교해도 충격의 강도나 문제의식은 빈약했다. 사회 체제와 지배 이데올로기를 향한 그 특유의 지독한 풍자나 비판도 느낄 수 없었다. 한마디로 영화는 태작이었다.

어찌 된 일일까. 큐브릭 같은 거목이 톰 크루즈-니콜 키드먼 투톱을 위한, 스타 매개물Star Vehicle로서 영화를 만드는 데 만족했을 리도 없고. 예의 그 날카로운 예봉은 어디로 간 걸까. 천하의 큐브릭도 나이 앞에선 어쩔 수 없었던 걸까. 그러나 고백컨대 영화를 비판하면서도 한편으로는 불안감을 떨질 수가 없다. 혹 내가 영화에서 중요한 그 무엇을 놓친 건 아닐까. 작품의 심오한 의도나 의미를 파악하지 못한 채 헛다리 짚고 있는 건 아닐까. 큐브릭이 누구인가. 그 누구도 감히 쉽게 접근할 수 없는, 세기의 거장 중 거장 아닌가. 나처럼 평범한 영화평론가가 그런 거장의 영화 세계에 제대로 다가갈 수나 있을까…….

여느 때의 필자 특유의 자신만만함과 당당함, 우월감은 아무리 찾아 봐도 찾을 수가 없다. 저쪽 한구석에서 초라하게 처박혀 있는 자신을 발견한다. 그러면서 결국 필자는 영화에 대한 최종 판단을 유보한다. 이런 부끄러운 모순적 상황이 큐브릭 앞에서만 빚어지는 것도 아니다. 필자는 히치콕의 영화를 볼 때마다 당황하곤 한다. 그의 작품 세계를 도저히 따라갈 수 없는 내 자신의 무능과 부족을 절감하기 때문이다. 잘난 척하며 여기저기서 고다르나 파스빈더에 대해 떠들지만, 내심 그들을 대할 때마다, 실력은 고사하고 내 지력을 의심한다. 필자에게 그들은 너무 버거운 것이다. 필자를 극도로 초라하게 만드는 이들은 그 외에도 열거할 수 없을 만큼 많다. 장 르누아르, 로베르 브레송, 모리스 피알라, 오손 웰즈, 로버트 알트만, 마틴 스콜세지, 오즈 야스지로, 구로사와 아키라, 오시마 나기사, 미켈란젤로 안토니오니, 알렝 레네, 페드로 알모도바르 등등 …….

물론 모든 관객들이 필자처럼 비굴하고 허약한 자세를 갖는 건 아닐 게다. 어떤 작가 앞에서도, 어떤 텍스트 앞에서도 자기만은 관객으로서의 우월성을, 당당함을 유지할 수 있다고 큰소리치는 이도 있을 터이다. 그것이 관객의 특권이라고 확신 혹은 착각하면서. 그러나 큐브릭 같은 거목 앞에서 한없이 초라해지는 건 필자 혼자만은 아닐 거다. 십중팔구는 필자와 크게 다르지 않을 거다. 물론 필자도 안다. 관객의 중요성 강조는 다분히 상징적인 것이고, 다분히 과장되었다는 것을. 필자가 강조하고 싶은 건, 관객의 권력과 자유는, 이론과는 달리 실제론, 텍스트와 작가의 의도는 물론, 담론적 · 문화적 제한 등 여러 가지 콘텍스트적 요인에 의해 심한 제약을 받을 수밖에 없다는 사실이다. 관객의 텍스트 해독은 결코 자율적이며 독립적일 수 없다는 것이다. 테스트가 의미들을 결정하지 않는다는 것이 곧 텍스트 읽기가 자유롭다는 걸 뜻하는 건 아니라는 것이다. 따라서 텍스트의 의미는 그 텍스트, 그 텍스트에 대한 비평들, 그 텍스트를 수용하는 관객, 그 중 특정한 어느 한 곳에 고립된 채 존재하는 것이 아니라, 그 세 심급의 대등한 상호 교류와 작용에 의해 비로소 구성되는 것이다.

움베르토 에코가 관객의 해석 남용 내지 과잉 해석을 경계한 까닭도 그래서일 게다. 그는 「해석과 과잉 해석」(1992)에서 의미와 독해, 해석을 둘러싼 논쟁에 개입하며, 텍스트의 권리와 해석자들 권리 간의 변증법을 내세운다. 즉 '텍스트의 의도' 라는 제3의 요소를 끌어들여 저자와 독자의 의도와 관련된 케케묵은 논쟁을 지양하려 시도하는 것이다. 그로써 그는 기표의 무절제한 부유를, 더 나아가 해석의 방종을 경계하는 것이다. 이른바 '신형식주의' 영화 이론의 기수 데이비드 보드웰—『영화 예술』로 국내에서도 널리 알려진 영화학자이자 영화사가이다. 최근 그의 『영화사 입문』의 일부가 『세계 영화사』로 번역·출간되었다—도 에코와 비슷한 주장을 한다. 영화 비평은 전적인 상대주의나 무한정 다양한 해석이 이루어지는 장소는 아니라는 것이다. 영화의 의미는, 구도나 카메라 움직임, 일련의 대사 등 텍스트의 단서들textual cues로부터 만들어지고 구성되는 거라는 것이다.

물론 대부분의 관객들은 그 점을 인식하고 있다. 어떤 텍스트 해독의 가능성에는 분명히 일정한 한계가 있다는 것을. 그럼에도 실제론 그 사실을 종종 잊곤 한다. 그러면서 거드름을 피운다. 텍스트 속의 숱한 어리석은, 작가의 비판과 조롱의 대상인 캐릭터들과 자신들은 무관한 것처럼 손가락질하고 비웃는다. 그 비웃음이 자신을 향한 것인지도 모르고. 그런데도 관객이 최종심급이고 왕인가. 허울 좋은 아첨 아닌가. 헛소리 아닌가.

다시 강조컨대 원하든 원하지 않든, 관객은 텍스트의 속성과 특질, 의도 등에 의해, 작가의 의도와 지향 등에 의해 영향을 받지 않을 수 없다. 작가는 가능한 한 관객의 기분을 상하게 하지 않으면서, 예의 상투적 재미와 감동 따위를 선사하는 것으로 만족할 수도 있다. 반면 〈매그놀리아〉(폴 토마스 앤더슨)처럼 관객을 도발하고 불편하게 하면서, 자기 반성이나 의식·생활의 변화, 더 나아가 이데올로기 비판 등 거창한 그 무엇을 전달하려 애쓸 수도 있다. 타르코프스키처럼 영혼에 충격을 주려고 할 수도 있다. 이때 관객은 저항하며, 그런 부담스러운 요구를 거부할 권리가 있다. 프리쉬가 말하는 무관심한 관객이 되어 눈을 감아 버리고 귀를 기울이지 않음으로써 무시할 수도 있다.

중요한 건, 꼭 전자의 경우가 '좋은' 작가요 작품이며, 후자의 경우가 '나쁜' 작가요 작품이라고 단정할 수는 없다는 점이다. 그것은 곧,

언제나 쾌와 불쾌가 영화의 좋고 나쁨을 결정하는 주요 척도가 될 수 없다는 것이기도 하다. 그럼에도 현실에선 그런 사례가 다반사다. 아니, 그 무엇보다 쾌와 불쾌가 영화를 평가하는 가장 중요한 요소가 되어 버렸다. 도대체 그토록 엄청난 산고를 치르고 태어난 작가의 텍스트를, 지극히 말초적이고 원초적인 감정에 불과할 수도 있는 쾌와 불쾌로써 그렇게 쉽게 마구 재단해도 되는 걸까. 관객은 바람직한, 더욱 적극적이고 비판적인 관객이 되기 위해 아무런 노력을 기울이지 않아도 괜찮은 걸까. 관객에겐 권리만 있고 의무는 없는 걸까.

필자는 그렇지 않다고 확신한다. 그 점에서 필자는 다소 오해의 소지는 있지만 "예술을 만끽하고자 하는 자는 반드시 예술적 교양을 갖춘 자이지 않으면 안 된다"는 칼 마르크스의 견해에 동조한다. "예술가와 작품, 그리고 수용자는 서로 나뉘어질 수 없는 동일한 혈관으로 묶여진 통일적인 일종의 유기체"라는 타르코프스키의 의견에 동의한다. 작가가 관객에게 우월성을 내세우는 것이 문제가 있는 것처럼, 관객 역시 작가나 텍스트에 대해 우월감을 고집하는 건 옳지 않다고 주장하련다. 그건 곧 제3자 간에는 동등하고 평등한 관계가 조성되어야 한다는 의미이다. 작가가 관객과 소통하기 위해 무던히 노력한다면 관객 역시 그에 좀 더 가까이, 좀 더 제대로 다가갈 수 있도록 노력해야 한다는 것이다.

그럼 이제 최근 화제 속에 상영된 두 편의 한국 영화, 〈박하사탕〉과 〈거짓말〉을 통해 영화에서의 쾌와 불쾌의 문제 속으로 좀 더 깊이 들어가 보자. 개인적으로 둘 다 1990년대 한국 영화가 낳은 문제작이며 수작이라고 생각하는 작품들이다. 실제로는 그러나 그 둘은 정반대의 평가를 받았다. 하나는 걸작으로, 또 다른 하나는 '상업적 포르노' 로. 다소 아쉬움은 있으나, 〈박하사탕〉이 걸작이라는 데에 대해서는 필자도 동의한다. 그 반면 지금도 여전히 〈거짓말〉이 포르노라는 주장엔 의문이 간다.

과연 포르노란, 음란물이란 어떤 것일까. 설사 사법 당국이 나서더라도 쉽게 결정할 수 있는 호락호락한 문제는 아니다. 고도의 전문적 판단이 필요한, 지극히 까다로운 문제다. 초등학교 이래 근 30년 가까이 진짜 하드 코어 포르노를 비롯해 꽤 많은 영화를 보아온 영화 평론가인 필자도 자신 있게 대답하지 못할 만큼. 전문가들 사이에서도 그에 대한 견해는 상당히 엇갈린다. 영화 및 학문적 연구 대상으로서 그 문제는 속성상 아주 '정치적' 이고 '논쟁적' 일 수밖에 없기 때문이다. 그리고 그 종류도 아주 다양하다. 비폭력적 에로티카, 여성이 희생자인 폭력적 강간 포르노, 레즈비언 포르노, 코미디 포르노, 장르 포르노 등등.

어쨌든 본격적 의미의 하드코어 포르노그래피는 으레 성기와 그 교접의 클로즈 업을 통한 섹스 묘사에 치중한다. 그렇지 않은 경우는 '소프트코어' 라는 수식어를 붙이거나, 포르노그래피 '적' 이라는 제한된 표현을 써야 한다. 포르노가 불법인 우리나라에서는 따라서 문제가 되는 건 후자의 경우이다. 전자는 논의의 대상에 끼이지도 못한다. 그러나 서구에선 하드코어 포르노의 경우도, 최근 그 순기능을 들며 옹호하는 주장이 만만치 않은 게 현실이다. 주로 페미니즘 진영에서 나오는 것이지만, 많은 종류의 포르노가 남녀의 성관계에 대한 고정관념에 도전한다는 것이다. 더 나아가 포르노를 통해 여성 관객들이 '쾌락' 을 느낄 수도 있다는 주장도 심심치 않게 터져 나오고 있다. 그 증거로서 미국에서는 성인 비디오의 40%를 여성들이 대여해 가며, 대부분의 독신 여성들은 케이블 방송의 패키지와는 별도로 가외의 비용을 지불하고 성인용 오락물을 선택한다는 것이다. 이처럼 포르노는 결코 단순한 문제가 아닌 것이다.

그런데도 〈거짓말〉을 검찰에 고발한 음란폭력성조장매체대책시민협의회가 실시한 출구 조사에 응한 관객의 86.7%—상당히 과장된 수치이다—가 그것이 음란물이며 포르노라고 단정했다. 그에 비해 훨씬 신뢰할만한 모 일간지의 전화 조사—20세 이상 1천2백 명을 상대로 했다—에서는 59%가 음란물이라는 의견—뜻밖에도 영화 상영 허가 여부에 대해선 52.3%가 찬성해 반대 41.3%를 앞질렀다—을 피력했다. 수치를 문제 삼으려는 건 아니다. 영화적 체험이 절대적으로 부족할 관객들의 판단력을 트집 잡으려는 것도 아니다. 〈거짓말〉이 포르노가 아니라고 강변할 생각은 더더욱 없다. 궁금한 건 그 영화를 포르노라고 간주하는 이들의 판단 근거다.

그에 따르면 결국 실연이 아닌 연기라도 섹스를 오래, 적나라하게 묘사하면 포로노가 되는 셈이다. 사랑하는 연인이더라도 섹스에만 탐닉하면 안 되는 것이다. 참 편리한 기준이다. 왜 성행위는 노골적으로, 길게, 오랫동안 묘사하면 안 된다는 것인가. 어차피 연기이고 허구인 걸. 첫 만남에서부터 서로의 육체에만 탐하다 마침내는 헤어지는, 그것도 여자는 훌쩍 성숙하고 아내에게 거짓말을 하기 시작하지만 남자는 별 일 없는 상태로 이별하는 두 남녀의 발칙하면서도 슬픈 사랑 이야기건만. 남녀 사이의 사랑엔 반드시 육체적 측면과 정신적 측면을 적절히 섞어야 하는 것인가.

혹 영화가 불편한 건 아닐까. 그래서 불쾌한 건 아닐까. 지루함이 못마땅한 건 아닐까. 그래, 그럴 거다. 고3 여고생이 하라는 공부는 안 하고 스무 살 연상의 남자를 만나자마자 곧바로 '씹'을 하고, 망할 놈의 두 연 놈은 발정난 개새끼들처럼 밤낮 '씹질'이나 해대니, 심기가 불편하고 기분 나쁘고 지루하기 짝이 없는 걸 거다. 그럴 만도 하다. 도무지 그런 영화를 극장에서 정식으로 본 적이 없지 않은가. 그 짓 말고도 사실 그들은 많은 얘기를 나누고 많은 행위를 하지만, 뭐 눈엔 뭐만 보인다고 그런 것들은 하나도 안 보고 그저 씹질만 보일 거다. 자고로 행간에 숨은 뜻을 읽으랬다고, 그들의 허무주의적이고 맹목적 섹스 행위에서 뭐 교훈 같은 걸 얻을 수는 없는 것일까. 장선우가 아무리 싫더라도 한국을 대표하는 감독이거늘 왜 작가로서 그의 의도는 전혀 아랑곳하지 않는 걸까. 무자비하게 난도질당했지만 노출과 섹스 묘사의 강도에서 '가짜 포르노'인 〈거짓말〉을 훨씬 압도하는 '진짜' 포르노, 그러나 영화 사상 가장 논쟁적 문제작이기도 한, 오시마 나기사의 그 악명 높은 〈감각의 제국〉을 먼저 보았더라면, 그처럼 교훈적인, 너무나도 교훈적인, 그러면서도 순하디 순한 영화를 두고 음란물이니 포르노니 하면서 그렇게들 호들갑을 떨지는 않지 않았을까.

그래, 그 숱한 동물적 강간과 비인간적 폭력에는 그토록 관대하면서도, 가학이건 피학이건 사랑하는 사람끼리 서로 원해서 주고받는 매질을 비도덕적이고 비윤리적이라고 난리치는 것도 사실은 괜히 불편하고 불쾌해서일 게다. 그렇다면 불쾌와 지루함이 영화를 포르노로 만드는 셈? 이 얼마나 난센스인가. 단도직입적으로 묻자. 걸작 〈박하사탕〉은 과연 관객에게 쾌를 주는 영화인가. 관객의 기분을 즐겁게 하고 비위를 맞추는 영화인가. 결코 아니다. 소위 '정상인'(?)이라면 영화를 보며 유쾌하지는 않았으리라. 시간의 흐름을 거꾸로 바꾸어

놓은 형식의 파격이나 차분하고 안정된 스타일을 보며 발견과 확인의 기쁨을 느꼈을지는 몰라도, 그 내용을 지켜보며, 일그러진 우리 사회의 자화상을 고스란히 간직하고 있는 주인공의 변천사, 아니 타락사를 목격하며 무척 고통스럽고 불쾌했으리라. 우리의 과거가, 우리의 삶이 저렇게 추악했단 말인가?

여느 평범한 상업오락 영화를 볼 때의 재미와 감동을 느끼는 못했으리라. 그럼에도 흔하디 흔한 싸구려 재미와 감동과는 전혀 다른, 그윽한 맛과 감흥 어린 그 무엇은 체험했으리라. 그럼 그건 도대체 무엇이었을까. 그 역시 재미요 감동 아니었을까. 그렇다. 그 역시 재미요 감동이었으리라. 흔히 맛보기 힘든, 극히 색다른 종류의 재미와 감동, 반성과 깨달음, 정화, 거듭남 등의 숭고한 체험에서 비롯되는 재미와 감동이었으리라. 역설적일지는 모르지만, 그것은 혹 불쾌에서 연유한 쾌 아니었을까. 우월함과 고매함이 아니라 한없이 낮음과 초라함에서 연유하는 쾌 말이다.

필자는 이런 쾌, 비판적 관객이 되어 텍스트의 의미와 의도를 적극적 · 능동적으로 읽을 때 얻을 수 있는 쾌야말로 진짜 쾌라 믿는다. 아니, 불쾌는 악덕이기는커녕 오히려 미덕이라고 주장하련다. 불쾌는 쾌의 원천이 될 수 있기 때문이다. 아울러 관객은 왕의 자리에 머물 때가 아니라, 텍스트와 작가와 동등한 친구의 관계를 유지할 때, 진짜 쾌를 만끽할 수 있다고도 주장하련다. 그런데도 예의 왕입네 뻐기며 고고하고 우월한 태도를 견지하겠는가. '게으른' 관객으로서. 여전히 불쾌는 악덕이라고 우기겠는가…….

마지막으로 필자의 논지를 잘 담고 있는 타르코프스키의 말로써 이 글을 마치련다.

"관객에게 환심을 사려 하고 관객의 취향 기준을 무분별하게 받아들이는 사람은 관객을 존중하지 않는 사람이다. 이 같은 행위는 오직 관객의 호주머니에서 돈을 끄집어내고자 원한다는 것을 의미할 뿐이다. 그렇게 되면 우리들은 이런 관객들을 소위 위대한 예술의 훌륭한 본보기를 통하여 교육시키기는커녕, 다른 예술가들에게 수입을 보장하는 방법을 가르쳐줄 뿐이다. 그리고 관객은 자기 만족과 자기 합리화에 빠져 헤어나지 못하게 될 것이다. 만일 우리들이 관객들을 스스로의 판단에 대해 자기 비판적인 관계를 갖도록 교육하지 않는다면 우리는 결국 관객에 대해 무관심한 태도를 취하게 되는 것이다."

덧붙임: 이 글은 논문이 아니다. 논문을 지향하는 글도 아니다. 그런 이유로, 여러 자료의 도움을 받았음에도 주를 일체 배제했다. 참고 자료도 생략하겠다. 처음엔 명시하려 했지만, 제대로 읽지도 못하고 필요에 의해 부분적으로 여기 저기 참고한 자료들을 마치 다 읽은 것 마냥 밝히는 게 내키지 않아서이다. 그래도 혹 참고 자료를 알고 싶은 이가 있다면 개인적으로 연락을 취해 주기 바란다. 혹 비판이나 반대의 주장을 개진해 준다면 더욱 감사하겠다. 동의나 칭찬—있을까만은—의 글은 그러나 사양하련다. 마지막으로 이 글의 논지 내지 주장은, 전적으로 필자의 오래 전 생각, 좀 더 정확히는 문제의식에서 출발한 것임을 밝혀 둔다. 타당하든 타당하지 않든.

2000년대 한국 영화를 향한 어떤 시선

1. 들어가는 말

지난 2000년, 99호를 끝으로 2003년 7월 폐간된 영화 전문 월간지 《키노》 9월 호에 1990년대 한국 영화의 화두로 '산업화' 를 제시한 바 있다. "한국 영화의 1990년대는 영화에 대한 산업적 접근이 본격적으로 이루어진 변혁의 시기였다. 다시 말해 산업으로서 영화에 대한 인식이 비로소 형성된 역사적인 10년이었다" 면서. 특히 후반부에 초점을 맞추면, "배급과 상영의 중요성에 대한 인식이 뚜렷이 형성되었다는 것이 1990년대 한국 영화를 결정짓는 가장 두드러진 특징" 이라고 말하기도 했다. 2000년 당시 "〈비천무〉가 그 앙상한 작품성에도 불구하고 놀라운 흥행 결실[1)]을 거둘 수 있었던 것도 실은 시네마서비스의 강력한 배급력 덕분이며, 그 선장 강우석이 영화계 파워 면에서 부동의 1위를 고수할 수 있는 것도 감독이나 제작자로서보다는 배급업자로서의 위력 덕분이다. 뒤질세라 멀티플렉스화로 내달리고 있는 극장, 즉 상영업의 파워가 얼마나 대단한가 역시 더 이상 강조할 필요가 없을 것이다. 결국 1990년대에 이루어진 한국 영화의 이 모든 변화는 산업으로서 영화에 대한 인식이 형성되었기에 가능했" 다.

그보다 몇 개월 전 한국영상자료원 요청으로 1980년대와 1990년대 한국 영화를 되돌아보면서는, 그 공동 지형도를 그리는 것은 사실상 불가능하다고 주장(이 책 131쪽 참고)한 바도 있었다. 단적으로 그 두 10년 사이엔 너무나도 큰 단절이 존재한다고 판단해서였는데, 가장 대표적 단절은 "영화적 파워와 영향력의 무게중심이 감독에게서 제작자로 대이동했다는 것, 한국 영화의 1980년대가 감독의 시대였다면 1990년대는 제작자의 시대인 것" 이라 단언했었다.

상기 주장 · 단언은 지금도 유효하다(고 난 여전히 믿고 있다). 그렇다면 2000년대 한국 영화의 화두는 과연 무엇일까. 그 지형도는 과연 어떤 모습일까. 2000년대가 종말을 고하려면 아직은 1년 수개월[2]이 남아 있기에 지금 시점에서 그 작업을 한다는 것이 다소 조심스럽긴 하지만 말이다.

크고 작은 차이 · 간극에도 한국 영화의 2000년대는 단언컨대 1990

1) 한국영화진흥위원회www.kofic.or.kr 영화정보실 한국 영화 작품 정보 역대 관객 순위에 따르면, 〈비천무〉는 717,659명(특별한 설명이 없을 때는 이하 서울 기준)으로 박찬욱 감독의 〈공동경비구역 JSA〉(2,513,540명)과 김지운 감독의 〈반칙왕〉(787,423명)에 이어 2000년 한국 영화 박스 오피스 3위를 차지했다. 〈공동경비구역 JSA〉의 대기록을 고려하면 '놀라운' 이라는 수식어가 다소 과장 섞인 게 사실이나, '그 앙상한 작품성' 을 감안하면 놀랍다고 하지 않을 수 없는 것도 사실이다.

2) 엄밀히 말해, 21세기의 시작이 2000년이 아니라 2001년인 것처럼 2010년대의 새로운 시작은 2010년이 아니라 2011년이겠지만 관례에 따라 2010년을 그 기점으로 간주하련다.

년대의 연장선상에서 관찰 · 기술되어야 한다. 즉 2000년대 한국 영화 역사에서는 '단절' 보다는 '연속성' 이 더 중요하다는 것이다. 자국 점유율 32.5%로 잠정 집계되면서 "〈쉬리〉 때문에 반짝 경기를 만난 것이지 한국 영화 전체가 달라진 것은 아니라던 일부의 부정적 평가[3]를 잠재" 우며 "한국 영화가 확실한 산업적 기반을 다진 한 해"[4]로 간주되는 2000년부터가, 35.8%를 기록함으로써 "외화 수입 개방 조치가 취해진 1984년 이후 최고의 시장 점유율을 기록하는 등 알찬 수확을 거뒀던 1999년" 의 연장선상에서 파악되어야 한다.

비단 〈공동경비구역 JSA〉가 강제규 감독의 기념비적 한국형 블록버스터 〈쉬리〉의 신기록을 경신한 2000년만이 아니다. 또 다시 한국 영화 흥행사를 새로 작성한 〈친구〉(곽경택 감독)의 대성공과, 〈신라의 달밤〉(김상진), 〈조폭 마누라〉(조진규), 〈달마야 놀자〉(박철관), 〈두사부일체〉(윤제균) 등에 이르는 이른바 '조폭(성) 영화들' 의 강풍 등에 힘입어 마의 40% 선을 훌쩍 넘어 46.1%에 이르렀던 2001년은 물론, 심각한 위기론 속에서도 50%를 상회하는 자국 점유율을 기

3) 그중엔 나도 포함된다. 가령 한국영화평론가협회 발간 《영화평론》 지에 1999년을 결산하면서 나는 1999년을 '이상 과열' 로 단정했다. 더 나아가 "1999년과 같은 '이상 과열' 이 지속되리라고 예상할 수는 없" 다고 못 박기도 했다. "무엇보다 〈쉬리〉 같은 초대형 대박이 계속 등장할 수는 없다" 고 여겨서였다. 그러기 위해서는 "〈쉬리〉에 못 미칠지언정, 대박들이 더 많이 나와야 하고 편당 관객 수도 늘어야" 하는데, "2천 몇 백만이라는 연인원에 비추어 볼 때 1999년보다 더 나은 성적을 올리는 건 현실적으로 불가능해 보인다" 고 판단했던 것이다. 물론 나를 비롯해 나처럼 부정적 혹은 보수적으로 판단했던 이들은 지독한 오판을 한 것으로 드러났다.

4) 영화진흥위원회 영화정보실 통계정보 산업통계 '2000년 한국영화결산 및 관객 조사 결과 분석[2000.12.26]' 인용 · 참고.

록한 2007년, 그리고 예의 위기감이 심화될 대로 심화되어 마치 풍전등화 처지에 놓여 있는 듯한 2008년 6월 지금 현재에 이르기까지, 2000년대의 전 시기는 1999년의 연장선상에 놓여 있다.

그 규모 등에서 상당한 차가 존재하는 게 현실이나, 상기 1999년 결산을 들여다 보면 호황과 위기 사이의 반복 순환이 2000년대의 그것과 놀라우리만치 흡사하다. "1990년대 내내 위기론과 르네상스론 사이를 주기적으로 왔다 갔다 했"다지 않는가. 위 1999년 한국 영화 결산의 일부를 들여다보자.

"……솔직히 반문하지 않을 수 없다. 회의가 밀려든다. 지금 한국 영화계는 오직 장사 논리만이 횡횡하지 않는가. 흥행만능주의 유령만이 판치고 있지 않은가. 어떻게 해서든 돈만 벌면 된다는 천민자본주의적 사고가 지배하고 있지 않은가. 늘상 접하는 대부분의 상업 오락 영화들 틈 속에서 가끔은 문화적 · 예술적 · 사회정치적 측면이 더욱 강한 영화들도 보고 싶지만 여간 어렵지 않다. 혹 그런 바람을 갖는 것 자체가 과욕인 걸까.

요즘 이 땅에는 두 가지 부류 영화만이 존재한다 해도 과장이 아니다. '돈번(벌) 영화' 와 '못 번(벌) 영화' . 평론가들이 할 일도 지극히 단순해졌다. 흥행 성적 보고 많은 관객이 든 영화가 좋은 영화라고 진단하면 그만이다. 내러티브나 시각 등 여러 모로 수준 이하여도 기름기만 좀 돈다 싶으면 완성도가 있다며 치켜세우면 된다. 혹 많은 관객들로부터 사랑을 받지 못한 작품을 비평적 관점에서 지지하면, 괜히 잘난 척하며 작가 영화나 예술 영화를 편애한다고 당장 맹공 당한다. 비단 관객만이 아니라 영화감독, 평론가들마저 대중 관객과의 괴리감을 조장하는 엘리트적 발상이라고 욕을 해댄다. 예술 영화를 향한 맹목적 적의가 워낙 강해 예술로서의 영화의 존재 이유마저 부인하기조차 한다. 예술이란 말만 들어도 알레르기 반응을 보인다."

흥미롭지 않은가. 요즈음의 영화판과 너무나도 흡사하지 않은가. 10년 가까운 세월이 흘렀건만 마치 작금의 우리 영화 이야기를 읽고 있는 것 같지 않은가. 당장 단지 〈디 워〉를 비판한다는 이유만으로 일부 '몰지각한' 매체에 의해 "평론가 vs 네티즌"의 대결 구도로 치달려진, 2007년의 '디 워 사태'를 떠올려 보라. 영락없는 판박이다. 결국 2000년대 우리 영화의 으뜸 화두는 1990년대 산업화의 결과로서 찾아온 '산업'인 셈이다. 산업 일변도의 한국 영화! 다름 아닌 그것이 문제였고 문제인 것이다. 예나 지금이나, 긍정적이든 부정적이든…….

2. 몸말

2000년대를 통과하며 제작자의 시대를 넘어 극소수 메이저 제작자를 비롯해 몇몇 소수 감독과 연기자를 축으로 한 '스타의 시대'가 만개한 것도, 호황과 위기가 공존하는 모순의 시기를 반복 · 답습하고 있는 것도, 숱한 회의 · 부정의 와중에도 제법 주목할 만한 '질적 성숙'을 이룩할 수 있었던 것도, 국내에서의 비관적 평가와는 대조적으로 그 질적 성숙에 힘입어 칸, 베를린, 베니스 등 세계 굴지의 국제 영화제를 중심으로 우리 영화에 대한 관심 · 호의가 급상승하게 된 것도 모두 그 기저에는 한국 영화의 산업적, 즉 양적 성장 · 팽창이 자리하고 있기에 가능했다. 그 성장을 기반으로 우리 영화는 '내셔널 시네마' 로서, 전례 없는 세계적 주목을 끌어올 수 있었던 것이다.

남용 · 오용의 혐의가 없진 않았으나 '위기(론)' 와 더불어 '스타' 는 2000년대 한국 영화를 관류하는, 무소불위의 현상이요 용어였다. 기획 · 투자부터 제작, 배급, 상영, 수용에 이르는 전 과정에서 스타 없는 우리 영화는 존재 불가능했다고 해도 과언은 아니었다. 〈추격자〉 등의 사례에서 확인되듯, 관객들의 실제 영화 수용에서는 그 존재가 그다지 막강한 위력을 행사하지 못하는 경우가 왕왕 발생하곤 하지만 말이다.

스타와 관련한 한국 영화계의 모순적 문제점을 보여주는 단적인 예를 들어보자. 2008년 현재까지도 고정 연재하고 있는 《인천일보 www.itimes.co.kr》 '전찬일의 영화 이야기' [5] 2001년 12월 21일 자 칼럼이다.

"…… 우리 영화의 시장점유율이 무려 50%에 육박하는 대 호황 속에서, '배우가 없어 영화를 못 찍겠다' 거나 '캐스팅은 전쟁' 이라는 등의 푸념들이 쉬지 않고 전해진다. 얼마 전 모 인기 그룹의 한 멤버가 4억 원의 출연료를 요구했다는 '황당한' 사례가 상황을 단적으로 예시한다. 오죽하면 목하 제일 잘 나가는 제작사 명필름(대표 심재명)마저도 캐스팅이 어렵기는 매한가지라 하겠는가. (중략)

문제는 그러나 그 도도한 스타들이 과연 억대 몸값에 걸맞은 역할을 제대로 해 내냐는 것이다. 유감스럽게도 실제로는 그렇지 못한 경

---

5) 칼럼 원문을 거의 그대로 옮겼으나 부분적으로 수정 · 교정을 했다. 이런 수정 · 교정은뒤이어 나오는 경우에도 적용된다. 《인천일보》 칼럼들은 이번 원고 집필에 결정적 역할을 했다.

우가 허다하다. 몇몇 예를 들어보자. 캐스팅 영순위인 억대 여스타 중 김희선은 최근 〈와니와 준하〉에서 전작 〈비천무〉와 달리 쓰디쓴 고배를 마셨다. 서울 기준으로 10만 명을 갓 넘기는 초라한 성적밖에 거두지 못한 것. 연기 면에서는 〈비천무〉와는 비교할 수 없을 정도로 출중(?)했건만 말이다. 또 다른 영순위인 배두나 또한 정재은 감독의 주목할 만한 데뷔작 〈고양이를 부탁해〉에서 한층 더 쓴잔을 들이켰다. 한국영화평론가협회가 수여하는 '영평상' 여우주연상 등을 거머쥐는 호연을 펼쳤음에도.

이는 스타들이 제 몸값을 못하고 있을 뿐 아니라 관객들이 영화를 선택할 때 흔히들 생각하는 것처럼 스타에 의해 크게 좌우되지 않는다는 산 증거이다. 좀 더 정확히 진단하면 화끈한 액션과 웃음 등 대중적 흥행 코드나 잘 짜인 이야기 등이 동반되지 않으면 스타란 존재도 별 위력을 발휘하지 못한다고 할까.

최근엔 아예 내세울 스타가 부재하는데도 대박을 터뜨리는 경우들이 심심치 않게 나오고 있다. 신은경이 어느 정도 스타이긴 하나, 〈조폭 마누라〉의 대박이 그녀의 스타성 덕분이라고 믿을 이들은 한 명도 없을 터. 〈두사부일체〉는 정준호 · 정웅인 · 정운택 등 아무리 양보해도 스타라 칭하기 힘든 다소 빈약한 출연진에도 예상을 웃도는 선전을 펼치고 있다. 소재와 이야기의 힘 등에 힘입어 〈화산고〉에 버금가는 선전을.

이쯤 되면 스타에 대한 맹목적 집착은 버리거나 적어도 줄여야 하는 건 아닐까. 그리고 스타들은 양심적으로 스스로 몸값을 낮추겠다고 해야 하는 건 아닐까. 그것이 진짜 수요와 공급의 법칙에 부합하는 페어플레이 아닐까. 과욕이요 어불성설이라 할진 모르지만……."

이와 같은 스타 문제가 마치 활화산처럼 일거에 터진 사건이 2005년 6월 말의 소위 '강우석 파동' 이었다. 28일 프레스센터 기자 회견에서 한국영화제작가협회(회장김형준)는 바야흐로 최상종가를 치고 있는 일부 스타급 매니지먼트사를 중심으로 한 '스타 권력화' 에 대한 우려를 공식 표명하며, 그에 대한 한 대응으로 연기학교를 설립하고 표준 제작 규약을 마련하겠다고 밝힌 바 있다. 그 자리에서 한국 영화계의 최대 실세 중 한 명인 강우석 감독 · 시네마서비스 회장은 돈을 밝히는 대표적 배우들로 최민식 · 송강호를 실명 지목하면서 일대 파란을 일으킨 것이다.

그에 억울한 감이 없지 않은 두 스타는 강 감독에게 언론 매체를 통한 공개 사과를 요구했다. 그러면서도 그들은 "싸움을 하려고 이 자리에 모인 것이 절대 아닙니다" 라는 화해의 제스처를 보내는 것도 잊지 않았다. 뿐만 아니라 그들은 제작가협회의 연기학교 설립과 표준 제작 규약 마련 등의 제안에 대해 긍정적으로 받아들인다고 응수했다. 그들은 그 파동이 강 감독의 불순한 의도에서가 아니라 한국 영화 산업계 전반에 팽배하고 있는, 결코 무시할 수 없는 크고 작은 위기감에서 비롯된 것으로 이해했던 듯싶다. 다행스럽게도.

그런 화해의 제스처 덕분일까, 그로부터 한 달쯤 뒤인 7월 26일, 한국제작가협회와 매니지먼트협회(가칭) 준비위원회(회장 정훈탁)는 "각자의 내부 반성을 토대로 공정한 제작 시스템에 대한 원칙을 확인하고, 투자 · 배급과 유통 인프라 등 외부 환경에 대해서는 합리적인 시스템이 만들어지도록 공동으로 적극 대처할 것" 이라는 취지의 성명서를 발표하면서, 한국 영화 발전을 위해 공동으로 대처해 나가기로 결의했다. 그로써 우리 영화계의 두 실세인 영화 제작자들과 배우

매니지먼트사들 간의 전쟁은 진정 · 해결 국면에 접어들게 되었다. 그 합의 내용 중에는 "(상략) 스타 캐스팅 위주의 투자 관행을 시정하기 위해 함께 노력한다"거나, "극장 부율 문제, (중략) 불법 복제 문제 등에 공동으로 대처한다" 등의, 우리 영화의 위기 해결을 위해 절대 절명의 중요성을 띠는 항목들도 있었다.

유감스럽게도 그 이후 그 선언은 실천으로 현실화되진 못했다. 그로부터 3년 가까운 세월이 흘렀으나 부율 문제는 아예 쟁점화되지 못하고 있다. 작금의 한국 영화 위기의 핵심적 원인일 법한 영화 부가판권 시장 붕괴의 으뜸 주범으로 지목되어온 불법 복제 문제 역시 나름대로는 공동 대처를 해 온 게 사실이나 가시적 성과는 아직 드러나지 않고 있다. 스타 캐스팅을 투자의 전제 조건으로 고집하는 투자사들의 맹목적 · 불합리한 관행은 재고 · 개선되기는커녕 투자 · 제작 환경이 더욱 악화됨에 따라 외려 더 강화되고 있다. 관객들은 스타 중심으로 영화를 소비하진 않건만 말이다. 상황이 이럴지니 위기감이 이 땅의 영화인들을 목 죄고 있다 한들 하등 이상할 게 없어 보인다.

이쯤에서 2000년대 우리 영화의 노정을 간략히 되돌아 보는 건 어떨까. 이러저런 지면[6]을 통해 이미 발표한 바 있는 몇몇 글들을 통해서나마, 그 노정을 되새겨 보는 것도 무의미한 처사는 아닐 듯. 2000년은 위에서 간단히 거론한 걸로 만족하자. '친구의 해' 였던 2001년

6) 《인천일보》 외에 《주간조선》, 계간 《공연과 리뷰》, 『문예연감』 등이다. 가능하면 출처를 밝히려고 노력할 것이나 시차 문제 등으로 인해 정확한 발표 시점을 적시하기 힘들 경우는 생략하기도 할 것이다.

7) 이하 "한 해 동안에 문학과 예술계에서 일어난 일을 계통적이고 통계적으로 엮어 기록한 책"인 『문예연감』 2001년 호 영화 결산 인용, 참고.

은 과연 어떤 모습이었을까, 우리 영화는?

2001년은 "위기를 넘어 전례 없는 양적 성장을 이룬 역사적 1년"[7] 이었다. "2001년 한국 영화계는 유난히 다사다난했다. 46.1%라는 시장점유율이 말해 주듯, 산업적으로는 가히 경이적 1년이었다. 무엇보다 〈친구〉에서 촉발되어 연말까지 거의 쉬지 않고 불었던 '조폭 영화 열풍' 덕이었다. 조폭 코드 없이도 176만여 명을 동원하며 박스 오피스 2위에 오른 대 히트작 〈엽기적인 그녀〉(곽재용)와 김성수(〈비트〉, 〈태양은 없다〉)의 야심적 문제작 〈무사〉에 의해 잠시 주춤하긴 했지만, 그 열풍은 한국 영화계, 더 나아가 우리 사회를 강타했다. 흔치 않은 환희와 깊고 커다란 시름을 동시에 남기며.

시름의 요지는 '양적 성장만 있지 질적 발전은 없다!'는 것이었다. 논란의 여지가 다분한 그 견해는 한국 영화 거품론과 위기론 등을 낳았다. 일련의 '작은', 하지만 작품성 내지 작가성 짙은 '소중한' 수작들이 당한 흥행 대참패가 그 '……론'들을 한층 증폭시켰다. 그밖에도 소프트웨어적으로나 하드웨어적으로나 '사건들'이 즐비했다."

이 자리에서 위 '사건들'을 일일이 열거할 생각은 없다. 그래도 그 역사적 의의나 중요성 면에서 몇몇 주요 사건들은 거론하지 않을 수 없을 성싶다. 우선, 스크린쿼터 지지자를 비롯한 다수 영화인들이 일련의 쿼터 폐지 움직임에 강력 항의하며 싸움을 벌일 때 내세웠던 심정적 마지노선이 40%였는 바, 그 선이 무너짐으로써 스크린쿼터 문제가 새삼 불거지지 않을 수 없었다는 것이다. 미국 측은 물론 한국 측 통상론자들이 한-미 상호투자협정 체결의 최대 걸림돌 중 하나로 지목해온 쿼터제 논의가 대두되는 건 따라서 피할 수 없었다. 실제로 (사)스크린쿼터문화연대가 작성·발표한 『스크린쿼터 활동 결산

(2001년 1월~12월)』에 따르면, 한국 영화 상영일 수는 의무 상영일 수 105.67일을 훨씬 초과한 145.16일(공연 신고 기준)로 나타나, 쿼터 축소론자나 폐지론자들의 주장이 억지가 아님이 판명되었다. 실 상영 기준으로도 143.24일(43.95%)인 바, 2000년도 107.2일(34.83%)에 비해 36.04일(9.12%)이나 늘어난 수치였다. 결국 2001년의 기록적 자국 시장 점유율은 자국 영화 의무 상영일 수가 연 40%에서 20%로 전격 축소되는, 2006년 1월 결정에 결정적 빌미가 된 것이다.

영화계 스태프의 처참한 경제 여건이 새삼 수면 위로 떠올랐던 것도 2001년의 주요 사건 중 하나였다. '한국영화 르네상스'의 숨은 공신들이라 할 스태프의 삶에 드리워진 암울한 그늘은 46.1%라는 대기록에 내포된 가장 짙은 어두움이었다. 영화인회의가 2001년 6월 실시한 간이조사 결과가 그 참상을 여실히 증거한다. 대상자 30여 명의 조수급 스태프 중 단 한 명도 연봉 1천만 원 이상을 벌지 못했다는 것. 사태의 심각성은 대호황을 누렸다는 2001년에도 상황이 별반 향상되질 않았으며 수십억 원, 나아가 1~2백억 원 이상 벌었다는 대박 영화들에 동참한 스태프마저도 생존권을 위협받기는 매한가지였다는 것이다.

더 이상 새삼스러울 것도 없으나, 2001년 당시 〈고양이를 부탁해〉에서 〈꽃섬〉(송일곤)에 이르는, "작지만 아름다운 몇몇 문제작들이 줄줄이 흥행 참패를 당한 현실 또한 점유율 40%대의 대호황 속에서 드리워진 또 다른 그늘이었다." 하지만 와중에 한국 영화사에 길이 남을 유의미한 '사건'이 발발했는데, '고양이 살리기 (시민) 운동'이나 '와. 라. 나. 고. 상영회' 등의 이름으로 자발적 관객 운동이 벌어진 것이었다. 일부 뜻있는 관객들은 〈고양이를 부탁해〉가 조기 종영

할 듯한 기미를 보이자 홈페이지를 중심으로 '고양이 좀 살려줘 캠페인' 을 벌였으며 열혈 지지자들은 친구 · 동료들을 데리고 영화를 반복 관람하거나 영화 사이트에 글을 올리는 등 관객 확산에 적극적으로 나서기도 했다. 극장 대관 등 인위적 극약 처방에 화답해 〈와이키키 브라더스〉를 되살리기도 했고. 그것은 그 역사적 의의를 아무리 강조해도 지나치지 않을 대사건이었다. 혹자는 관객에 대한 인위적 강요요 무례라고 폄하 · 비난하기도 했으나 말이다.

장차 우리 영화의 개봉 패턴으로 자리를 굳힐 '광역 개봉(Wide Release)' 이 일반화된 것 역시 2001년의 주목할 만한 현상이었다. 그것은 그 당시 시네마서비스와 CJ엔터테인먼트로 양분 · 대변되던 국내 투자 · 배급사들의 치열한 '배급 전쟁' 과 멀티플렉스(복합 상영관) 증가, 크게 벌려 크게 먹자는 '한탕주의' 등이 마구 뒤섞인, 한국 영화 산업이 잉태한 필요악적 결과였다. 〈공동경비구역 JSA〉가 2000년 9월 9일 선보이며 신기록 행진을 벌일 때, 선전 문구 중엔 "우리 영화사상 최다 스크린 확보"라는 항목도 들어 있었다. 하지만 그 수는, 지금의 눈으로는 그다지 많다고 할 수 없을 서울 41개, 전국 125개에 지나지 않았다. 그로부터 7개월 도 채 되지 않은 시점에서, 〈친구〉는 20개 가까이나 늘어난 스크린에서 개봉되었다. 광역 개봉에 전격적으로 불을 붙이면서.

〈신라의 달밤〉(53개)에서 〈달마야 놀자〉(59개)에 이르는, 〈친구〉 이후의 대박작들은 말할 것 없고, 어지간한 화제작들의 개봉 스크린 수 규모는 〈공동경비구역 JSA〉를 앞선다. 41만여 명으로 화제에 비해 초라한 성적표를 보인 〈흑수선〉(배창호)도 50개 스크린이었다. 심지어는 '작가적 대중영화' 인 〈봄날은 간다〉(허진호)마저도 41개였다. 전체적으로는 2001년 개봉된 52편 가운데 무려 10편이 〈공동경비구역JSA〉의 개봉 스크린 수를 능가했다. 〈진주만〉 72개를 필두로, 〈미이라2〉 63개, 〈툼 레이더〉 58개, 〈슈렉〉 50개 등 외국 영화까지 고려하면, 광역 개봉 관행이 정착되었다는 것을 어렵지 않게 알 수 있을 듯.

8월 30일, 헌법재판소(헌재)가 내린 "영화 등급 보류는 위헌" 취지 판결 또한 2001년의 으뜸 사건이었다. 그 판결의 의미는 영상물등급위원회(영등위)가 실은 예의 공연윤리위원회(공윤)와 마찬가지로 검열 기구라고 규정했다는 데에 있었다. "2002년 들어서도 여전히 '민간 자율 기구' 임을 자처하는 영등위가 실질적으로는 행정 기관인 만큼 검열 기관에 해당된다는 것" 이다. 위헌적 검열 기구였던 공윤과 결별하고자 한국공연예술진흥협의회를 거쳐 1999년 6월 전격 발족한 영등위마저도 검열 기구라니, 지독한 아이러니라 하지 않을 수 없었다.

"헌재 판결 이후, 그 동안 논란에 논란을 거듭해 오던 제한 상영관 제도 시행이 불가피해졌다. 영화진흥법도 개정되어야만 했다. 숱한 우여곡절 끝에 12월 27일 국회는 본회의를 열어 그 동안 영화계 초미의 관심사였던 제한 상영관 도입을 골자로 하는 영화진흥법 개정안을 드디어 통과시켰다. 실질적인 사전 검열의 소지가 있다는 비판을 받아온, '영상물등급위는 영화의 내용이 헌법의 민주적 기본 질서에 위배되거나 국가의 권위를 손상할 우려가 있을 때는 관계 기관에 통보할 수 있다' 는 문제의 조항을 삭제하고." 하지만 제한 상영관 제도 역시 검열 시비로부터 자유로울 수는 없었다. 제한 상영가 등급을 받은 영화를 상영할 수 있는 제한 상영관이 실제로는 거의 존재하지 않아

제도 자체가 실질적으로는 과거의 '등급 보류' 이상의 검열 장치로 작용하고 있기 때문이다. 지금까지도 줄곧.

위 사례들 외에도 거론 · 상술될 수 있을 2001년의 사건들은 수두룩했다. 마지막으로 하나의 사건만 더 언급하고 2001년에 대한 회고는 그만 접기로 하자. 극장과 (투자)제작사가 50% 대 50%로 나누는 한국 영화 부율을 40% 대 60%의 외화 수준으로 조정해야 한다는 취지의 부율 문제가 사상 최초로 공론화된 사건이 그 하나다. 주지하다시피 그 문제는 그러나 공론화 직후 무위로 되돌아가고 말았다. 스크린쿼터 문제와 연계되면서 사태가 훨씬 복잡해졌기 때문. 지금껏 그 문제는 다시 공론화되지 않고 있다.

2001년에 대한 회고가 예상보다 훨씬 길어진 까닭은 그 해가 2000년대 한국 영화 전체의 축약도가 아닐까, 하는 다분히 주관적인 판단에서다. 봉준호 감독의 〈살인의 추억〉(2003)이나 박찬욱 감독의 〈올드 보이〉(2003) 등 흥행과 비평 양면에서 기념비적 성공을 거둔 문제작들이 대거 등장하는 것도, 〈실미도〉(강우석, 2003)에서 〈태극기 휘날리며〉(강제규, 2004), 〈왕의 남자〉(이준익, 2005), 〈괴물〉(봉준호, 2006)에 이르는, 1천만 이상의 관객을 동원한 괴력의 영화들이 등장하는 것도 다 2001년 이후인 것이 사실이지만…….

그렇다면 2002년은 어땠을까. 형식을 달리 해 '질문과 답변' 방식으로 해 보자. 아래 질문과 답변은 영화 전문 주간지 《씨네21》이 12월 31일자 송년호 특집에서 2002년 한국 영화를 결산하며 10인의 제작 · 투자자에게 던진 8개 물음 중 평론가인 나도 답할 수 있는 성질의 몇몇 물음을 선택해 《인천일보》 2002년 영화 결산 칼럼에서 답해 본 것이다. 물론 필요에 따라 적절히 수정과 가감을 했다.

1. 올해 한국 영화가 양적, 질적 성장을 이뤘다고 보는가?

양적으론 단연 성장했다. 11월 말 서울 기준으로 장편 극영화 개봉 편수만도 70편—단편 영화 묶음을 포함한 편수까지 합산하면 총 86편이며 이하 점유율 등은 합산 수치를 근거로 한 기록이다—에 달해 작년 대비 20여 편이나 증가했다. 점유율은 46%에 근접하는 45.8%로 집계되었는데, 관객 수는 1천6백40여 만 명으로 14.3%나 증가했다. 반면 질적으로는 '유보적'이라고 해야 할 듯하다. 〈오아시스〉(이창동), 〈복수는 나의 것〉(박찬욱), 〈죽어도 좋아〉(박진표), 〈로드 무비〉(김인식), 〈나쁜 남자〉(김기덕) 등 주목할 만한 올해의 문제작들에만 한정하면 분명 발전했겠지만, 전체적으로는 개봉 편수가 늘어난 만큼 하향 평준화된 감이 없지 않아서다.

2. 산업적인 측면에서 가장 중요한 사건은?

크게 두 가지를 꼽으련다. 〈집으로...〉(이정향)의 예상 밖 대흥행과 〈성냥팔이 소녀의 재림〉(장선우) 등 일련의 한국형 블록버스터들의 예고된 대참패다. 전자는 자극성, 보고들을 거리로 치닫고 있는 한국 영화의 어떤 경향과는 거리가 먼 작품임에도 대중적 · 비평적으로 흔치 않은 큰 결실을 맺음으로써 새로운 잠재력을 제시했으며, 후자는 맹목적 '대물지상주의'(?)의 병폐를 새삼 확인시키면서 투자 분위기의 급랭을 초래, 유서 깊은 위기감을 다시금 고조시켰다.

3. 가장 심각하게 대두되는 문제는? 해결 방안은?

이 역시 두 가지를 꼽으련다. 숨 가쁠 정도로 급상승하고 있는, 마케팅 비용을 포함한 총제작비와 극도로 심화되고 있는 관객들의 편식 현상이다. 언뜻 무관해 보이지만 실은 밀접한 연관이 있는 이 둘은 한국 영화 위기론의 근본적 원인들이다. 해결 방안? 글쎄. 스타들의 몸값을 비롯해 인건비 비중이 큰 상황에서 한번 오른 몸값이 내려가길 기대하는 건 난망일 터다. 관객들의 편식이 어느 날 중단되거나 사라질 리도 만무하고. '……론'이 아니라 실제로 위기 상황이 펼쳐지면 그때 비로소 진정·조정 국면에 접어들 수 있을까? 그래도 해결 방안을 내보라면 투자배급·제작사들의 지나친 경쟁 자제와 일종의 관객 운동 정도일 듯싶다. 설사 인위적·법적 방법을 동원한다 하더라도.

4. 가장 인상 깊은 영화는?

작품/가성과 대중성의 결합에서는 〈오아시스〉. 작품의 완성도 면에서는 〈복수는 나의 것〉. 진정성과 도전정신에서는 〈죽어도 좋아〉……. 작품성을 떠나 개인적으로 큰 자극이 된 영화를 꼽으라고? 임창정의 열연이 지금도 눈앞에 삼삼한 〈색즉시공〉이다. 그토록 천박한 소재와 스타일로 평론가인 나마저도 인정하지 않을 수 없는 일말의 감동을 선사했다. 그 감독(윤제균) 참으로 영악하기도 하다. 내년에 대한 전망 등은 다음 기회로 미루고 이쯤에서 그치련다.

2003년으로 넘어가기 전 2002년 한국 영화 산업과 관련해 매우 충격적 뉴스를 한 건 소개하련다. 역시 《인천일보》에서 전한 바 있는 소식이다. 제작 투자 대비 총 매출액 기준으로, 2001년엔 290억 원의 흑자를 낸데 반해, 2002년 우리 영화계는 무려 477억 원의 적자를 기록했다는 것이다. 이 암울하기 짝이 없는 보도가 터져 나오기 직전만 해도, 개봉 편수 78편에 전국 총 관람객 수가 드디어 1억 명을 돌파하고 전국 스크린 수도 1천 개를 넘었으며 시장 점유율은 45%대에 달한다고 잇단 희소식이 연일 전해졌었다.

의례적으로 대두되곤 하던 예의 위기론이 더욱 심화될 만도 했다. 아니나 다를까, 그때 개인적으로 만났던 현장 영화인들 중 상당수가 적잖은 우려들을 표명했다. 호시절은 끝났다면서. 물론 반대 의견도 만만치는 않았다. 낙관적 분위기가 여전했다. 이 땅의 관객들이 변함없이 우리 영화를 향해 관심과 애정을 쏟을 거며 멀티플렉스 또한 지속적으로 증가할 텐데, 위기는 무슨 위기냐는 것이 요지였다. 〈아 유 레디?〉(윤상호), 〈성냥팔이 소녀의 재림〉 등 일련의 한국형 블록버스터의 잇단 참패 뒤 투자 자본이 썰물처럼 빠져나가기 시작했다고는 하지만, "대박 영화 몇 개만 터지면 투자금이 다시 쏟아질 텐데 무엇이 걱정인가?" 반문하는 제작자도 있었던 것이다.

그럼에도 위기론에 귀를 기울이지 않을 수 없었던 까닭은 위기 징후가 여간 강하질 않았기 때문이었다. 한 친구 제작자는 앞으론 7 대 3 아니 8 대 2 조건으로도 투자를 받기 힘들 거라며, 당시의 위기국면을 요약했었다. 결국 20개 전후의 극소수를 제외한 수백 개 제작사들은 개점 휴업 상태를 면치 못할 거라는 것이었다. 더 심각한 문제는 사태가 호전될 가능성이 전무했다는 것이다.

뿐만 아니라 영화 산업 성장의 견인차 역할을 해온 멀티플렉스와, 목하 독과점을 향해서 질주하고 있던 약육강식의 배급 구조 등에서 서서히 위기 징후들이 드러나지 않을까, 싶었다. 멀티플렉스의 증가세가 관객 증가율을 앞서고 있는데다 장차 그 간극이 더욱 넓어질 것이기 때문이었다. 머지않아 배급의 독과점 문제가 심각하게 제기될 터이기 때문이었다. 그 당시 영화계 최대 핫 이슈인 CJ엔터테인먼트-시네마 서비스 합병설이 예시하듯 말이다. 결론적으로 한국 영화계의 2003년은 그 어느 해보다 희비가 극명히 엇갈리는 지독히 드라마틱한 한 해가 될 터였다.

예측은 정확히 적중했다. 2003년 말, 우리 영화계에 드리워졌던 명

암은 너무나도 대비적이었다. 〈살인의 추억〉과 〈올드 보이〉는 말할 것 없고 〈동갑내기 과외하기〉(김경형), 〈장화, 홍련〉(김지운), 〈스캔들-조선남녀상열지사〉(이재용), 〈황산벌〉(이재용), 〈바람난 가족〉(임상수) 등 2000년대를 수놓을 문제작들이 적잖이 출현해 기대 이상의 대중적 · 비평적 · 장르적 · 작가적 성취를 일궈냈으나, 그 못잖게 많은 '암' 들이 2003년을 뒤덮었다. 스크린쿼터 투쟁을 비롯해 날로 높아만 가고 있는, 지극히 비효율적인 제작비 문제, 호황 속에서도 여전히 풀리지 않고 있는 영화계 스태프의 열악한 처우 문제, 국적을 불문하고 한층 더 심화되어 가고 있는 이른바 '작은 영화' 와 '큰 영화' 간의 빈익빈 부익부 문제 등등이.

그 중에서도 예술영화를 포함한 작은 영화의 생존은 절대절명의 위기에 다다른 감이 없지 않았다. 〈매트릭스3 레볼루션〉(워쇼스키 형제)이나 〈반지의 제왕 : 왕의 귀환〉(피터 잭슨) 같은 영화들은 전국 1천2백 개 스크린 중 370개니 400개를 잡은 데 반해, 〈비디오를 보는 남자〉(김학순) 같은 저 예산 영화는 전국 한두 개밖에 잡지 못했을 뿐 아니라, 그조차도 일주일도 채 상영되지 못하는 처량한 신세—이러한 빈익빈 부익부 현상은 해를 거듭하면서 더욱 심화되어 일주일은커녕 단 며칠도 상영되지 못하기도 하며, 그 며칠마저도 교차 상영되는 경우가 비일비재해졌다—를 면치 못했단다.

2004년은 사실상 한국 영화 역사에 신기원이 열린 유의미한 해였다. 우선 〈실미도〉와 〈태극기 휘날리며〉가 잇달아 1천만 관객 동원이라는 '미션 임파서블' 을 '미션 파서블' 로 변화시켰다. 뿐만 아니다. 2002년 임권택 감독의 〈취화선〉과 이창동 감독의 〈오아시스〉가 칸과 베니스국제영화제에서 감독상을 거머쥔 데 이어, 2004년에는 김기덕 감독의 〈사마리아〉가 베를린영화제 감독상을, 〈올드 보이〉가 칸영화제 심사위원 대상을 차지하는 파란을 일으켰다. 2000년대 들어 본격화된 한국 영화의 세계 속 위상 강화가 없었다면 불가능했을, 단연 주목할 만한 위업들이었다.

이만하면 2004년 당시, 산업적으로나 예술·미학적으로나 우리 영화가 일정 정도 경쟁력을 지니고 있었다고 주장할 수 있지 않았을까. 몇 년 새 괄목하리만치 늘어난 수출 실적도 그렇거니와, 칸 영화제에서 데일리들이 보인 취재 열기나 영화제 기간 중 열리는 영화 마켓에서 한국 영화를 향해 뻗친 구애 등 여러 지표가 그 함의를 뒷받침 해줄 만했다. 그럼에도 그 속내로 들어가 보면, 우리 영화의 세계 경쟁력은 퍽이나 빈약했었다.

몇 년 새 수출 증가세가 아무리 폭증했다 해도, 그것은 과거의 실적이 그만큼 초라했다는 현실을 웅변하는 것에 지나지 않았다. 단적으로 〈실미도〉나 〈태극기 휘날리며〉는 대대적 홍보와 공격적 마케팅에도 우리 영화 최대 수출국이었던 이웃나라 일본 박스 오피스에서 정상을 차지하지 못했다. 〈태극기 휘날리며〉(일본 개봉 제목 〈브라더후드〉)의 경우, 6월 26일 일본 전역 320여개 관에서 개봉되었으나 박스 오피스 순위에서 4위에 오르는 데 그쳤다. 일본에서의 상황이 그렇다면, 미국이나 유럽 국가 등은 오죽했겠는가.

그러니 만나는 영화인들마다 더 이상 영화를 못해 먹겠다고 푸념했다 한들 이상할 게 없었다. 실례로 어느 시사회장에서 만난 한 후배는 충격적인 하소연을 했다. 자체 제작을 포함해 무려 10편 가까운 영화를 진행 중이나 단 한 편도 캐스팅을 하지 못하고 있어 환장할 지경이라고. 국내 굴지의 투자 배급 회사인 그 회사가 그 지경이라면, 여타 신생·군소 제작사의 처지에 대해선 더 이상 말할 필요가 없었다. 모 제작사 사장의 넋두리처럼, 스타급 연기자들을 캐스팅하려면 제작사 지분의 30% 심지어 50%까지도 내놓아야 하는 마당에 더 이상 말해 뭣하겠는가.

그 말이 사실이라면 제작사들이 살 길은 존재할 수가 없을 터였다. 그 결과는 불을 보듯 뻔했다. 다름 아닌 한국 영화의 공멸이다. 제작사들이 생존할 수 없는 상황에서 한 나라 영화 산업이 온전히 지탱될 리 만무인 탓이었다. 그 여파는 부메랑 효과처럼 스타들에게도 미칠 것이었다. 그것이 지당한 자연의 섭리였다. 결국 몇 개월 후 터질 '강우석 파동'은 이미 예정되어 있었던 셈이다.

그 파동은 단지 2005년만이 아니라 지독히도 모순적인 2000년대 한국 영화의 운명을 가름하는 상징적 사건이었다. 오죽했으면 한국 영화판의 실세 중 실세가 실명을 들어가며 '최'-'송' 두 스타 연기자에게 돈을 너무 밝힌다며 직격탄을 날렸겠는가. 판단컨대 그것은 일종의 환기 효과를 염두에 둔 의도적 노림수였다. 강 감독의 의도는 적중했다. 그 이후 욱일승천, 아니 목불인견의 기세로 활개치던 극소수 스타 매니지먼트사의 행보에 급제동이 걸리고, 그 활보가 수면 아래로 들어가 버렸던 것이다. 뿐만 아니다. 몇몇 스타들의 경우는 출연료를 동결하거나 전격 삭감시키기도 했다. 비록 그것들이 진심과는 거리가 먼 일종의 해프닝에 지나지 않았을지언정…….

2005년은 비평적·작품적으로 유난히 우리 영화의 빈곤을 보여준 한 해였다. 단적으로 〈살인의 추억〉이나 〈올드 보이〉 같은 압도적 문제작들이 부재했다. 〈웰컴 투 동막골〉(박광현)과 〈가문의 위기-가문의 영광2〉(정용기)가 각각 전국 8백만과 6백만 이상을 유인하며 예상

이상의 대박을 터뜨렸으나, 둘 다 두 걸작의 수준엔 근접조차 못했다. 박스 오피스 2위의 〈말아톤〉(정윤철)이나 4위의 〈친절한 금자씨〉(박찬욱)도 크게 다르지 않았다.

우리 영화의 질적 빈곤은 2005년의 각종 영화상 수상 결과에서도 극명하게 드러났다. 명실상부한 '승자'가 없었던 것이다. 가령, 그해 대종상 영화상에서 최우수작품상을 포함해 7관왕에 오른 〈말아톤〉은 그 이후 청룡상에서 신인감독상을 안은 게 고작이었다. MBC 주최 대한민국영화대상과 영평상 등에서는 철저히 외면당했다. 영화대상에서 작품상과 감독상, 신인감독상 등 6관왕에 오른 〈웰컴 투 동막골〉은 그보다 며칠 전 열린 청룡상에서는 특별상 격인 한국영화최다관객상 외에 남 · 녀 조연상 수상에 만족해야 했다. 영평상에서는 아예 '무관'에 그쳤다. 〈말아톤〉과 마찬가지로. 그렇다면 2006년은?

〈실미도〉와 〈태극기 휘날리며〉에 이어 거푸 1천만 고지를 넘은 〈왕의 남자〉와 〈괴물〉에 시선을 고정하면 2006년은 더할 나위 없는 행복한 한 해일 법했다. 비록 걸작은 아닐지언정 그들은 영화 산업과 작가적 야심이 환상적으로 조우한 완벽한 예들이었다. 숱한 위기론 속에서도 자국 시장 점유율이 서울 기준 60.4% 전국 기준 63.8%에 달할 수 있었던 것도 거의 전적으로 이 두 초대박작 덕분이었음은 주지의 사실이다. 그것은 "최근 10년 간 이어온 양적 성장의 한 지점을 보여"(영진위 '2006년 한국영화산업 결산' 참고) 준, 기적의 대기록이었다. 2007년 그 수치가 급강하하리라는 것은 자명했다. 수입 자유국가로서 1차 세계대전 이래 줄곧 세계 영화계의 헤게모니를 장악해 온 미국 영화를 상대로 60% 이상의 점유율을 지속시키길 기대한다는 것은 무리요 과욕인 탓이다. 아니나 다를까, 2007년 점유율은 서울 기준으로 전년도 대비 15.1% 하락한 45.3%, 전국 기준으로는 13% 하락한 50.8%로 추정 · 집계되었다.

몇몇 유의미한 작품들에 시선을 옮겨도 행복을 말할 만 했다. 심지어 한국 영화의 고질적 위기감을 일축시킬 법도 했다. 김태용 감독의 〈가족의 탄생〉은 개인적 동의를 떠나, '2006년의 영화'로서 단연 주목할 만한 비평적 성취를 일궈냈다. 부산국제영화제 뉴 커런츠 상을 거머쥔 장률 감독의 〈망종〉은 '재외동포 영화'의 가능성을 전격 제시하면서 한국 영화라는 범주의 외연을 확장시켰다. 조인성을 연기자로 거듭나게 한 유하 감독은 〈비열한 거리〉로 인간의 얼굴을 한 문제적 조폭 영화를 선보였다. 〈반칙왕〉의 원안자요 〈정사〉(이재용, 1998) 등 명 시나리오 작가인 김대우 감독은 장편 데뷔작 〈음란서생〉을 통해 1990년대 한국 영화계의 페르소나였던 한석규를 화려하게 부활시키며 멜로 시대극의 '참맛'을 만끽시켜 줬다. 김혜수의 치명적 매력이 돋보였던 최동훈 감독의 '웰-메이드 영화' 〈타짜〉는 그간 취약 소재였던 도박을 극화해 전국 7백만에 육박하는 대박을 터뜨렸다. 신예 손재곤의 〈달콤, 살벌한 연인〉은 10억 미만의 순제작비를 들여 전국 230만에 근접하는, 한국 저예산 영화 사상 기념비적인 대기록을 달성했다. 그리고 송일곤 감독은 96분짜리 '원 테이크 영화' 〈마법사들〉에서, 일찍이 러시아 알렉산더 소쿠로프가 〈러시안 방주〉(2002)에서 감행했던 대실험을 재연하는 기염을 토했다…….

눈길을 또 다른 곳으로 고정시키는 순간, 그러나 2006년의 질적 빈곤은 2005년의 그것을 능가한다. 오죽하면 이 땅의 대표적 영화 전문기자인 오동진 같은 이가 "최근 선보이는 일련의 한국 영화들을 보면 '쓰레기Trash'라는 생각을 떨칠 수가 없다"는 취지의, 다분히 과격한 주장을 펼치기까지 했겠는가. 사실 난 그 동안 예의 위기론을 적잖이 경계해 온 부류였다. 시장 점유율이나 관객 수가 올라가나 싶으면 언제 위기였냐는 듯 '호황' 이라며 떠들어대다, 그 수치들이 조금만 떨어진다 싶으면 마치 기다렸다는 듯 위기론을 들먹이는 국내 매체들의 호들갑이 너무나도 짜증스러워서였다. 일시적 수치 증감만으로 호황이나 위기 운운하는 건 지나친 비약이요 과장이라고 여겨왔던 것이다.

어찌 보면 비위기론자일 수도 있을 내가 관점을 바꿔 전격적으로 위기론를 제기하게 된 것은 무엇보다 몇몇 태작들이 안겨 준 크디 큰 당혹감 · 실망감 때문이다. 그 단적인 예가 엄정화 · 다니엘 헤니 주연의 〈Mr. 로빈 꼬시기〉(김상우)였다. "너무 뻔한 도식의 로맨틱 코미디"(평론가 이상용)여서거나 "게으른 시나리오가 매력적인 배우들을 아깝게 만"(경향신문 기자 송형국)들어서는 아니다. 워낙 기대를 하지 않아서일까, 실망할 것도 없었다. 외려 두 주연 배우의 열연은 볼만 했다.

당혹과 실망은 정작 다른 요인에서 기인했다. 무엇보다 제작자가 다름 아닌 대한민국 최대 · 최고 제작사인 사이더스FNH의 김미희 · 차승재라는 사실 때문이었다. 특히 한국 영화계에서 차승재라는 이름이 지닌 함의 등을 고려할 때, 당혹을 넘어 위기감으로 나아가지 않을 수 없었다. 〈살인의 추억〉을 위시해 숱한 문제작들을 생산해 온 주역이, 그 어떤 사회문화적 · 영화적 문제의식이라곤 찾아볼 수 없는, '퇴행적 로맨틱 코미디' 를 만들었다는 현실이 도저히 믿어지지 않아서였다. 그는 몇 해 전 어느 사석에서 내게 말한 적이 있었다. 자기는 다른 제작사에서 만드는 영화들은 만들고 싶지 않다고. 사이더스만이 만들 수 있는 영화만을 만들겠다고. 그런 이가 그 다른 회사들도 어지간해선 손대지 않을 법한 태작을 내놨으니 어찌 당혹 · 실망하지 않을 수 있겠는가.

숱한 'Mr. 로빈 꼬시기들' 이 2006년을 화려하게 수놓았다 할지라도 돌이켜보면 그 때문에 큰 실망을 한다는 것은 어쩌면 평론가 특유의 과장이요 호들갑일지도 모른다. 그보다는 두 가지 하드웨어적 사건이 2006년 한국 영화계를 한층 더 울적하게 만들었다. 우선, 146일의 현행 스크린쿼터 일수를 그 절반인 73일로 줄이는 방안을 사실상 확정짓는 영화진흥법 시행령 개정안이 3월 7일 오전 국무회의에서 의결되어, 실질적인 효력을 발휘하게 되었다는 것이다. 그 여파가 과연 얼마나 큰지 여부에 대해 지금 이 지면에서 왈가왈부할 마음은 없다. 다만 해가 거듭될수록 그 심각성이 예상 이상으로 확대되고 있다는 것만은 분명해 보인다. 당장 2008년 올해 우리 영화의 제작 편수가 몇 편이나 될지부터가 궁금하기 짝이 없다. 혹자는 40편 이하로 떨어질 거라고 장담한다. 개봉 편수[8]야 이미 제작된 영화들이 뒤늦게 선보이기에 2007년의 124편에 비해 현저히 떨어질 것으로 판단되진 않으나 말이다.

두 번째 사건은 〈괴물〉의 상영 스크린 수로 인해 또 한 차례 촉발되었던 '스크린 독(과)점' 문제였다. 개봉 시점을 기준으로 전국 스크린 수는 1,648개로 추정되었는데, 〈괴물〉의 스크린 수는 620개로

8) 상영관 입장권 통합 전산망(가입률 : 전산화 극장의 97%) 자료를 기준으로 작성되었다는, 영화진흥위원회의 2008년 5월까지 통계에 의하면, 한국 개봉작 편수는 42편, 외국 영화는 128으로 집계되었다. 한편 개봉작 기준 한국 영화 전국 관객 점유율은 41.0%였다.

무려 38%라는 점유율[9]을 차지하면서 논란을 야기시켰던 것이다. 영화가 흥행 기록의 역사를 다시 쓰며 행복한 비명을 지를 때, 그 이면에는 그 신기록 행진을 마냥 기뻐할 수만은 없게 하는 한국 영화계의 가슴 아픈 모순이 새삼 불거졌던 것이다. 오죽했으면 그 누구보다 기뻐했을 감독마저도 그런 현실을 유감스러워 했겠는가.

2007년은 위기감이 더욱 심화되는 와중에 어떤 가능성들이 빛났던 한 해[10]였다. 어찌 보면 새삼스러울 것도 없었지만. '위기'와 '위기감'이 2007 우리 영화를 최우선적으로 규정지었다. 영화진흥위원회가 '2007년 한국 영화산업 결산'을 작성 · 발표하면서 "2007년은 한국 영화계에 위기감의 그늘이 짙게 드리워진 한 해였다"고 단언할 정도였으니 더 이상 말해 뭣하겠는가. 그 이유는 "영화관 관객 수는 정체되고, 해외 수출도 제자리걸음을 했으며, 부가 시장도 침체 국면에서 반등할 기미를 보이지 않고 있기 때문이다. 더구나 투자 수익 창출에 대한 기대를 불러일으키며 투자자 유인 효과를 내는 천만 관객 영화조차 나오지 않고, 평균 수익성도 나빠지면서 영화계 전반에 우울함이 넘쳐나는 상황이 되었다. 결국 영화관 매출에 전적으로 의존해왔던 산업 구조가 얼마나 취약한 것인지를 분명히 확인할 수 있었"다. 자료는 이어 결론짓는다. "종합적으로 본다면 2007년은 '한국 영화의 위기, 외화의 약진'으로 그 특징을 요약할 수 있다"고.

위기 요인들은 과연 무엇일까. 상기 자료는 기획 개발이 제대로 되지 않은 작품을 성급하게 제작하는 데서 오는 질적 저하 문제를 비롯

---

9) 전국 주요 멀티플렉스의 가장 큰 상영관을 장악했을 것이기에, 좌석 수 비율로 치면 50%를 넘었다고 한다.

10) 계간 《공연과 리뷰》, 2008년 3월 호에 실린 2007 한국 영화 결산 참고 · 인용.

해 부가 시장 붕괴와 해외 수출 부진 등으로 인한 영화관 매출에 대한 과도한 집중, 그로 인한 마케팅 출혈 경쟁과 제작비 상승, 그리고 스크린 수 확보 과다 경쟁으로 인한 스크린 독과점 유발 등 '취약한 산업구조의 문제', 그리고 '스크린쿼터 축소 시행에 따른 부정적 영향' 등을 들었다. 개별 차야 존재하겠으나, 하나같이 수긍하지 않을 수 없을 원인들이었다. 2007년의 위기감은 결국 시나리오 집필부터 기획·제작, 투자, 배급, 상영, 수용/소비에 이르는 영화 산업 전 분야에 걸친 온갖 구조적·기초적 문제점들에서 기인했던 것이다. 그 문제점들이 악화될 대로 악화되다 일거에 터져 나온 결과에 지나지 않았던 셈이다. 다시 말해 한국 영화 전반을 둘러싼 구조적 문제가 관건이었던 것이다. 지금도 여전히 그렇지만.

한국 영화를 에워싼 2007년의 위기감은 3월 어느 날, 한국영화산업을 대변하는 핵심적 주요 인사인 싸이더스FNH 차승재 대표의 입을 통해 확연히 표명되었다. 그는 말했다. "영화판에 들어와 겪은 숱한 위기 중 가장 심각한 위기를 지금 겪고 있다"고. "과거의 위기가 투자 위축이나 배우 개런티 상승, 수익성 저하 중 한두 가지 원인에 의해 초래된 것이었다면, 지금은 여섯, 일곱 가지 악재가 겹친 진짜 위기"라고.

그에 화답이라도 하듯, 9월 19일엔 한국영화제작가협회, 전국영화산업노동조합을 포함한 영화 관련 7개 단체와 한나라당 정병국 의원실, 민주당 손봉숙 의원실, 민주노동당 천영세 의원실 등이 공동으로 국회도서관 소회의실에서 개최한 영화인 토론회, '한국 영화의 위기, 비상구는 없는가'에서 그때껏 자율적 모색을 외쳐왔던 각 영화 단체 관계자들은 드디어 "한국 영화의 왜곡된 수익 구조를 개선하기 위해서는 스크린 독과점 문제 등을 정부가 직접 나서서 풀어야만 한다"는 취지의 공식적 입장을 천명했다. 아이러니컬하지 않는가. 으레 대립·충돌하기 마련인 이해 당사자들이 한 목소리로 영화 산업에 대한 정부의 법적 규제를 요구했다는 사실이.

점입가경이라고, 위기론의 클라이맥스는 11월, 삼성경제연구소에서 장식했다. 가끔씩 한국 영화 관련 보고서를 작성·발표해 온 그 연구소는 '한국영화 위기의 진단과 과제' 라는 제하의 보고서에서 위기의 원인으로 "수요 축소와 공급 증가에 따른 수급 불균형"을 제시했다. 그러면서 '창의성 결여', '수출 부진', '온라인 불법 유통 범람', '개봉 편수 증가' 등을 하위 요인들로 들었다. "경제연구소의 보고서치곤 지나치게 소박했으나 그렇다고 전적으로 틀렸다고 부인할 수도 없었던 진단 이후, 국내의 숱한 매체들이 그 진단을 가감 없이 옮기면서 위기론은 또 다시 한국 영화계를 강타했다. 부동의 기정사실로서."

이렇듯 2007년은 위기감으로 점철된 한 해였다고 한들 과장만은 아니었다. 그 위기론은 2007년을 넘어 2008년 현재까지도 우리 영화계를 두텁게 사로잡고 있는 중이다. 임순례 감독의 〈우리 생애 최고의 순간〉과 나홍진 감독의 〈추격자〉의 잇단 흥행 성공 등 덕에 그 위세가 다소 주춤해질 법도 하건만, 위기감은 좀처럼 가라앉지 않고 있다. 오는 7월 15일 선보이는 송강호, 이병헌, 정우성 주연 김지운 감독의 〈좋은 놈 나쁜 놈 이상한 놈〉의 흥행 성적에 한국 영화계가 온 촉각을 곤두세우고 있다. 순제작비 175억 원이 투하되었다는, 그래 국내에서의 순수 극장 매출로는 7백만 명이 손익 분기점이라는 그 2000년대 한국형 블록버스터의 운명에 한국 영화 전체의 운명이 걸려 있기라도 한 듯 말이다. 하긴 그 결과에 의해 지난 10여 년 간 한국 영화 산업을 지탱시켜 온 대표적 투자 · 배급사 CJ엔터테인먼트의 사활이 좌우될 거라니 어찌 그렇지 않을 수 있겠는가.

위기론이 산업적 측면으로만 향한 것도 아니다. 영화 미학 · 예술적으로도 2007년 우리 영화는 위기의 벼랑에 도달했다고 말하는 이들이 적잖다. 베스트 10을 뽑기조차 불가능하다는 것. 다분히 상투적으로 비치는 그런 불평엔 그다지 동의하고 싶진 않지만 말이다. 아울러 '디워 사태'는 가뜩이나 보잘 것 없었던 대한민국 영화 비평계의 위기를 넘어 명실상부한 죽음을 보여준 징후적 사건이었다. 일부 매체를 등에 업은 일부 네티즌들의 강력한 기세 앞에 영화 비평가의 입장 · 발언 따위는 무력할 대로 무력화된 것이다. 심지어 영화제들의 난립이 한국 영화 위기를 심화시킨다는 주장도 있었다…….

그렇다면 2007년의, 나아가 2008년 6월 현재 한국 영화계는 절대절명의 위기 국면에만 처해 있다고 치부해야 하는 걸까. 물론 그렇지 않다. 돌이켜 보건대 2007년이 위기로만 점철된 것은 아니었다. 다른 눈으로 바라보면, 위기 속에서도 가능성의 계기들 또한 엄연히 존재했다. 〈밀양〉의 칸 영화제 여우주연상 수상 등, 당장 해외 영화제에서 일궈낸 소중한 성취들이 있지 않은가. 영화 예술적으로도 마찬가지다. 상당 수 평자들에 의해 2007년의 한국 영화로 선택된 〈밀양〉을 위시해, 〈밀양〉을 제치고 2007 영평상 작품상을 거머쥔 한재림 감독의 걸작 휴먼 드라마 〈우아한 세계〉, '광주 항쟁'이란 지극히 민감한 제재를 극화해 〈디 워〉에 이어 2008 박스 오피스 2위에 오르는 기염을 토하면서 제법 주목할 만한 비평적 성과도 올린 김지훈 감독의 〈화려한 휴가〉, 〈형사 Duelist〉에 이어 영화가 그저 내러티브 매체에 머물러서는 안 된다는 사실을 개성 만점의 스타일로 웅변한 이명세 감독의 〈M〉, 소위 미니멀리즘적 영화 미학을 인상적으로 펼친 장률 감독의 〈경계〉와 전수일 감독의 〈검은 땅의 소녀와〉 등 적잖은 문제작들이 2007년을 빛냈다.

작금의 위기론을 진지하게 재고하게끔 요청하는 결정적 요인은 그러나 정작 다른 데에 있다. 다름 아닌 이 땅의 대중 관객이다. 지독한 위기론 속에서도 지난 해 50.8%라는 자국 영화 점유율을 가능케 해 준, 1억 5천8백8십만여 명[11]에 달하는 일반 관객의 여전한 성원 말이다. 2008년 들어 〈우리 생애 최고의 순간〉과 〈추격자〉에 기대 이상의 성원을 했던 그들은 강우석 감독의 〈강철중: 공공의 적 1-1〉에도 그 못잖게 호응하고 있다. 개봉(6월 19일) 나흘 만에 전국 1백30여 만 명이 찾았다는 것이다. 고맙지 않은가.

물론 안다, 나도. 다름 아닌 그들이 불법 다운로드를 밥 먹듯이 하면서 부가 판권 시장을 붕괴시켰으며, 그로 인해 우리 영화를 위기 상황으로 치닫게 한 장본인들이라는 것은. 그들은 지나친 '영화 편식'으로 어지간히 '센' 영화가 아니면 아예 거들떠보지 않는다는 것도. 그렇다고 해 작금의 위기 상황의 책임을 그들에게 돌릴 수는 없다는 것도 엄연한 사실이다. 그저 위기 타령이나 입장료 인상 따위의 손쉬

11) 40억 명(2006년 기준)에 달했다는 인도나 14억 명의 미국, 두 예외적 국가와는 비교하지 말자. 이 수치는 유럽 전 국가와 단순 비교했을 때, 우리나라보다 1천만 명 이상 많은 인구를 지닌 프랑스(1억 7천7백5십만), 영국(1억 6천2백4십만 명)에 이은 3위의 기록이다. 일본도 47.7%의 높은 자국 영화 점유율을 기록했지만 관객 수에서는 상대적으로 적은 1억 6천3백2십만 명에 지나지 않는다. 13억 인구를 자랑하는 중국은? 놀라지 마시라. 2006년 기준으로 고작 1억 7천6백2십만 명에 불과하다.

운 해결책으로는 결코 작금의 위기는 해결될 수 없다. 문제 해결은 구조적으로 접근해 다각도로 해야 한다. 시쳇말로 "위기=기회"라지 않는가. 제반 법적 정비 등을 통해 불법 다운로드 등 치명적 문제점을 해결하면서도 다양한 활로 모색을 통해 살 길을 마련해야 한다.

그 지점에 도달하기 위해 한국 영화계가 가장 먼저 해야 하는 것은 어쩌면 심리적 위기감과 싸워 극복하는 것인지도 모른다. 그렇지 않고 실질적 위기를 타개하는지 영원한 미션 임파서블로 머물지 모르기 때문이다. 2008년 어떤 가능성들이 우리를 기다리고 있는지 어떻게 알겠는가. 남은 1년 반 내지 2년 반의 2000년대가 어떻게 펼쳐질지 알겠는가.

3. 나가는 말

이제 예상보다 훨씬 길어진 이 글을 마쳐야겠다. 2000년대 한국 영화에 대한 이 점검 혹은 회고는 당연히 불구의 시도다. 시기적으로 다소 이른데다, 거의 전적으로 산업의 관점에서, 그것도 단절보다는 연속성에 초점을 맞춰 진행했기 때문이다. 전혀 다른 시각을 택한다면 따라서 판이하게 다른, 어느 모로는 대조적인 접근이 가능할 것이다. 그 누군가 그런 시도를 해 주기를 바란다면 너무 성급한 기대일까.

마지막으로 이 글은 그 동안 내가 발표했던 숱한 글들을 적극 활용·인용했음을 다시 한 번 강조하련다. 참고·인용을 밝히는 데 소홀했다면, 그것은 이 글의 성격이 논문이 아닌 비평적 에세이기에 그런 것인만큼 양해를 구한다. 2008년 6월 하순 현재, 2006년대 한국 영화에 대한 내 생각을 피력하는 데 그 글들을 활용하지 않을 길은 도저히 없었음을 고백한다. 시간의 쫓김도 그렇지만 그것은 내 능력의 한계를 벗어나는 것이기 때문이다.

영화의 매혹, 잔혹한 비평

전찬일 영화평론집

영화의 매혹, 잔혹한 비평

2008년 7월 30일 초판 1쇄 인쇄
2008년 8월 8일 초판 1쇄 발행

지은이 | 전찬일
펴낸이 | 孫貞順
펴낸곳 | 도서출판 작가
서울 서대문구 북아현3동 1-1278 (우120-866)
전화 | 365-8111~2 팩스 | 365-8110
이메일 | morebook@morebook.co.kr
홈페이지 | www.morebook.co.kr
등록번호 | 제13-630호(2000.2.9.)

편집 | 김이하 손순희
디자인 | 박은정 고은빛
영업 | 손원대 설동근
관리 | 이용승

ISBN 978-89-89251-79-8

값 12,000원